A CORRESPONDÊNCIA DE FRADIQUE MENDES

A CORRESPONDÊNCIA DE FRADIQUE MENDES

EÇA DE QUEIRÓS

EDITORA NOVA FRONTEIRA

Direção editorial
Daniele Cajueiro

Editora responsável
Janaína Senna

Produção editorial
Adriana Torres
Mariana Teixeira
Luisa Suassuna

Revisão
Carolina Vaz
Roberta Carvalho

Diagramação e projeto gráfico
Filigrana

Capa
Sérgio Campante

Imagem de capa
Stamp and Flower by Kim Koza/Kim M. Koza/Getty Images.

CIP-Brasil. Catalogação na publicação
Sindicato Nacional dos Editores de Livros, RJ

Q41c

Queirós, Eça de, 1845-1900
A correspondência de Fradique Mendes / Eça de Queirós. - Edição especial. - Rio de Janeiro: Nova Fronteira, 2018.
216 p. (Coleção Clássicos para Todos)

ISBN: 978.85.209.3034-2

1. Ficção portuguesa. I. Título. II. Série.

18-52349

CDD: P869.3
CDU: 82-3(469)

Sumário

Memórias e notas

I

A minha intimidade com Fradique Mendes começou em 1880, em Paris, pela Páscoa — justamente na semana em que ele regressara da sua viagem à África Austral. O meu conhecimento porém com esse homem admirável datava de Lisboa do ano remoto de 1867. Foi no verão desse ano, uma tarde, no café Martinho, que encontrei, num número já amarrotado da *Revolução de Setembro*, este nome de C. Fradique Mendes, em letras enormes, por baixo de versos que me maravilharam.

Os temas ("os motivos emocionais", como nós dizíamos em 1867) dessas cinco ou seis poesias, reunidas em folhetim sob o título de *Lapidárias*, tinham logo para mim uma originalidade cativante e bem-vinda. Era o tempo em que eu e os meus camaradas de cenáculo, deslumbrados pelo lirismo épico da *Légende des Siècles*, "o livro que um grande vento nos trouxera de Guernesey" — decidíramos abominar e combater a rijos brados o lirismo íntimo, que, enclausurado nas duas polegadas do coração, não compreendendo dentre todos os rumores do Universo senão o rumor das saias de Elvira, tornava a poesia, sobretudo em Portugal, uma monótona e interminável confidência de glórias e martírios de amor. Ora, Fradique Mendes pertencia evidentemente aos poetas novos que, seguindo o mestre sem igual da *Légende des Siècles*, iam, numa universal simpatia, buscar motivos emocionais fora das limitadas palpitações do coração — à história, à lenda, aos costumes, às religiões, a tudo que através das idades, diversamente e unamente, revela e define o Homem. Mas além disso Fradique Mendes trabalhava um outro filão poético que me seduzia — o da Modernidade, a notação fina e sóbria das graças e dos horrores da Vida, da Vida ambiente e costumada, tal como a podemos testemunhar ou pressentir nas ruas que todos trilhamos, nas moradas vizinhas das nossas, nos humildes destinos deslizando em torno de nós por penumbras humildes.

Esses poemetos das *Lapidárias* desenrolavam, com efeito, temas magnificamente novos. Aí um santo alegórico, um solitário do século VI, morria uma tarde sobre as neves da Silésia, assaltado e domado por uma tão inesperada e bestial rebelião da Carne, que, à beira da bem-aventurança, subitamente a perdia, e com ela o fruto divino e custoso de cinquenta anos de penitência e de ermo; um corvo, facundo e velho além de toda a velhice, contava façanhas do tempo em que seguira pelas Gálias, num bando alegre, as legiões de César, depois as hordas de Alarico rolando para a Itália, branca e toda de mármores sobre o azul; o bom cavaleiro Percival, espelho e flor de idealistas, deixava por cidades e campos o sulco silencioso da sua armadura de ouro, correndo o mundo, desde longas eras, à busca do Santo Graal, o místico vaso cheio de sangue de Cristo, que, numa manhã de Natal, ele vira passar e lampejar entre nuvens por sobre as torres de Camerlon; um Satanás de feitio germânico, lido em Espinosa e Leibnitz, dava numa viela de cidade medieval uma serenada irônica aos astros, "gotas de luz no frio ar geladas"... E, entre estes motivos de esplêndido simbolismo, lá vinha o quadro de singela modernidade, as *Velhinhas*, cinco velhinhas, com xales de ramagens pelos ombros, um lenço ou um cabaz na mão, sentadas sobre um banco de pedra, num longo silêncio de saudade, a uma réstia de sol de outono.

Não asseguro todavia a nitidez destas belas reminiscências. Desde essa sesta de agosto, no Martinho, não encontrei mais as *Lapidárias*, e, de resto, o que nelas então me prendeu não foi a Ideia, mas a Forma — uma forma soberba de plasticidade e de vida, que ao mesmo tempo me lembrava o verso marmóreo de Leconte de Lisle, com um sangue mais quente nas veias do mármore, e a nervosidade intensa de Baudelaire, vibrando com mais norma e cadência. Ora, precisamente, nesse ano de 1867, eu, J. Teixeira de Azevedo e outros camaradas tínhamos descoberto no céu da Poesia

Francesa (único para que nossos olhos se erguiam) toda uma plêiade de estrelas novas onde sobressaiam, pela sua refulgência superior e especial, esses dois sóis — Baudelaire e Leconte de Lisle. Victor Hugo, a quem chamávamos já “papá Hugo” ou “Senhor Hugo Todo-Poderoso”, não era para nós um astro — mas o Deus mesmo, inicial e imanente, de quem os astros recebiam a luz, o movimento e o ritmo. Aos seus pés Leconte de Lisle e Baudelaire faziam duas constelações de adorável brilho; e o seu encontro fora para nós um deslumbramento e um amor! A mocidade de hoje, positiva e estreita, que pratica a Política, estuda as cotações da Bolsa e lê George Ohnet, mal pode compreender os santos entusiasmos com que nós recebíamos a iniciação dessa Arte Nova, que em França, nos começos do Segundo Império, surgira das ruínas do Romantismo como sua derradeira encarnação, e que nos era trazida em Poesia pelos versos de Leconte de Lisle, de Baudelaire, de Coppée, de Dierx, de Mallarmé, e de outros menores; e menos talvez pode compreender tais fervores essa parte da mocidade culta que logo desde as escolas se nutre de Spencer e de Taine, e que procura com ânsia e agudeza exercer a crítica, onde nós outrora, mais ingênuos e ardentes, nos abandonávamos à emoção. Eu mesmo sorrio hoje ao pensar nessas noites em que, no quarto de J. Teixeira de Azevedo, enchia de sobressalto e dúvida dois cônegos que ao lado moravam, rompendo por horas mortas a clamar a *Charogne* de Baudelaire, trêmulo e pálido de paixão:

Et pourtant vous serez semblable à cette ordure,
À cette horrible infection,
Étoile de mes yeux, soleil de ma nature,
Vos, mon ange et ma passion!

Do outro lado do tabique sentíamos ranger as camas dos eclesiásticos, o raspar espavorido de fósforos. E eu, mais pálido, num êxtase tremente:

Alors, oh ma beauté, dites à la vermine
Qui vous mangera de baisers,
Que j'ai gardé la forme et l'essence divine
De mes amours décomposés!

Certamente Baudelaire não valia este tremor e esta palidez. Todo o culto sincero, porém, tem uma beleza essencial, independente dos merecimentos do Deus para quem se evola. Duas mãos postas com legítima fé serão sempre tocantes — mesmo quando se ergam para um santo tão afetado e postiço como S. Simeão Estilita. E o nosso transporte era cândido, genuinamente nascido do Ideal satisfeito, só comparável àquele que outrora invadia os navegadores peninsulares ao pisarem as terras nunca dantes pisadas, Eldorados maravilhosos, férteis em delícias e tesouros, onde os seixos das praias lhes pareciam logo diamantes a reluzir.

Li algures que Juan Ponce de Léon, enfastiado das cinzentas planícies de Castela-a-Velha, não encontrando também já encanto nos pomares verde-negros da Andaluzia — se fizera ao mar, para buscar outras terras e *mirar algo nuevo*. Três anos sulcou incertamente a melancolia das águas atlânticas; meses tristes errou perdido nos nevoeiros das Bermudas; toda a esperança findara, já as proas gastas se voltavam para os lados onde ficara a Espanha. E eis que numa manhã de grande sol, em dia de S. João, surgem ante a armada extática os esplendores da Flórida! "*Gracias te sean, mi S. Juan bendito, que hé mirado algo nuevo!*" As lágrimas corriam-lhe pelas barbas brancas — e Juan Ponce de Léon morreu de emoção. Nós não morremos, mas lágrimas congêneres como as do velho mareante saltaram-me dos olhos, quando pela primeira vez penetrei por entre o brilho sombrio e os perfumes acres das *Flores do Mal*. Seríamos assim absurdos em 1867!

De resto, exatamente como Ponce de Léon, eu só procurava em Literatura e Poesia *algo nuevo que mirar*. E para um meridional de vinte anos, amando sobretudo a Cor e o Som na plenitude da sua riqueza, que poderia ser esse *algo nuevo* senão o luxo novo das formas novas? A Forma, a beleza inédita e rara da Forma, eis realmente, nesses tempos de delicado sensualismo, todo o meu interesse e todo o meu cuidado! Decerto eu adorava a Ideia na sua essência; — mas quanto mais o Verbo que a encarnava! Baudelaire, mostrando à sua amante na *Charogne* a carcaça podre do cão e equiparando em ambas as misérias da carne, era para mim de magnífica surpresa e enlevo; e diante desta crespa e atormentada subtilização do sentir, que podia valer o fácil e velho Lamartine, no *Lago*, mostrando a Elvira a cansada Lua, e comparando em ambas a palidez e a graça meiga? Mas se este áspero e fúnebre espiritualismo de Baudelaire me chegasse expresso na língua lassa e mole de Casimir Delavigne — eu não lhe teria dado mais apreço do que a versos vis do *Almanaque de Lembranças*.

Foi sensualmente enterrado nesta idolatria da Forma, que deparei com essas *Lapidárias* de Fradique Mendes, onde julguei ver reunidas e fundidas as qualidades discordantes de majestade e de nervosidade que constituiam, ou me pareciam constituir, a grandeza dos meus dois ídolos — o autor das *Flores do Mal* e o autor dos *Poemas Bárbaros*. A isto acrescia, para me fascinar, que este poeta era português, cinzelava assim preciosamente a língua que até aí tivera como joias aclamadas o *Noivado do Sepulcro* e o *Ave César*!, habitava Lisboa, pertencia aos Novos, possuía decerto na alma, talvez no viver, tanta originalidade poética como nos seus poemas! E esse folhetim amarrotado da *Revolução de Setembro* tomava assim a importância duma revelação de Arte, uma aurora de Poesia, nascendo para banhar as almas moças na luz e no calor especial a que elas aspiravam, meio adormecidas, quase regeladas sob o álgido luar do Romantismo. Graças te sejam dadas, meu Fradique bendito, que na minha velha língua *hé mirado algo nuevo*! Creio que murmurei isto, banhado em gratidão. E, com o número da *Revolução de Setembro*, corri à casa de J. Teixeira de Azevedo, à Travessa do Guarda-Mor, a anunciar o advento esplêndido!

Encontrei-o, como de costume, nos silenciosos vagares das tardes de verão, em mangas de camisa, diante de uma bacia que transbordava de morangos e de vinho de Torres. Com vozes clamorosas, atirando gestos até ao teto, declamei-lhe a *Morte do Santo*. Se bem recordo, este asceta, ao findar sobre as neves da Silésia, era miserrimamente traído pela desleal Natureza! Todos os apetites da paixão e do corpo, tão laboriosamente recalcados por ele durante meio século de ermo, irrompiam de repente, à beira da eternidade, num tumulto bestial, não querendo para sempre findar com a carne que ia findar — antes de serem uma vez satisfeitos! E os anjos que, para o receber, desciam de asa serena, sobraçando molhos de Palmas e cantando os epitalâmios, encontravam, em vez dum santo, um sátiro, senil e grotesco — que de rojos, entre bramidos sórdidos, mordia com beijos vorazes a neve, a macia alvura da neve, onde o seu delírio furiosamente imaginava nudezas de cortesãs!... Tudo isto era tratado com uma grandeza sóbria e rude que me parecia sublime. J. Teixeira de Azevedo achou também "sublime — mas brejeiro". E concordou que convinha desentulhar Fradique Mendes da obscuridade e erguê-lo no alto do escudo como o radiante mestre dos Novos.

Fui logo nessa noite à *Revolução de Setembro*, procurar um companheiro meu de Coimbra, Marcos Vidigal, que, nos nossos alegres tempos de Direito Romano e Canônico, ganhara, por tocar concertina, ler a *História da Música* de Scudo, e lançar através da Academia os nomes de Mozart e de Beethoven, uma soberba autoridade sobre Música clássica. Agora, vadiando em Lisboa, escrevia na *Revolução*, aos domingos, uma "Crônica Lírica" — para gozar gratuitamente o bilhete de S. Carlos.

Era um moço com cabelos ralos e cor de manteiga, sardento, apagado de ideias e de modos — mas que despertava e se iluminava todo quando lograva "a *chance* (como ele dizia) de roçar por um homem célebre, ou de arranchar numa coisa original"; e isto tornara-o a ele, pouco a pouco, quase original e quase célebre. Nessa noite, que era sábado e de pesado calor, lá estava à banca, com uma quinzena de alpaca, suando, bufando, a espremer do seu pobre crânio, como dum limão meio seco, gotas duma Crônica sobre a Volpini. Apenas eu aludi a Fradique Mendes, àqueles versos que me tinham maravilhado — Vidigal arrojou a pena, já risonho, com um clarão alvoroçado na face mole:

— Fradique? Se conheço o grande Fradique? É meu parente! É meu patrício! É meu parceiro!

— Ainda bem, Vidigal, ainda bem!

Fomos ao Passeio Público (onde Marcos se ia encontrar com um agiota). Tomamos sorvetes debaixo das acácias; e pelo cronista da *Revolução* conheci a origem, a mocidade, os feitos do poeta das *Lapidárias*.

Carlos Fradique Mendes pertencia a uma velha e rica família dos Açores; e descendia por varonia do navegador D. Lopo Mendes, filho segundo da casa da Troba, e donatário duma das primeiras capitanias criadas nas Ilhas por começos do século XVI. Seu pai, homem magnificamente belo, mas de gostos rudes, morrera (quando Carlos ainda gatinhava) dum desastre, na caça. Seis anos depois sua mãe, senhora tão airosa, pensativa e loura que merecera dum poeta da Terceira o nome de *Virgem de Ossian*, morria também duma febre trazida dos campos, onde andara bucolicamente, num dia de sol forte, cantando e ceifando feno. Carlos ficou em companhia e sob a tutela de sua avó materna, D. Angelina Fradique, velha estouvada, erudita e exótica que colecionava aves empalhadas, traduzia Klopstock e perpetuamente sofria dos "dardos de Amor". A sua primeira educação fora singularmente emaranhada: o capelão de D. Angelina, antigo frade beneditino, ensinou-lhe o latim, a doutrina, o horror à maçonaria e outros princípios sólidos; depois um coronel francês, duro jacobino que se batera em 1830 na barricada de St.-Merry, veio abalar estes alicerces espirituais, fazendo traduzir ao rapaz a *Pucelle* de Voltaire e a *Declaração dos Direitos do Homem*; e finalmente um alemão, que ajudava D. Angelina a enfardelar Klopstock na vernaculidade de Filinto Elisio, e se dizia parente de Emanuel Kant, completou a confusão iniciando Carlos, ainda antes de lhe nascer o buço, na *Crítica da Razão Pura* e na heterodoxia metafísica dos professores de Tubinga. Felizmente Carlos já então gastava longos dias a cavalo pelos campos, com a sua matilha de galgos; — e da anemia que lhe teriam causado as abstrações do raciocínio, salvou-o o sopro fresco dos montados e a natural pureza dos regatos em que bebia.

A avó, tendo imparcialmente aprovado estas embrulhadas linhas de educação, decidiu de repente, quando Carlos completou dezesseis anos, mandá-lo para Coimbra, que ela considerava um nobre centro de estudos clássicos e o derradeiro refúgio das Humanidades. Corria porém na Ilha que a tradutora de Klopstock, apesar dos sessenta anos que lhe revestiam a face dum pelo mais denso que a hera duma ruína, decidira afastar o neto — para casar com o boleeiro.

Durante três anos Carlos tocou guitarra pelo *Penedo da Saudade*, encharcou-se de carrascão na tasca das Camelas, publicou na *Ideia* sonetos ascéticos e amou desesperadamente a filha dum ferrador de Lorvão. Acabava de ser reprovado em Geometria, quando a avó morreu subitamente, na sua quinta das *Tornas*, num caramanchão de rosas, onde se esquecera toda uma sesta de junho, tomando café, e escutando a viola que o cocheiro repicava com os dedos carregados de anéis.

Restava a Carlos um tio, Tadeu Mendes, homem de luxo e de boa mesa, que vivia em Paris preparando a salvação da Sociedade com Persigny, com Morny, e com o príncipe Luís Napoleão, de quem era devoto e credor. E Carlos foi para Paris estudar Direito nas cervejarias que cercam a Sorbonne, à espera da maioridade que lhe devia trazer as heranças acumuladas do pai e da avó — calculadas por Vidigal num farto milhão de cruzados. Vidigal, filho duma sobrinha de D. Angelina, nascido na Terceira, possuía por legado, conjuntamente com Carlos, uma quinta chamada o *Corcovelo*. Daí lhe vinha ser "parente, patrício e parceiro" do homem das *Lapidárias*.

Depois disto Vidigal sabia apenas que Fradique, livre e rico, saíra do Quartier Latin a começar uma existência soberba e fogosa. Com um ímpeto de ave solta, viajara logo por todo o mundo a todos os sopros do vento, desde Chicago a Jerusalém, desde a Islândia até ao Saara. Nestas jornadas, sempre empreendidas por uma solicitação da inteligência ou por ânsia de emoções, achara-se envolvido em feitos históricos e tratara altas personalidades do século. Vestido com uma camisa escarlate, acompanhara Garibaldi na conquista das Duas Sicílias. Incorporado no Estado-Maior do velho *Napier*, que lhe chamava *The Portuguese Lion* (o Leão Português), fizera toda a campanha da Abissínia. Recebia cartas de Mazzini. Havia apenas meses que visitara Hugo no seu rochedo de Guernesey...

Aqui recuei, com os olhos esbugalhados! Victor Hugo (todos ainda se lembram), desterrado então em Guernesey, tinha para nós, idealistas e democratas de 1867, as proporções sublimes e lendárias dum S. João em Patmos. E recuei protestando, com os olhos esbugalhados, tanto se me afigurava fora das possibilidades que um português, um Mendes, tivesse apertado nas suas a mão augusta que escrevera a *Lenda dos Séculos*! Correspondência com Mazzini, camaradagem com Garibaldi, vá! Mas na ilha sagrada, ao rumor das ondas da Mancha, passear, conversar, cismar com o vidente dos *Miseráveis* — parecia-me a impudente exageração dum ilhéu que me queria intrujar...

— Juro! — gritou Vidigal, levantando a mão verídica às acácias que nos cobriam.

E imediatamente, para demonstrar a verossimilhança daquela glória, já altíssima para Fradique, contou-me outra, bem superior, e que cercava o estranho homem duma auréola mais refulgente. Não se tratava já de ser estimado por um homem excelso — mas, coisa preciosa entre todas, de ser amado por uma excelsa mulher. Pois bem! Durante dois anos, em Paris, Fradique fora o eleito de Ana de Léon, a gloriosa Ana de Léon, a mais culta e bela cortesã (Vidigal dizia "o melhor bocado") do Segundo Império, de que ela, pela graça especial da sua voluptuosidade inteligente, como Aspásia no século de Péricles, fora a expressão e a flor!

Muitas vezes eu lera no *Fígaro* os louvores de Ana de Léon, e sabia que poetas a tinham celebrado sob o nome de *Vênus*

Vitoriosa. Os amores com a cortesã não me impressionaram decerto tanto como a intimidade com o homem das *Contemplações*: mas a minha incredulidade cessou — e Fradique assumiu para mim a estatura dum desses seres que, pela sedução ou pelo gênio, como Alcibíades ou como Goethe, dominam uma Civilização, e dela colhem deliciosamente tudo o que ela pode dar em gostos e em triunfos.

Foi por isso talvez que corei, intimidado, quando Vidigal, reclamando outro sorvete de leite, se ofereceu para me levar ao surpreendente Fradique. Sem me decidir, pensando em Novalis que também assim hesitava, enleado, ao subir uma manhã em Berlim as escadas de Hegel — perguntei a Vidigal se o poeta das *Lapidárias* residia em Lisboa... Não! Fradique viera de Inglaterra visitar Sintra, que adorava, e onde comprara a quinta da *Saragoça*, no caminho dos Capuchos, para ter de verão em Portugal um repouso fidalgo. Estivera lá desde o dia de Santo Antônio: — e agora parara em Lisboa, no Hotel Central, antes de recolher a Paris, seu centro e seu lar. De resto, acrescentou Marcos, não havia como Fradique ninguém tão simples, tão alegre, tão fácil. E, se eu desejava conhecer um homem genial, que esperasse ao outro dia, domingo, às duas, depois da missa do Loreto, à porta da Casa Havanesa.

— Valeu? Às duas, religiosamente, depois da missa!

Bateu-me o coração. Por fim, com um esforço, como Novalis no patamar de Hegel, afiancei, pagando os sorvetes, que ao outro dia, às duas, religiosamente, mas sem missa, estaria no portal da Havanesa!

II

Gastei a noite preparando frases, cheias de profundidade e beleza, para lançar a Fradique Mendes! Tendiam todas à glorificação das *Lapidárias*. E lembro-me de ter, com amoroso cuidado, burilado e repolido esta: — "A forma de V. Ex.ª é um mármore divino com estremecimentos humanos!"

De manhã apurei requintadamente a minha toalete como se, em vez de Fradique, fosse encontrar Ana de Léon — com quem já nessa madrugada, num sonho repassado de erudição e sensibilidade, eu passeara na Via Sagrada que vai de Atenas a Elêusis, conversando, por entre os lírios que desfolhávamos, sobre o ensino de Platão e a versificação das *Lapidárias*. E às duas horas, dentro de uma tipoia, para que o macadame regado me não maculasse o verniz dos sapatos, parava na Havanesa, pálido, perfumado, comovido, com uma tremenda rosa de chá na lapela, éramos assim em 1867!

Marcos Vidigal já me esperava, impaciente, roendo o charuto. Saltou para a tipoia; e batemos através do Loreto, que escaldava ao sol de agosto.

Na Rua do Alecrim (para combater a pueril emoção que me enleava), perguntei ao meu companheiro quando publicaria Fradique as *Lapidárias*. Por entre o barulho das rodas, Vidigal gritou:

— Nunca!

E contou que a publicação daqueles trechos na *Revolução de Setembro* quase ocasionara, entre Fradique e ele, "uma pega intelectual". Um dia, depois de almoço, em Sintra, enquanto Fradique fumava o seu chibuque persa, Vidigal, na sua familiaridade, como patrício e como parente, abrira sobre a mesa uma pasta de veludo negro. Descobrira, surpreendido, largas folhas de versos, numa tinta já amarelada. Eram as *Lapidárias*. Lera a primeira, a *Serenada de Satã aos Astros*. E, maravilhado, pedira a Fradique para publicar na *Revolução* algumas dessas estrofes divinas. O primo sorrira, consentira — com a rígida condição de serem firmadas por um pseudônimo. Qual?... Fradique abandonava a escolha à fantasia de Vidigal. Na redação, porém, ao rever as provas, só lhe acudiram pseudônimos decrépitos e safados, o *Independente*, o *Amigo da Verdade*, o *Observador* — nenhum bastante novo para dignamente firmar poesia tão nova. Disse consigo: — "Acabou-se! Sublimidade não é vergonha. Ponho-lhe o nome!" Mas quando Fradique viu a *Revolução de Setembro*, ficou lívido e chamou, regeladamente, a Vidigal, "indiscreto, burguês e filisteu"! — E aqui Vidigal parou para me pedir a significação de *filisteu*. Eu não sabia; mas arquivei gulosamente o termo, como amargo. Recordo até que logo nessa tarde, no Martinho, tratei de *filisteu* o autor considerável do *Ave César*!

— De modo que — rematou Vidigal — é melhor não lhe falares nas *Lapidárias*!

Sim!, pensava eu. Talvez Fradique, à maneira do chanceler Bacon e de outros homens grandes pela ação, deseje esconder deste mundo de materialidade e de força o seu fino gênio poético! Ou talvez essa ira, ao ver o seu nome impresso debaixo de versos com que se orgulharia Leconte de Lisle, seja a do artista nobremente e perpetuamente insatisfeito, que não aceita ante os homens como sua a obra onde sente imperfeições! Estes modos de ser, tão superiores e novos, caíam na minha admiração como óleo numa fogueira. Ao pararmos no Central tremia de acanhamento.

Senti um alívio quando o porteiro anunciou que o Sr. Fradique Mendes, nessa manhã, cedo, tomara uma caleche para Belém. Vidigal empalideceu, de desespero:

— Uma caleche! Para Belém!... Há alguma coisa em Belém?

Murmurei, numa ideia de Arte, que havia os Jerônimos. Nesse instante uma tipoia, lançada a trote, estacou na rua, com as pilecas fumegando. Um homem desceu, ligeiro e forte. Era Fradique Mendes.

Vidigal, alvoroçado, apresentou-me como um "poeta seu amigo". Ele adiantou a mão sorrindo — mão delicada e branca onde vermelhava um rubi. Depois, acariciando o ombro do primo Marcos, abriu uma carta que lhe estendia o porteiro.

Pude então, à vontade, contemplar o cinzelador das *Lapidárias*, o familiar de Mazzini, o conquistador das Duas Sicílias, o bem-adorado de Ana de Léon! O que me seduziu logo foi a sua esplêndida solidez, a sã e viril proporção dos membros rijos, o aspecto calmo de poderosa estabilidade com que parecia assentar na vida, tão livremente e tão firmemente, como sobre aquele chão de ladrilhos onde pousavam os seus largos sapatos de verniz, resplandecendo sob polainas de linho. A face era do feitio aquilino e grave que se chama *cesariano*, mas sem as linhas empastadas e a espessura flácida que a tradição das Escolas invariavelmente atribui aos Césares, na tela ou no gesso, para os revestir de Majestade; antes pura e fina como a dum Lucrécio moço, em plena glória, todo nos sonhos da Virtude e da Arte. Na pele, duma brancura láctea e fresca, a barba, por ser pouca decerto, não deixava depois de escanhoada nem aspereza nem sombra; apenas um buço crespo e leve lhe orlava os lábios que, pela vermelhidão úmida e pela sinuosidade sutil, pareciam igual e superiormente talhados para a Ironia e para o Amor. E toda a sua finura, misturada de energia, estava nos olhos — olhos pequenos e negros, brilhantes como contas de ônix, duma penetração aguda, talvez insistente demais, que perfurava, se enterrava sem esforço, como uma verruma de aço em madeira mole.

Trazia uma quinzena solta, duma fazenda preta e macia, igual à das calças que caíam sem um vinco; o colete de linho branco fechava por botões de coral pálido; e o laço da gravata de cetim negro, dando relevo à altura espelhada dos colarinhos quebrados, oferecia a perfeição concisa que já me encantara no seu verso.

Não sei se as mulheres o considerariam *belo*. Eu achei-o um varão magnífico — dominando sobretudo por uma graça clara que saía de toda a sua força máscula. Era o seu viço que deslumbrava. A vida de tão várias e trabalhosas atividades não lhe cavara uma prega de fadiga. Parecia ter emergido, havia momentos, assim de quinzena preta e barbeado, do fundo vivo da Natureza. E apesar de Vidigal me ter contado que Fradique festejara os "trinta e três" em Sintra, pela festa de S. Pedro, eu sentia naquele corpo a robustez tenra e ágil de um efebo, na infância do mundo grego. Só quando sorria ou quando olhava se surpreendiam imediatamente nele vinte séculos de literatura.

Depois de ler a carta, Fradique Mendes abriu os braços, num gesto desolado e risonho, implorando a misericórdia de Vidigal. Tratava-se, como sempre, da Alfândega, fonte perene das suas amarguras! Agora tinha lá encalhado um caixote, contendo uma múmia egípcia...

— Uma múmia?...

Sim, perfeitamente, uma múmia histórica, o corpo verídico e venerável de Pentaour, escriba ritual do templo de Amnon em Tebas, o cronista de Ramsés II. Mandara-o vir de Paris para dar a uma senhora da Legação de Inglaterra, Lady Ross, sua amiga de Atenas, que em plena frescura e plena ventura, colecionava antiguidades funerárias do Egito e da Assíria... Mas, apesar de esforços sagazes, não conseguia arrancar o defunto letrado dos armazéns da Alfândega — que ele enchera de confusão e de horror. Logo na primeira tarde, quando Pentaour desembarcara, enfaixado dentro do seu caixão, a Alfândega, aterrada, avisou a polícia. Depois, calmadas as desconfianças dum crime, surgira uma insuperável dificuldade: — que artigo da pauta se poderia aplicar ao cadáver dum hierograma do tempo de Ramsés? Ele, Fradique, sugerira o artigo que taxa o arenque defumado. Realmente, no fundo, o que é um arenque defumado senão a múmia, sem ligaduras e sem inscrições, dum arenque que viveu. Ter sido peixe ou escriba nada importava para os efeitos fiscais. O que a Alfândega via diante de si era o corpo duma criatura, outrora palpitante, hoje secada ao fumeiro. Se ela em vida nadava num cardume nas ondas do mar do Norte, ou se, nas margens do Nilo, há quatro mil anos, arrolava as reses de Amnon e comentava os *capítulos de fim de dia* — não era certamente da conta dos Poderes Públicos. Isto parecia-lhe lógico. Todavia as autoridades da Alfândega continuavam a hesitar, coçando o queixo, diante do cofre sarapintado que encerrava tanto saber e tanta piedade! E agora naquela carta os amigos Pintos Bastos aconselhavam, como mais nacional e mais rápido, que se arrancasse um *empenho* do Ministro da Fazenda, para fazer sair sem direitos o corpo augusto do escriba de Ramsés. Ora, este empenho, quem melhor para o alcançar que Marcos — esteio da Regeneração e seu Cronista musical?

Vidigal esfregava as mãos, iluminado. Aí estava uma coisa bem digna dele, "bem catita" — salvar do fisco a múmia "dum figurão faraônico!" E arrebatou a carta dos Pintos Bastos, enfiou para a tipoia, gritou ao cocheiro a morada do Ministro, seu colega na *Revolução de Setembro*. Assim fiquei só com Fradique — que me convidou a subir aos seus quartos, e esperar Vidigal, bebendo uma "soda e limão".

Pela escada, o poeta das *Lapidárias* aludiu ao tórrido calor de agosto. E eu que nesse instante, defronte do espelho no patamar, revistava, com um olhar furtivo, a linha da minha sobrecasaca e a frescura da minha rosa — deixei estouvadamente escapar esta coisa hedionda:

— Sim, está de escachar!

E ainda o torpe som não morrera, já uma aflição me lacerava, por esta "chulice" de esquina de tabacaria, assim atabalhoadamente lançada como um pingo de sebo sobre o supremo artista das *Lapidárias*. O homem que conversara com Hugo à beira-mar!... Entrei no quarto atordoado, com bagas de suor na face. E debalde rebuscava desesperadamente uma outra frase sobre o calor, bem trabalhada, toda cintilante e nova! Nada! Só me acudiam sordidezes paralelas, em calão teimoso: — "é de rachar"! "está de ananases"! "derrete os untos"!... Atravessei ali uma dessas angústias atrozes e grotescas, que, aos vinte anos, quando se começa a vida e a literatura, vincam a alma — e jamais esquecem.

Felizmente Fradique desaparecera por trás dum reposteiro de alcova. Só, limpando o suor, considerando que altos pensadores se exprimem assim, com uma simplicidade rude, — serenei. E a perturbação sucedeu a curiosidade de descobrir em torno, pelo aposento, algum vestígio da originalidade intensa do homem que o habitava. Vi apenas cansadas cadeiras de repes azul-ferrete, um lustre embuçado em tule, e um console, de altos pés dourados, entre as duas janelas que respiravam para o rio. Somente, sobre o mármore do console, e por meio dos livros que atulhavam uma velha mesa de pau-preto, pousavam soberbos ramos de flores; e a um canto afofava-se um espaçoso divã, instalado decerto por Fradique com colchões sobrepostos, que dois cobrejões orientais revestiam de cores estridentes. Errava além disso em toda a sala um aroma desconhecido, que também me pareceu oriental, como feito de rosas de Esmirna, mescladas a um fio de canela e manjerona.

Fradique Mendes voltara de dentro, vestido com uma cabaia chinesa! Cabaia de mandarim, de seda verde, bordada a flores de amendoeira — que me maravilhou e me intimidou. Vi então que tinha o cabelo castanho-escuro, fino e levemente ondeado sobre a testa, mais polida e branca que os marfins da Normandia. E os olhos, banhados agora numa luz franca, não apresentavam aquela negrura profunda que eu comparara ao ônix, mas uma cor quente de tabaco escuro da Havana. Acendeu uma cigarrilha e ordenou a "soda e limão" a um criado surpreendente, muito louro, muito grave, com uma pérola espetada na gravata, largas calças de xadrez verde e preto, e o peito florido por três cravos amarelos! (Percebi que este servo magnífico se chamava Smith). O meu enleio crescia. Por fim Fradique murmurou, sorrindo, com sincera simpatia:

— Aquele Marcos é uma flor!

Concordei, contei a velha estima que me prendia a Vidigal, desde o primeiro ano de Coimbra, dos nossos tempos estouvados de Concertina e *Sebenta*. Então, alegremente, recordando Coimbra, Fradique perguntou-me pelo Pedro Penedo, pelo Pais, por outros lentes ainda, do antigo tipo fradesco e bruto; depois pelas tias Camelas, essas encantadoras velhas, que escrupulosamente, através de lascivas gerações de estudantes, tinham permanecido virgens, para poderem no Céu, ao lado de Santa Cecília, passar toda uma eternidade a tocar harpa... Era uma das suas memórias melhores de Coimbra essa taverna das tias Camelas, e as ceias desabaladas que custavam setenta reis, comidas ruidosamente na penumbra fumarenta das pipas, com o prato de sardinhas em cima dos joelhos, por entre temerosas contendas de Metafísica e de Arte. E que sardinhas! Que arte divina em frigir o peixe! Muitas vezes em Paris se lembrara das risadas, das ilusões e dos pitéus de então!...

Tudo isto vinha num tom muito moço, sincero, singelo — que eu mentalmente classificava de *cristalino*. Ele estirara-se no divã; eu ficara rente da mesa, onde um ramo de rosas se desfolhava ao calor sobre volumes de Darwin e do Padre Manuel Bernardes. E então, dissipado o acanhamento, todo no apetite de revolver com aquele homem genial ideias de Literatura, sem me lembrar que, como Bacon, ele desejava esconder o seu gênio poético, ou artista insatisfeito nunca reconheceria a obra imperfeita, — aludi às *Lapidárias*.

Fradique Mendes tirou a cigarrilha dos lábios para rir — com um riso que seria genuinamente galhofeiro, se de certo modo o não contradissesse um laivo de vermelhidão que lhe subira à face cor de leite. Depois declarou que a publicação desses versos, *com a sua assinatura*, fora uma perfídia do leviano Marcos. Ele não considerava *assináveis* esses pedaços de prosa rimada, que decalcara, havia quinze anos, na idade em que se imita, sobre versos de Leconte de Lisle, durante um verão de trabalho e de fé numa trapeira de Luxemburgo, julgando-se a cada rima um inovador genial...

Eu acudi afirmando, todo em chama, que depois da obra de Baudelaire nada em Arte me impressionara como as *Lapidárias*! E ia lançar a minha esplêndida frase, burilada nessa noite com paciente cuidado: — "A forma de V. Ex.ª é um mármore divino..." Mas Fradique deixara o divã e pousava em mim os olhos finos de ônix, com uma curiosidade que me *verrumava*.

— Vejo então — disse ele — que é um devoto do maganão das *Flores do Mal*!

Corei, àquele espantoso termo de maganão. E, muito grave, confessei que para mim Baudelaire dominava, à maneira de um grande astro, logo abaixo de Hugo, na moderna Poesia. Então Fradique, sorrindo paternalmente, afiançou que bem cedo eu perderia essa ilusão! Baudelaire (que ele conhecera) não era verdadeiramente um poeta. Poesia subentendia emoção; e Baudelaire, todo intelectual, não passava dum psicólogo, dum analista — um dissecador sutil de estados mórbidos. As *Flores do Mal* continham apenas resumos críticos de torturas morais que Baudelaire muito finamente compreendera, mas nunca pessoalmente *sentira*. A sua obra era como a de um patologista, cujo coração bate normal e serenamente, enquanto descreve, à banca, numa folha de papel, pela erudição e observação acumuladas, as perturbações temerosas duma lesão cardíaca. Tanto assim que Baudelaire compusera primeiro em prosa as *Flores do Mal* — e só mais tarde, depois de retificar a justeza das análises, as passara a verso, laboriosamente, com um dicionário de rimas!... De resto, em França (acrescentou o estranho homem) não havia poetas. A genuína expressão da clara inteligência francesa era a prosa. Os seus mais finos conhecedores prefeririam sempre os poetas, cuja poesia se caracterizasse pela precisão, lucidez, sobriedade — que são qualidades de prosa; e um poeta tornava-se tanto mais popular quanto mais visivelmente possuía o gênio do prosador. Boileau continuaria a ser um clássico e um imortal, quando já ninguém se lembrasse em França do tumultuoso lirismo de Hugo...

Dizia estas coisas enormes numa voz lenta, penetrante — que ia recortando os termos com a certeza e a perfeição dum buril. E eu escutava, varado! Que um Boileau, um pedagogo, um lambão de corte, permanecesse nos cimos da Poesia Francesa, com a sua *Ode à Tomada de Namur*, a sua cabeleira e a sua férula, quando o nome do poeta da *Lenda dos Séculos* fosse como um suspiro do vento que passou — parecia-me uma dessas afirmações, de rebuscada originalidade, com que se procura assombrar os simples, e que eu mentalmente classificava de *insolente*. Tinha mil coisas, abundantes e esmagadoras, a contestar; mas não ousava, por não poder apresentá-las naquela forma translúcida e geométrica do poeta das *Lapidárias*. Essa covardia, porém, e o esforço para reter os protestos do meu entusiasmo pelos Mestres da minha mocidade, sufocava-me, enchia-me de mal-estar; e ansiava só por abalar daquela sala, onde, com tão bolorentas opiniões clássicas, tanta rosa nas jarras e todas as moles exalações de canela e manjerona — se respirava conjuntamente um ar abafadiço de Serralho e de Academia.

Ao mesmo tempo julgava humilhante ter soltado apenas, naquela conversação com o familiar de Mazzini e de Hugo, miúdos reparos sobre o Pedro Penedo e o carrascão das Camelas. E na justa ambição de deslumbrar Fradique com um resumo crítico, provando as minhas finas letras, recorri à frase, à lapidada frase, sobre a forma do seu verso. Sorrindo, retorcendo o buço, murmurei: — "Em todo o caso a forma de V. Ex.ª é um mármore..." Subitamente, à porta que se abrira com estrondo, surgiu Vidigal:

— Tudo pronto! — gritou. — Despachei o defunto!

O ministro, homem de poesia e de eloquência, interessara-se francamente por aquela múmia dum "colega", e jurara logo poupar-lhe o opróbrio de ser tarifada como peixe salgado. S. Ex. tinha mesmo ajuntado: — "Não, senhor! não, senhor! Há de entrar livremente, com todas as honras devidas a um clássico!" E logo de manhã Pentaour deixaria a Alfândega, de tipoia!

Fradique riu daquela designação de *clássico* dada a um hierograma do tempo de Ramsés — e Vidigal, triunfante, abancando ao piano, entoou com ardor a *Grã-Duquesa*. Então eu, tomado estranhamente, sem razão, por um sentimento de inferioridade e de melancolia, estendi a mão para o chapéu. Fradique não me reteve; mas os dois passos com que me acompanhou no corredor, o seu sorriso e o seu *shake-hands* foram perfeitos. Apenas na rua, desabafei: — "Que pedante!"

Sim, mas inteiramente *novo*, dessemelhante de todos os homens que eu até aí conhecera! E à noite, na Travessa do Guarda-Mor (ocultando a escandalosa apologia de Boileau, para nada dele mostrar imperfeito), espantei J. Teixeira de Azevedo com *um* Fradique idealizado, em que tudo era irresistível, as ideias, o verbo, a cabaia de seda, a face marmórea de Lucrécio moço, o perfume que esparzia, a graça, a erudição e o gosto!

J. Teixeira de Azevedo tinha o entusiasmo difícil e lento em fumegar. O homem deu-lhe apenas a impressão de ser postiço e teatral. Concordou no entanto que convinha ir estudar "um maquinismo de pose montado com tanto luxo!".

Fomos ambos ao Central, dias depois, no funda duma tipoia. Eu, engravatado em cetim, de gardênia ao peito. J. Teixeira de Azevedo, caracterizado de "Diógenes do século XIX", com um pavoroso cacete ponteado de ferro, chapéu braguês orlado de sebo, jaquetão encardido e remendado que lhe emprestara o criado, e grossos tamancos rurais!... Tudo isto arranjado com trabalho, com despesa, com intenso nojo, só para horrorizar Fradique — e diante desse homem de ceticismo e de luxo, altivamente afirmar, como democrata e como idealista, a grandeza moral do remendo e a filosófica austeridade da nódoa! Éramos assim em 1867!

Tudo perdido! Perdida a minha gardênia, perdida a imundícia estoica do meu camarada! O Sr. Fradique Mendes (disse o porteiro) partira na véspera num vapor que ia buscar bois a Marrocos.

III

Alguns anos passaram. Trabalhei, viajei. Melhor fui conhecendo os homens e a realidade das coisas, perdi a idolatria da Forma, não tornei a ler Baudelaire. Marcos Vidigal, que, através da *Revolução de Setembro*, trepara da Crônica Musical à Administração Civil, governava a Índia como Secretário-Geral, de novo entregue, nesses ócios asiáticos que lhe fazia o Estado, à *História da Música* e à concertina; e levado assim esse grato amigo do Tejo para o Mandovi, eu não soubera mais do poeta das *Lapidárias*. Nunca porém se me apagara a lembrança do homem singular. Antes por vezes me sucedia de repente *ver*, claramente *ver*, num relevo quase tangível — a face ebúrnea e fresca, os olhos cor de tabaco insistentes e verrumando, o sorriso sinuoso e cético onde viviam vinte séculos de literatura.

Em 1871 percorri o Egito. Uma ocasião, em Mênfis, ou no sítio em que foi Mênfis, navegava nas margens inundadas do Nilo, por entre palmeirais que emergiam da água e reproduziam sobre um fundo radiante de luar oriental o recolhimento e a solenidade triste de longas arcarias de claustros. Era uma solidão, um vasto silêncio de terra morta, apenas docemente quebrado pela cadência dos remos e pelo canto dolente do arrais... E eis que subitamente (sem que recordação alguma evocasse até esta imagem) — *vejo*, nitidamente *vejo*, avançando com o barco, e com ele cortando as faixas de luz e sombra, o quarto do Hotel Central, o grande divã de cores estridentes, e Fradique, na sua cabaia de seda, celebrando por entre o fumo da cigarrilha a imortalidade de Boileau! E eu mesmo já não estava no Oriente, nem em Mênfis, sobre as imóveis águas do Nilo; mas lá, entre o repes azul, sob o lustre embuçado em tule, diante das duas janelas que miravam o Tejo, sentindo embaixo as carroças de ferragens rolarem para o Arsenal. Perdera porém o acanhamento que então me enleava. E, durante o tempo que assim remamos nesta decoração faraônica para a morada do Sheik de Abou-Kair, fui argumentando com o poeta das *Lapidárias*, e enunciando enfim, na defesa de Hugo e Baudelaire, as coisas finas e tremendas com que o devia ter emudecido naquela tarde de agosto! O arrais cantava os vergéis de Damasco. Eu berrava mentalmente: — "Mas veja V. Ex.ª nos *Miseráveis* a alta lição moral..."

Ao outro dia, que era o da festa do Beiram, recolhi ao Cairo pela hora mais quente, quando os *muezzins* cantam a terceira oração. E ao apear do meu burro, diante do Hotel Sheperd, nos jardins do Ezbekieh, quem hei-de eu avistar? Que homem, de entre todos os homens, avistei eu no terraço, estendido numa comprida cadeira de vime, com as mãos cruzadas por trás da nuca, o *Times* esquecido sobre os joelhos, embebendo-se todo de calor e de luz? Fradique Mendes.

Galguei os degraus do terraço, lançando o nome de Fradique, por entre um riso de transbordante prazer. Sem desarranjar a sua beatitude, ele descruzou apenas um braço que me estendeu com lentidão. O encanto do seu acolhimento esteve na facilidade com que me reconheceu, sob as minhas lunetas azuis e o meu vasto chapéu panamá:

— "Então, como vai desde o Hotel Central?... Há quanto tempo pelo Cairo?"

Teve ainda outras palavras indolentes e afáveis. Num banco ao seu lado, todo eu sorria, limpando o pó que me empastara a face com uma espessura de máscara. Durante o curto e doce momento que ali conversamos, soube que Fradique chegara havia uma semana de Suez, vindo das margens do Eufrates e da Pérsia, por onde errara, como nos contos de fadas, um ano inteiro e um dia; que tinha um *debarieh*, com o lindo nome de *Rosa das Águas*, já tripulado e amarrado à sua espera no cais de Bulak; e que ia nele subir o Nilo até ao Alto Egito, até a Núbia, ainda para além de Ibsambul...

Todo o sol do Mar Vermelho e das planícies do Eufrates não lhe tostara a pele láctea. Trazia, exatamente como no Hotel Central, uma larga quinzena preta e um colete branco fechado por botões de coral. E o laço da gravata de cetim negro representava bem, naquela terra de roupagens soltas e rutilantes, a precisão formalista das ideias ocidentais.

Perguntou-me pela pachorrenta Lisboa, por Vidigal que burocratizava entre os palmares bramânicos... Depois, como eu continuava a esfregar o suor e o pó, aconselhou que me purificasse num banho turco, na piscina que fica ao pé da Mesquita de El-Monyed, e que repousasse toda a tarde, para percorrermos à noite as iluminações do Beiram.

Mas em lugar de descansar, depois do banho lustral, tentei ainda, ao trote doce de um burro, através da poeira quente do deserto líbico, visitar fora do Cairo as sepulturas dos Califas. Quando à noite, na sala do Sheperd, me sentei diante da sopa de "rabo de boi", a fadiga tirara-me o ânimo de pasmar para outras maravilhas muçulmanas. O que me apetecia era o leito fresco, no meu quarto forrado de esteiras, onde tão romanticamente se ouviam cantar no jardim as fontes entre os rosais.

Fradique Mendes já estava jantando, numa mesa onde flamejava, entre as luzes, um ramo enorme de cactos. Ao seu lado pousava de leve, sobre um escabelo mourisco, uma senhora vestida de branco, a quem eu só via a massa esplêndida dos cabelos louros e as costas, perfeitas e graciosas, como as de uma estátua de Praxiteles que usasse um colete de *Madame* Marcel; defronte, numa cadeira de braços, alastrava-se um homem gordo e mole, cuja vasta face, de barbas encaracoladas, cheia de força tranquila como a de um Júpiter, eu já decerto encontrara algures, ou viva ou em mármore. E caí logo nesta preocupação. Em que rua, em que museu admirara eu já aquele rosto olímpico, onde apenas a fadiga do olhar, sob as pálpebras pesadas, traía a argila mortal?

Terminei por perguntar ao negro de Seneh que servia o macarrão. O selvagem escancarou um riso de faiscante alvura no ébano do carão redondo, e, através da mesa, grunhiu com respeito: — *Cé-le-diêu*... Justos Céus! *Le Dieu*! Intentaria o negro afirmar que aquele homem de barbas encaracoladas *era um deus*! — o *deus* especial e conhecido que habitava o Sheperd! Fora pois num altar, numa tela devota, que eu vira essa face, dilatada em majestade pela absorção perene do incenso e da prece? De novo interroguei o Núbio, quando ele voltou erguendo nas mãos espalmadas uma travessa que fumegava. De novo o Núbio me atirou, em silabas claras, bem feridas, dissipando toda a incerteza: — *C'est Le Dieu*!

Era um Deus! Sorri a esta ideia de literatura — um Deus de rabona, jantando à mesa do Hotel Sheperd. E, pouco a pouco, da minha imaginação esfalfada foi-se evolando não sei que sonho, esparso e tênue, como o fumo que se eleva de uma braseira meio apagada. Era sobre o Olimpo, e os velhos Deuses, e aquele amigo de Fradique que se parecia com Júpiter. Os Deuses (cismava eu, colhendo garfadas lentas da salada de tomates) não tinham talvez morrido; e desde a chegada de S. Paulo à Grécia, viviam refugiados num vale da Lacônia, outra vez entregues, nos ócios que lhes impusera o Deus novo, às suas ocupações primordiais de lavradores e pastores. Somente, já pelo hábito que os Deuses nunca perderam de imitar os homens, já para escapar aos ultrajes duma Cristandade pudibunda, os olímpicos abafavam, sob saias e jaquetões, o esplendor das nudezas que a Antiguidade adorara; e como tomavam outros costumes humanos, ora por necessidade (cada dia se torna mais difícil ser Deus), ora por curiosidade (cada dia se torna mais divertido ser Homem), os Deuses iam lentamente consumando a sua humanização. Já por vezes deixavam a doçura do seu vale bucólico; e com baús, com sacos de tapete, viajavam por distração ou negócios, folheando os *Guias Bedecker*. Uns iam estudar nas cidades, entre a Civilização, as maravilhas da Imprensa, do Parlamentarismo e do gás; outros, aconselhados pelo erudito Hermes, cortavam a monotonia dos longos estios da Ática, bebendo as águas em Vichy ou em Carlsbad; outros ainda, na saudade imperecível das onipotências passadas, peregrinavam até às ruínas dos templos, onde outrora lhes era ofertado o mel e o sangue das reses. Assim se tornava verossímil que aquele homem, cuja face cheia de majestade e força serena reproduzia as feições com que Júpiter se revelou à Escola de Atenas — fosse na realidade Júpiter, o Tonante, o Fecundador, pai inesgotável dos Deuses, criador da Regra e da Ordem. Mas que motivo o traria ali, vestido de flanela azul, pelo Cairo, pelo Hotel Sheperd, comendo um macarrão que profanadoramente se prendia às barbas divinas, por onde a ambrósia escorrera? Certamente o doce motivo que através da Antiguidade, em Céu e Terra, sempre inspirara os atos de Júpiter — do frascário e femeeiro Júpiter. O que o podia arrastar ao Cairo senão *alguma saia*, esse desejo esplendidamente insaciável de deusas e de mulheres — que outrora tornava pensativas as donzelas da Helênia ao decorarem, na Partilha Pagã, as datas em que ele batera as asas de cisne entre os joelhos de Leda, sacudira as pontas de touro entre os braços de Europa, gotejara em pingos de ouro sobre o seio de Dânae, pulara em línguas de fogo até aos lábios de Egina, e mesmo um dia, enojando Minerva e as damas sérias do Olimpo, atravessara toda a Macedônia com uma escada ao ombro para trepar ao alto eirado da morena Sêmele? Agora, evidentemente, viera ao Cairo passar umas férias sentimentais, longe da Juno mole e conjugal, com aquela viçosa mulher, cujo busto irresistível provinha das artes conjuntas de Praxiteles e de *Madame*

Marcel. E ela, quem seria ela? A cor das suas tranças, a suave ondulação dos seus ombros, tudo indicava claramente uma dessas deliciosas Ninfas das Ilhas da Jónia, que outrora os Diáconos Cristãos expulsavam dos seus frescos regatos, para neles batizar centuriões caquéticos e comidos de dívidas, ou velhas matronas com pelo no queixo, trôpegas do incessante peregrinar aos altares de Afrodite. Nem ele nem ela porém podiam esconder a sua origem divina: através do vestido de cassa o corpo da Ninfa irradiava uma claridade; e, atendendo bem, ver-se-ia a fronte marmórea de Júpiter arfar em cadência, no calmo esforço de perpetuamente conceber a Regra e a Ordem.

Mas Fradique? Como se achava ali Fradique, na intimidade dos Imortais, bebendo com eles champanhe Clicquot, ouvindo de perto a harmonia inefável da palavra de Jove? Fradique era um dos derradeiros crentes do Olimpo, devotamente prostrado diante da Forma e transbordando de alegria pagã. Visitara a Lacônia; falava a língua dos Deuses; recebia deles a inspiração. Nada mais consequente do que descobrir Júpiter no Cairo e prender-se logo ao seu serviço, como cicerone nas terras bárbaras de Alá. E certamente com ele e com a Ninfa da Jônia ia Fradique subir o Nilo, na *Rosa das Águas*, até aos derrocados templos onde Júpiter poderia murmurar, pensativo, e indicando ruínas de aras com a ponta do guarda-sol: — "Abichei aqui muito incenso!"

Assim, através da salada de tomates, eu desenvolvia e coordenava estas imaginações — decidido a convertê-las num conto para publicar em Lisboa na *Gazeta de Portugal*. Devia chamar-se *A Derradeira Campanha de Júpiter*: — e nele obtinha o fundo erudito e fantasista para incrustar todas as notas de costumes e de paisagens, colhidas na minha viagem do Egito. Somente, para dar ao conto um relevo de modernidade e de realismo picante, levaria a Ninfa das águas, durante a jornada do Nilo, a enamorar-se de Fradique e a trair Júpiter! E ei-la aproveitando cada recanto de palmeiral e cada sombra lançada pelos velhos pilonos de Osíris para se pendurar do pescoço do poeta das *Lapidárias*, murmurar-lhe coisas em grego mais doces que os versos de Hesíodo, deixar-lhe nas flanelas o seu aroma de ambrósia, e ser por todo esse vale do Nilo imensamente *cochonne* — enquanto o pai dos deuses, cofiando as barbas encaracoladas, continuaria imperturbavelmente a conceber a Ordem, supremo, augusto, perfeito, ancestral e cornudo!

Entusiasmado, já construía a primeira linha do Conto: "Era no Cairo, nos jardins de Chubra, depois do jejum do Ramadã..." — quando vi Fradique adiantar-se para mim, com a sua chávena de café na mão. Júpiter também se erguera, cansadamente. Pareceu-me um Deus pesado e mole com um princípio de obesidade, arrastando a perna tarda, bem próprio para o ultraje que eu lhe preparava na *Gazeta de Portugal*. Ela porém tinha a harmonia, o aroma, o andar, a irradiação duma Deusa!... Tão realmente divina que resolvi logo substituir-me a Fradique no Conto, ser eu o cicerone, e com os Imortais vogar à vela e à sirga sobre o rio da imortalidade! Junto à minha face, não à de Fradique, balbuciaria ela, desfalecendo de paixão entre os granitos sacerdotais de Medinet-Abou, as coisas mais doces da *Antologia*. Ao menos, em sonho, realizava uma triunfal viagem a Tebas. E faria pensar aos assinantes da *Gazeta de Portugal*: — "O que ele por lá gozou!"

Fradique sentara-se, recebendo, de Jove e da ninfa que passavam, um sorriso cuja doçura também me envolveu. Vivamente puxei a cadeira para o poeta das *Lapidárias*:

— Quem é este homem? Conheço-lhe a cara...

— Naturalmente, de gravuras... é Gautier!

Gautier! Teófilo Gautier! O grande Teo! O mestre impecável! Outro ardente enlevo da minha mocidade! Não me enganara pois inteiramente. Se não era um Olímpico — era pelo menos o derradeiro Pagão, conservando, nestes tempos de abstrata e cinzenta intelectualidade, a religião verdadeira da Linha e da Cor! E esta intimidade de Fradique com o autor de *Mademoiselle de Maupin*, com o velho paladino de *Hernâni*, tornou-me logo mais precioso este compatriota que dava à nossa gasta Pátria um lustre tão original! Para saber se ele preferia anis ou genebra, acariciei-lhe a manga com meiguice. E foi em mim um êxtase ruidoso, diante da sua agudeza, quando ele me aclarou o grunhir do negro de Seneh. O que eu tomara pelo anúncio duma presença divina, significava apenas — *c'est le deux*! Gautier no hotel ocupava o quarto número dois. E, para o bárbaro, o plástico mestre do Romantismo era apenas — *o dois*.

Contei-lhe então a minha fantasia pagã, o conto que ia trabalhar, os perfeitos dias de paixão que lhe destinava na viagem para a Núbia. Pedi mesmo permissão para lhe dedicar a *Derradeira Campanha de Júpiter*. Fradique sorriu, agradeceu. Desejaria bem (confessou ele) que essa fosse a realidade, porque não se podia encontrar mulher de mais genuína beleza e de mais aguda sedução do que essa ninfa das águas, que se chamava Jeanne Morlaix, e era comparsa dos *Delassements-Comiques*. Mas, para seu mal, a radiosa criatura estava caninamente namorada de um Sicard, corretor de fundos, que a trouxera ao Cairo, e que fora nessa tarde, com banqueiros gregos, jantar aos jardins de Chubra...

— Em todo o caso — acrescentou o originalíssimo homem —, nunca esquecerei, meu caro patrício, a sua encantadora intenção!

Descartes, zombando, creio eu, da física epicuriana ou atomista, fala algures das afeições produzidas pelos *Atomes crochus*, átomos recurvos, em forma de colchete ou de anzol, que se enganchan invisivelmente de coração a coração, e formam essas *cadeias*, resistentes como o bronze de Samotrácia, que para sempre ligam e fundem dois seres, numa constância vencedora da Sorte e sobrevivente à Vida. Um qualquer *nada* provoca esse fatal ou providencial enlaçamento de átomos. Por vezes um olhar, como desastradamente em Verona sucedeu a Romeu e Julieta; por vezes o impulso de duas crianças para o mesmo fruto, num vergel real, como na amizade clássica de Orestes e Pilades. Ora, por esta teoria (tão satisfatória como qualquer outra em Psicologia afetiva), a esplêndida aventura de amor, que eu tão generosamente reservara a Fradique na *Última Campanha de Júpiter*, seria a causa misteriosa e inconsciente, o *nada* que determinou a sua primeira simpatia para comigo, desenvolvida, solidificada depois em seis anos de intimidade intelectual.

Muitas vezes, no decurso da nossa convivência, Fradique aludiu gratamente a essa minha *encantadora intenção* de lhe atar, em torno do pescoço, os braços de Jeanne Morlaix. Fora ele cativado pela sinuosa e poética homenagem que eu assim prestava às suas seduções de homem? Não sei. — Mas, quando nos erguemos para ir ver as iluminações do Beiram, Fradique Mendes, com um modo novo, aberto, quente, quase íntimo, já me tratava por *você*.

As iluminações no Oriente consistem, como as do Minho, de tigelinhas de barro e de vidro onde arde um pavio ou uma mecha de estopa. Mas a descomedida profusão com que se prodigalizam as tigelinhas (quando as paga o Paxá) torna as velhas cidades meio arruinadas, que assim se enfeitam em louvor de Alá, realmente deslumbrantes — sobretudo para um ocidental besuntado de literatura, e inclinado a ver por toda a parte, reproduzidas no moderno Oriente, as muito lidas maravilhas dessas *Mil e Uma Noites* que ninguém jamais leu.

Na celebração do Beiram (custeada pelo Quediva), as tigelinhas eram incontáveis — e todas as linhas do Cairo, as mais quebradas e as mais fugidias, ressaltavam na escuridão, esplendidamente sublinhadas por um risco de luz. Longas fieiras de pontos refulgentes marcavam a borda dos eirados; as portas abriam-se sob ferraduras de lumes; dos toldos pendia uma franja que faiscava; um brilho tremia, com a aragem, sobre cada folha de árvore; e os minaretes, que a Poesia Oriental classicamente compara desde séculos aos braços da Terra, levantados para o Céu, ostentavam como braços em noite de festa, um luxo de braceletes fulgindo na treva serena. Era (lembrei eu a Fradique) como se durante todo o dia tivesse caído sobre a sórdida cidade uma grossa poeirada de ouro, pousando em cada friso de muxarabi e em cada grade de varandim, e agora rebrilhasse, com radiosa saliência, na negrura da noite calma.

Mas, para mim, a beleza especial e nova estava na multidão festiva que atulhava as praças e os bazares — e que Fradique, através do rumor e da poeira, me explicava como um livro de estampas. Com quanta profundidade e miudeza conhecia o Oriente este patrício admirável! De todas aquelas gentes, intensamente diversas desde a cor até ao traje — ele sabia a raça, a história, os costumes, o lugar próprio na civilização muçulmana. Devagar, abotoado num paletó de flanela, com um chicote de nervo (que é no Egito o emblema de Autoridade) entalado debaixo do braço, ia apontando, nomeando à minha curiosidade flamejante, essas estranhas figuras, que eu comparava, rindo, às duma mascarada fabulosa, arranjada por um arqueólogo em noite de folia erudita para reproduzir as "modas" dos Semitas e os seus "tipos" através das idades: — aqui Fellahs, ridentes e ágeis na sua longa camisa de algodão azul; além Beduínos sombrios, movendo gravemente os pés entrapados em ligaduras, com o pesado alfange de bainha escarlate pendurado no peito; mais longe Abadiehs, de grenha em forma de meda, eriçada de longas cerdas de porco-espinho, que os coroam duma auréola negra... Estes, de porte insolente, com compridos bigodes esvoaçando ao vento, armas ricas reluzindo nas cintas de seda e curtos saiotes tufados e encanudados, eram Arnautas da Macedônia; aqueles, belas estátuas gregas esculpidas em ébano, eram homens do Senar; os outros, com a cabeça envolta num lenço amarelo, cujas franjas imensas lhes faziam uma romeira de fios de ouro, eram cavaleiros do Hejaz... E quantos ainda ele me fazia distinguir e compreender! Judeus imundos, de caracóis frisados; Coptas togados à maneira de senadores; soldados pretos do Darfour, com fardetas de linho enodoadas de poeira e sangue; ulemás de turbante verde; persas de mitra de feltro; mendigos de mesquita, cobertos de chagas; amanuenses turcos, pomposos e anafados, de colete bordado a ouro... Que sei eu! Um carnaval rutilante, onde a cada momento passavam, sacudidos pelo trote dos burros sobre albardas vermelhas, enormes sacos enfunados — que eram mulheres. E toda esta turba magnífica e ruidosa se movia entre invocações a Alá, repiques de pandeiretas, gemidos estridentes partindo das cordas das *durbakas* e cantos lentos — esses cantos árabes, duma voluptuosidade tão dolente e tão áspera, que Fradique dizia passarem na alma com uma "carícia rascante". Mas por vezes, entre o casario decrépito e rendilhado, surgia uma frontaria branca, casa rica de Xeque ou de Paxá, com a varanda em arearias, por onde se avistavam lá dentro, num silêncio de harém, sedas colgantes recamos de ouro, um tremor de lumes no cristal dos lustres, formas airosas sob véus claros... Então a multidão parava, emudecia, e de todos os lábios saía um grande *ah*! lânguido e maravilhado.

Assim caminhávamos, quando, ao sair do Mujik, Fradique Mendes parou, e, muito gravemente, trocou com um moço pálido, de esplêndidos olhos, o *salam* — essa saudação oriental em que os dedos três vezes batem a testa, a boca e o coração. E como eu, rindo, lhe invejava aquela intimidade com um "homem de túnica verde e de mitra persa":

— É um ulemá de Bagdade — disse Fradique — duma casta antiga, superiormente inteligente... Uma das personalidades mais finas e mais sedutoras que encontrei na Pérsia.

Então, com a familiaridade que se ia entre nós acentuando, perguntei a Fradique o que o detivera assim na Pérsia um ano inteiro e um dia como nos contos de fadas. E Fradique, com toda a singeleza, confessou que se demorara tanto nas margens do Eufrates por se achar casualmente ligado a um movimento religioso que, desde 1849, tomava na Pérsia um desenvolvimento quase triunfal, e que se chamava o Babismo. Atraído para essa nova seita, por curiosidade crítica, para observar como nasce e se funda uma religião, chegara pouco a pouco a ganhar pelo Babismo um interesse militante — não por admiração da doutrina, mas por veneração dos apóstolos. O Babismo (contou-me ele, seguindo por uma viela mais solitária e favorável às confidências) tivera por iniciador certo Mirza-Mohamed, um desses Messias que cada dia surgem na incessante fermentação religiosa do Oriente, onde a religião é a ocupação suprema e querida da vida. Tendo conhecido os Evangelhos Cristãos por contato com os missionários; iniciado na pura tradição mosaísta pelos judeus do Hiraz; sabedor profundo do guebrismo, a velha religião nacional da Pérsia — Mirza-Mohamed amalgamara estas doutrinas com uma concepção mais abstrata e pura do Maometismo, e declarara-se *Bab*. Em persa *Bab* quer dizer *Porta*. Ele era, pois, a *porta* — a única *porta* através da qual os homens poderiam jamais penetrar na absoluta Verdade. Mais literalmente, Mirza-Mohamed apresentava-se como o grande *porteiro*, o homem eleito entre todos pelo Senhor para abrir aos crentes a porta da Verdade — e portanto do Paraíso. Em resumo era um Messias, um Cristo. Como tal atravessou a clássica evolução dos Messias: teve por primeiros discípulos, numa aldeia obscura, pastores e mulheres; sofreu a sua tentação na montanha; cumpriu as penitências expiadoras; pregou parábolas; escandalizou em Meca os doutores; e padeceu a sua paixão, morrendo, não me lembro se degolado, se fuzilado, depois do jejum do Ramadã, em Tabriz.

Ora, dizia Fradique, no mundo muçulmano há duas divisões religiosas — os Sieds e os Sunis. Os Persas são Sieds, como os Turcos são Sunis. Estas diferenças, porém, no fundo, têm um caráter mais político e de raça do que teológico e de dogma; ainda que um Fellah do Nilo desprezará sempre um Persa do Eufrates como *herético* e *sujo*. A discordância ressalta, mais viva e teimosa, logo que Sieds ou Sunis necessitem pronunciar-se perante uma nova interpretação de doutrina ou uma nova aparição de profeta. Assim o Babismo, entre os Sieds, topara com uma hostilidade que se avivou até à perseguição: — e isto desde logo indicava que seria acolhido pelos Sunis com deferência e simpatia.

Partindo desta ideia, Fradique, que em Bagdade se ligara familiarmente com um dos mais vigorosos e autorizados apóstolos do Babismo, Said-El-Souriz (a quem salvara o filho duma febre paludosa com aplicações de *Fruit-salt*), sugerira-lhe um dia, conversando ambos no eirado, sobre estes altos interesses espirituais, a ideia de apoiar o Babismo nas raças agrícolas do vale do Nilo e nas raças nômades da Líbia. Entre homens de seita Suni, o Babismo encontraria um campo fácil às conversões; e, pela tradicional marcha dos movimentos sectários, que no Oriente, como em toda a parte, sobem das massas sinceras do povo até às classes cultas, talvez essa nova onda de emoção religiosa, partindo dos Fellahs e dos Beduínos, chegasse a penetrar no ensino de alguma das mesquitas do Cairo, sobretudo na mesquita de El-Azhar, a grande Universidade do Oriente, onde os ulemas mais moços formam uma coorte de entusiastas, sempre disposta às inovações e aos apostolados combatentes. Ganhando aí autoridade teológica, e literariamente polido, o Babismo poderia então atacar com vantagem as velhas fortalezas do Muçulmanismo dogmático. Esta ideia penetrara profundamente em Said-El-Souriz. Aquele moço pálido, com quem ele trocara o *salam*, fora logo mandado como emissário babista a Medinet-Abou (a antiga Tebas) para sondar o Xeque Ali-Hussein, homem de decisiva influência em todo o vale do Nilo pelo seu saber e pela sua virtude: e ele, Fradique, não tendo agora no Ocidente ocupações atrativas, cheio de curiosidade por este pitoresco Advento, partia também para Tebas, devendo encontrar-se com o babista, à lua minguante, em Beni-Suef, no Nilo...

Não recordo, depois de tantos anos, se estes eram os fatos certos. Só sei que as revelações de Fradique, lançadas assim através do Cairo em festa, me impressionaram indizivelmente. À medida que ele falava do Bab, dessa missão apostólica ao velho Xeque de Tebas, de uma outra fé surgindo no mundo muçulmano com o seu cortejo de martírios e de êxtases, da possível fundação de um império Babista — o homem tomava aos meus olhos proporções grandiosas. Não conhecera jamais ninguém envolvido em coisas tão altas; e sentia-me ao mesmo tempo orgulhoso e aterrado de receber este segredo sublime. Outra não seria minha comoção, se, nas vésperas de S. Paulo embarcar para a Grécia, a levar a

Palavra aos gentílicos, eu tivesse com ele passeado pelas ruas estreitas de Seleucia, ouvindo-lhe as esperanças e os sonhos.

Assim conversando, penetramos no adro da mesquita de El-Azhar, onde mais fulgurante e estridente tumultuava a festa do Beiram. Mas já não me prendiam as surpresas daquele arraial muçulmano — nem Almées dançando entre brilhos de vermelho e de ouro; nem poetas do deserto recitando as façanhas de Antar; nem Dervixes, sob as suas tendas de linho, uivando em cadência os louvores de Alá... Calado, invadido pelo pensamento do Bab, revolvia comigo o confuso desejo de me aventurar nessa campanha espiritual! Se eu partisse para Tebas com Fradique?... Por que não? Tinha a mocidade, tinha o entusiasmo. Mais viril e nobre seria encetar no Oriente uma carreira de evangelista que banalmente recolher à banal Lisboa, a escrevinhar tiras de papel, sob um bico de gás, na *Gazeta de Portugal*! E pouco a pouco deste desejo, como duma água que ferve, ia subindo o vapor lento duma visão. Via-me discípulo do Bab — recebendo nessa noite, do ulemá de Bagdade, a iniciação da Verdade. E partia logo a pregar, a espalhar o verbo babista. Onde iria? A Portugal certamente, levando de preferência a salvação às almas que me eram mais caras. Como S. Paulo, embarcava numa galera: as tormentas assaltavam a minha proa apostólica; a imagem do Bab aparecia-me sobre as águas, e o seu sereno olhar enchia minha alma de fortaleza indomável. Um dia, por fim, avistava terra, e na manhã clara sulcava o claro Tejo, onde há tantos séculos não entra um enviado de Deus. Logo de longe lançava uma injúria às igrejas de Lisboa, construções duma Fé vetusta e menos pura. Desembarcava. E, abandonando as minhas bagagens, num desprendimento já divino de bens ainda terrestres, galgava aquela bendita Rua do Alecrim, e em meio do Loreto, à hora em que os Diretores Gerais sobem devagar da Arcada, abria os braços e bradava: — "Eu sou a *Porta*!"

Não mergulhei no Apostolado babista — mas sucedeu que, enlevado nestas fantasmagorias, me perdi de Fradique. E não sabia o caminho do Hotel Sheperd, — nem, para dele me informar, outros termos úteis, em árabe, além de *água* e *amor*! Foram angustiosos momentos em que farejei estonteado pelo largo de El-Azhar, tropeçando nos fogareiros onde fervia o café, esbarrando inconsideradamente contra rudes beduínos armados. Já por sobre a turba atirava, aos brados, o nome de Fradique — quando topei com ele olhando placidamente uma Almée que dançava...

Mas seguiu logo, encolhendo os ombros. Nem me permitiu adiante admirar um poeta, que, em meio de Fellahs pasmados e de Mohrebinos arrimados às lanças, lia, numa toada langorosa e triste, tiras de papel ensebado. A Dança e a Poesia, afirmava Fradique, as duas grandes artes orientais, iram em misérrima decadência. Numa e outra se tinham perdido as tradições do estilo puro. As Almées, pervertidas pela influência dos casinos do Ezbequieh onde se perneia o cancã — já poluíam a graça das velhas danças árabes, atirando a perna pelos ares à moda vil de Marselha! E na Poesia triunfava a mesma banalidade, mesclada de extravagância. As formas delicadas do classicismo persa nem se respeitavam, nem quase se conheciam; a fonte da imaginação secava entre os muçulmanos; e a pobre Poesia Oriental, tratando temas vetustos com uma ênfase preciosa, descambara, como a nossa, num *Parnasianismo* bárbaro...

— De sorte — murmurei — que o Oriente...

— Está tão medíocre como o Ocidente.

E recolhemos ao hotel, devagar, enquanto Fradique, findando o charuto, me contava que o espírito oriental, hoje, vive só da atividade filosófica, agitado cada manhã por uma nova e complicada concepção da Moral, que lhe oferecem os Lógicos dos bazares e os Metafísicos do deserto...

Ao outro dia acompanhei Fradique a Boulak, onde ele ia embarcar para o Alto Egito. O seu *debarieh* esperava, amarrado à estacaria, rente das casas do Velho Cairo, entre barcas de Assouan, carregadas de lentilha e de cana doce. O sol mergulhava nas areias líbicas: e no alto, o céu adormecia, sem uma sombra, sem uma nuvem, puro em toda a sua profundidade, como a alma dum justo. Uma fila de mulheres coptas, com o cântaro amarelo pousado no ombro, descia cantando para a água do Nilo, bendita entre todas as águas. E os íbis, antes de recolher aos ninhos, vinham, como no tempo em que eram Deuses, lançar por sobre os eirados, com um bater de asas contentes, a bênção crepuscular.

Baixei, atrás de Fradique, ao salão do *debarieh*, envidraçado, estofado, com armas penduradas para as manhãs de caça, e rumas de livros para as sestas de estudo e de calma, quando lentamente se navega à sirga. Depois, durante momentos, no convés, contemplámos silenciosamente aquelas margens que, através das compridas idades, têm feito o enlevo de todos os homens, por todos sentirem que nelas a vida é cheia de bens maiores e de doçura suprema. Quantos, desde os rudes Pastores que arrasaram Tânis, aqui pararam como nós, alongando para estas águas, para estes céus, olhos cobiçosos, estáticos ou saudosos: Reis de Judá, Reis de Assíria, Reis da Pérsia; os Ptolemeus magníficos; Prefeitos de Roma e Prefeitos de Bizâncio; Amrou enviado de Maomé; S. Luís enviado de Cristo; Alexandre, o Grande, sonhando o império do Oriente; Bonaparte retomando o imenso sonho; e ainda os que vieram só para contar da terra adorável, desde o loquaz Heródoto até ao primeiro Romântico, o homem pálido de grande pose que disse as dores de "René"! Bem conhecida é ela, a paisagem divina e sem igual. O Nilo corre, paternal e fecundo. Para além verdejam, sob o voo das pombas, os jardins e os pomares de Rhodah. Mais longe as palmeiras de Gizé, finas e como de bronze sobre o ouro da tarde, abrigam aldeias que têm a simplicidade de ninhos. À orla do deserto, erguem-se, no orgulho da sua eternidade, as três Pirâmides. Apenas isto — e para sempre a alma fica presa e lembrando, e para viver nesta suavidade e nesta beleza os povos travam entre si longas guerras.

Mas a hora chegara: abracei Fradique com singular emoção. A vela fora içada à brisa suave que arrepiava a folhagem das mimosas. À proa o arrais, espalmando as mãos para o céu, clamou: — "Em nome de Alá que nos leve, clemente e misericordioso!" Ao redor, de outras barcas, vozes lentas murmuraram: — "Em nome de Alá que vos leve!" Um dos remadores, sentado à borda, feriu as cordas da *dourbaka*, outro tomou uma flauta de barro. E entre bênçãos e cantos a vasta barca fendeu as águas sagradas, levando para Tebas o meu incomparável amigo.

IV

Durante anos não tornei a encontrar Fradique Mendes, que concentrara as suas jornadas dentro da Europa Ocidental — enquanto eu errava pela América, pelas Antilhas, pelas repúblicas do golfo do México. E quando a minha vida enfim se aquietou num velho condado rural de Inglaterra, Fradique, retomado por essa "bisbilhotice etnográfica" a que ele alude numa carta a Oliveira Martins, começava a sua longa viagem ao Brasil, aos Pampas, ao Chile e à Patagônia.

Mas o fio de simpatia, que nos unira no Cairo, não se partiu; nem nós, apesar de tão ténue, o deixamos perder por entre os interesses mais fortes das nossas fortunas desencontradas. Quase todos os três meses trocávamos uma carta — cinco ou seis folhas de papel que eu tumultuosamente atulhava de imagens e impressões, e que Fradique miudamente enchia de ideias e de fatos. Além disto, eu sabia de Fradique por alguns dos meus camaradas, com quem, durante uma residência mais íntima em Lisboa, do outono de 1875 ao verão de 1876, ele criara amizades onde todos encontraram proveito intelectual e encanto.

Todos, apesar das dessemelhanças de temperamentos ou das maneiras diferentes de conceber a vida — tinham como eu sentido a sedução daquele homem adorável. Dele me escrevia em novembro de 1877 o autor do *Portugal Contemporâneo*:

"Cá encontrei o teu Fradique, que considero o português mais interessante do século XIX. Tem curiosas parecenças com Descartes! É a mesma paixão das viagens, que levava o filósofo a fechar os livros 'para estudar o grande livro do

Mundo'; a mesma atração pelo luxo e pelo ruído, que em Descartes se traduzia pelo gosto de frequentar as 'cortes e os exércitos'; o mesmo amor do mistério, e das súbitas desaparições; a mesma vaidade, nunca confessada, mas intensa, do nascimento e da fidalguia; a mesma coragem serena; a mesma singular mistura de instintos romanescos e de razão exata, de fantasia e de geometria. Com tudo isto falta-lhe na vida um fim sério e supremo, que estas qualidades, em si excelentes, concorressem a realizar. E receio que em lugar do *Discurso sobre o Método* venha só a deixar um *vaudeville*".

Ramalho Ortigão, pouco tempo depois, dizia dele numa carta carinhosa:

"Fradique Mendes é o mais completo, mais acabado produto da civilização em que me tem sido dado embeber os olhos. Ninguém está mais superiormente apetrechado para triunfar na Arte e na Vida. A rosa da sua botoeira é sempre a mais fresca, como a ideia do seu espírito é sempre a mais original. Marcha cinco léguas sem parar, bate ao remo os melhores remadores de Oxford, mete-se sozinho ao deserto a caçar o tigre, arremete com um chicote na mão contra um troço de lanças abissínias: — e à noite numa sala, com a sua casaca de Cook, uma pérola negra no esplendor do peitilho, sorri às mulheres com o encanto e o prestígio com que sorrira à fadiga, ao perigo e à morte. Faz armas como o cavaleiro de Saint-Georges, e possui as noções mais novas e as mais certas sobre Física, sobre Astronomia, sobre Filologia e sobre Metafísica. É um ensino, uma lição de alto gosto, vê-lo no seu quarto, na vida íntima de *gentleman* em viagem, entre as suas malas de couro da Rússia, as grandes escovas de prata lavrada, as cabaias de seda, as carabinas de Winchester, preparando-se, escolhendo um perfume, bebendo goles de chá que lhe manda o Grão-Duque Vladimir, e ditando a um criado de calção, mais veneravelmente correto que um mordomo de Luís XIV, telegramas que vão levar notícias suas aos *boudoirs* de Paris e de Londres. E depois de tudo isto fecha a sua porta ao mundo — e lê Sófocles no original".

O poeta da *Morte de D. João* e da *Musa em Férias* chamava-lhe "um Saint-Beuve encadernado em Alcides". E explicava assim, numa carta desse tempo que conservo, a sua aparição no mundo:

"Deus um dia agarrou num bocado de Henri Heine, noutro de Chateaubriand; noutro de Brummel, em pedaços ardentes de aventureiros da Renascença, e em fragmentos ressequidos de sábios do Instituto de França, entornou-lhe por cima champanhe e tinta de imprensa, amassou tudo nas suas mãos onipotentes, modelou à pressa Fradique, e arrojando-o à Terra disse: — 'Vai, e veste-te no Poole!'"

Enfim Carlos Mayer, lamentando como Oliveira Martins que às múltiplas e fortes aptidões de Fradique faltasse coordenação e convergência para um fim superior, deu um dia sobre a personalidade do meu amigo um resumo sagaz e profundo:

"O cérebro de Fradique está admiravelmente construído e mobiliado. Só lhe falta uma ideia que o alugue, para viver e governar lá dentro. Fradique é um gênio com escritos!"

Também Fradique, nesse inverno, conheceu o pensador das *Odes Modernas*, de quem, numa das suas cartas a Oliveira Martins, fala com tanta elevação e carinho. E o último companheiro da minha mocidade que se relacionou com o antigo poeta das *Lapidárias* foi J. Teixeira de Azevedo, no verão de 1877, em Sintra, na quinta da *Saragoça*, onde Fradique viera repousar da sua jornada ao Brasil e às repúblicas do Pacífico. Tinham aí conversado muito, e divergido sempre, J. Teixeira de Azevedo, sendo um nervoso e um apaixonado, sentia uma insuperável antipatia pelo que ele chamava o *linfatismo crítico* de Fradique. Homem todo de emoção, não se podia fundir intelectualmente com aquele homem todo de análise. O extenso saber de Fradique também não o impressionava.

"As noções desse guapo erudito (escrevia ele em 1879) são bocados do Larousse diluídos em água-de-colônia".

E enfim certos requintes de Fradique (escovas de prata e camisas de seda), a sua voz mordente, recortando o verbo com perfeição e preciosidade, o seu hábito de beber champanhe com *soda-water*, outros traços ainda, causavam uma irritação quase física ao meu velho camarada da Travessa do Guarda-Mor. Confessava, porém, como Oliveira Martins, que Fradique era o português mais interessante e mais sugestivo do século XIX. E correspondia-se regularmente com ele — mas para o contradizer com acrimônia.

Em 1880 (nove anos depois da minha peregrinação no Oriente), passei em Paris a semana da Páscoa. Uma noite, depois da Ópera, fui cear solitariamente ao Bignon. Tinha encetado as ostras e uma crônica do *Temps*, quando por trás do jornal que eu encostara à garrafa assomou uma larga mancha clara, que era um colete, um peitilho, uma gravata, uma face, tudo de incomparável brancura. E uma voz muito serena murmurou: "Separámo-nos há anos no cais de Boulak..." Ergui-me com um grito, Fradique com um sorriso; — e o *maître d'hôtel* recuou assombrado diante da meridional e ruidosa efusão do meu abraço. Dessa noite em Paris datou verdadeiramente a nossa intimidade intelectual — que em oito anos, sempre igual e sempre certa, não teve uma intermissão, nem uma sombra que lhe toldasse a pureza.

Determinadamente lhe chamo *intelectual*, porque esta intimidade nunca passou além das coisas do espírito. Nas alegres temporadas que, com ele, convivi em Paris, em Londres e em Lisboa, de 1880 a 1887, na nossa copiosa correspondência desses anos privei sempre, sem reserva, com a inteligência de Fradique — e ininterrompidamente assisti e me misturei à sua vida pensante: nunca, porém, penetrei na sua vida afetiva de sentimento e de coração. Nem, na verdade, me atormentou a curiosidade de a conhecer — talvez por sentir que a rara originalidade de Fradique se concentrava toda no ser pensante, e que o outro, o ser sensível, feito da banal argila humana, repetia sem especial relevo as costumadas fragilidades da argila. De resto, desde essa noite de Páscoa em Paris que iniciou as nossas relações, nós conservamos sempre o hábito especial, um pouco altivo, talvez estreito, de nos considerarmos dois puros espíritos. Se eu então concebesse uma Filosofia original ou preparasse os mandamentos duma nova Religião, ou surripiasse à Natureza distraída uma das suas secretas Leis — de preferência escolheria Fradique como confidente desta atividade espiritual; mas nunca, na ordem do Sentimento, iria a ele com a confidência duma esperança ou duma desilusão. E Fradique igualmente manteve comigo esta atitude de inacessível recato — não se manifestando nunca aos meus olhos senão na sua função intelectual.

Muito bem me lembro eu duma resplandecente manhã de maio em que atravessavamos, conversando por sob os castanheiros em flor, o jardim das Tulherias. Fradique, que se encostara ao meu braço, vinha vagarosamente desenvolvendo a ideia de que a extrema democratização da Ciência, o seu universal e ilimitado derramamento através das plebes, era o grande erro da nossa civilização que, com ele, preparava para bem cedo a sua catástrofe moral... De repente, ao transpormos a grade para a Praça da Concórdia, o Filósofo que assim lançava, por entre as tenras verduras de maio, estas predições de desastres e de fim — estaca, emudece! Diante de nós, ao trote fino duma égua de luxo, passara vivamente, para os lados da Rua Royale, um cupê onde entrevi, na penumbra dos cetins que o forravam, uns cabelos cor de mel. Vivamente também, Fradique sacode o meu braço, balbucia um "adeus!", acena a um fiacre, e desaparece ao galope arquejante da pileca para os lados do cais de Orsay. "Mulher!", pensei eu. Era, com efeito, a mulher e o seu tormento; e como se depreende duma carta a *Madame* de Jouarre (datada de "maio, sábado", e começando "Ontem filosofava com um amigo no jardim das Tulherias..."). Fradique corria nesse fiacre a uma desilusão bem rude e mortificante. Ora, nessa tarde, ao crepúsculo, fui (como combinara) buscar Fradique à Rua de Varennes, ao velho palácio dos Tredemes, onde ele instalara desde o Natal os seus aposentos, com um luxo tão nobre e tão sóbrio. Apenas entrei na sala que denominávamos a

"Heroica", porque a revestiam quatro tapeçarias de Luca Cornélio contando os *Trabalhos de Hércules*, Fradique deixa a janela donde olhava o jardim já esbatido em sombra, vem para mim serenamente, com as mãos enterradas nos bolsos duma quinzena de seda. E, como se desde essa manhã *nenhum outro* cuidado o absorvesse senão o seu tema do jardim das Tulherias:

— Não lhe acabei de dizer há pouco... A Ciência, meu caro, tem de ser recolhida como outrora aos Santuários. Não há outro meio de nos salvar da anarquia moral. Tem de ser recolhida aos Santuários, e entregue a um sacro colégio intelectual que a guarde, que a defenda contra as curiosidades das plebes... Há a fazer com esta ideia um programa para as gerações novas!

Talvez na face, se eu tivesse reparado, encontrasse restos de palidez e de emoção; mas o tom era simples, firme, dum crítico genuinamente ocupado na dedução do seu conceito. Outro homem que, como aquele, tivesse sofrido horas antes uma desilusão tão mortificante e rude, murmuraria ao menos, num desafogo genérico e impessoal: — "Ah, amigo, que estúpida é a vida!" Ele falou da Ciência e das Plebes, — desenrolando determinadamente diante de mim, ou impondo talvez a si mesmo, os raciocínios do seu cérebro, para que os meus olhos não penetrassem de leve, ou os seus não se detivessem demais, nas amarguras do seu coração.

Numa carta a Oliveira Martins, de 1883, Fradique diz: — "O homem, como os antigos reis do Oriente, não se deve mostrar aos seus semelhantes senão única e serenamente *ocupado no ofício de reinar — isto é, de pensar*".

Esta regra, dum orgulho apenas permissível a um Espinosa ou a um Kant, dirigia severamente a sua conduta. Pelo menos comigo assim se comportou imutavelmente, através da nossa ativa convivência, não se abrindo, não se oferecendo todo, senão nas funções da Inteligência. Por isso talvez, mais que nenhum outro homem, ele exerceu sobre mim império e sedução.

V

O que impressionava logo na Inteligência de Fradique, ou antes na sua maneira de se exercer, era a suprema liberdade junta à suprema audácia. Não conheci jamais espírito tão impermeável à tirania ou à insinuação das "ideias feitas"; e decerto nunca um homem traduziu o seu pensar original e próprio com mais calmo e soberbo desassombro.

"Apesar de trinta séculos de geometria me afirmarem (diz ele numa carta a J. Teixeira de Azevedo) que *a linha reta é a mais curta distância entre dois pontos*, se eu achasse que, para subir da porta do Hotel Universal à porta da Casa Havanesa, me saía mais direto e breve rodear pelo bairro de S. Martinho e pelos altos da Graça, declararia logo à secular geometria — que a distância mais curta entre dois pontos é uma curva vadia e delirante!"

Esta independência da Razão, que Fradique assim apregoa com desordenada Fantasia, constitui uma qualidade rara: — mas o ânimo de a afirmar intemeratamente diante da majestosa Tradição, da Regra e das conclusões oraculares dos Mestres é já uma virtude, e raríssima, de radiosa exceção!

Fradique (noutra carta a J. Teixeira de Azevedo) fala dum polaco, G. Cornuski, professor e crítico, que escrevia na *Revista Suíça*, e que (diz Fradique) "constantemente sentia o seu gosto, muito pessoal e muito decidido, rebelar-se contra obras de Literatura e de Arte que a unanimidade crítica, desde séculos, tem consagrado como magistrais — a *Gerusalemme Liberata* do Tasso, as telas do Ticiano, as tragédias de Racine, as orações de Bossuet, os nossos *Lusíadas* e outros monumentos canonizados. Mas, sempre que a sua probidade de professor e de Crítico lhe impunha à proclamação da verdade, este homem robusto, sanguíneo, que heroicamente se batera em duas insurreições, tremia, pensava: — "Não! Por que será o meu critério mais seguro que o de tão finos entendimentos através dos tempos? Quem sabe? Talvez nessas obras exista a sublimidade — e só no meu espírito a impotência de a compreender".

E o desgraçado Cornuski, com a alma mais triste que um crepúsculo de outono, continuava diante dos coros da *Athalie* e das nudezas de Ticiano, a murmurar desconsoladamente: — "Como é belo!"

Raros sofrem estas angústias críticas do desditoso Cornuski. Todos, porém, com risonha inconsciência, praticam o seu servilismo intelectual. Já, com efeito, porque o nosso espírito não possua a viril coragem de afrontar a autoridade daqueles a quem, tradicionalmente, atribui um critério mais firme e um saber mais alto; já porque as ideias estabelecidas, flutuando difusamente na nossa memória, depois de leituras e conversas, nos pareçam ser as nossas próprias; já porque a sugestão desses conceitos se imponha e nos leve sutilmente a concluir em concordância com eles — a lamentável verdade é que hoje todos nós servilmente tendemos a pensar e sentir, como antes de nós e em torno de nós já se sentiu ou pensou.

"O homem do século XIX, o Europeu, porque só ele é essencialmente do século XIX (diz Fradique numa carta a Carlos Mayer), vive dentro duma pálida e morna *infecção de banalidade*, causada pelos quarenta mil volumes que todos os anos, suando e gemendo, a Inglaterra, a França e a Alemanha depositam às esquinas, e em que interminavelmente e monotonamente reproduzem, com um ou outro arrebique sobreposto, as quatro ideias e as quatro impressões legadas pela Antiguidade e pela Renascença. O Estado por meio das suas escolas canaliza esta infecção. A isto, oh Carolus, se chama *educar*! A criança, desde a sua primeira "Seleta de Leitura" ainda mal soletrada, começa a absorver esta camada do Lugar Comum — camada que depois todos os dias, através da vida, o Jornal, a Revista, o Folheto, o Livro lhe vão atochando no espírito até lho empastarem todo em banalidade, e lho tornarem tão inútil para a produção como um solo cuja fertilidade nativa morreu sob a areia e pedregulho de que foi barbaramente alastrado. Para que um Europeu lograsse ainda hoje ter algumas ideias novas, de viçosa originalidade, seria necessário que se internasse no

Deserto ou nos Pampas; e aí esperasse pacientemente que os sopros vivos da Natureza, batendo-lhe a Inteligência e dela pouco a pouco varrendo os detritos de vinte séculos de Literatura, lhe refizessem uma virgindade. Por isso eu te afirmo, oh Carolus Mayerensis, que a Inteligência, que altivamente pretenda readquirir a divina potência de gerar, deve ir curar-se da Civilização literária por meio duma residência tônica, durante dois anos, entre os Hotentotes e os Patagônios. A Patagônia opera sobre o Intelecto como Vichy sobre o fígado — desobstruindo-o e permitindo-lhe o são exercício da função natural. Depois de dois anos de vida selvagem, entre o Hotentote nu movendo-se na plenitude lógica do Instinto, — que restará ao civilizado de todas as suas ideias sobre o Progresso, a Moral, a Religião, a Indústria, a Economia Política, a Sociedade e a Arte? Farrapos. Os pendentes farrapos que lhe restarão das pantalonas e da quinzena que trouxe da Europa, depois de vinte meses de matagal e de brejo. E não possuindo em torno de si Livros e Revistas que lhe renovem uma provisão de "ideias feitas", nem um benéfico Nunes Algibebe que lhe forneça uma outra andaina de "fato feito" — o Europeu irá insensivelmente regressando à nobreza do estado primitivo, nudez do corpo e originalidade da alma. Quando de lá voltar é um Adão forte e puro, virgem de literatura, com o crânio limpo de todos os conceitos e todas as noções amontoadas desde Aristóteles, podendo proceder soberbamente a um exame inédito das coisas humanas. Carlos, espírito que destilas *espíritos*, queres remergulhar nas Origens e vir comigo à inspiradora Hotentócia? Lá, livres e nus, estirados ao sol entre a palmeira e o regato que tutelarmente nos darão o sustento do corpo, com a nossa lança forte cravada na relva, e mulheres ao lado vertendo-nos, num canto doce, a porção de poesia e de sonho que a alma precisa — deixaremos livremente as ilhargas crestadas estalarem-nos de riso à ideia das grandes Filosofias, e das grandes Morais, e das grandes Economias, e das grandes Críticas, e das grandes Pilhérias que vão por essa Europa, onde densos formigueiros de chapéus altos se atropelam, estonteados pelas superstições da civilização, pela ilusão do ouro, pelo pedantismo das ciências, pelas mistificações dos reformadores, pela escravidão da rotina, e pela estúpida admiração de si mesmos!...”

Assim diz Fradique. Ora, este “exame inédito das coisas humanas”, só possível, segundo o poeta das *Lapidárias*, ao Adão renovado que regressasse da Patagônia, com o espírito escarolado do pó e do lixo de longos anos de Literatura — tentou-o ele, sem deixar os muros clássicos da Rua de Varennes, com incomparável vigor e sinceridade. E nisto mostrava intrepidez moral. No mundo a que irresistivelmente o prendiam os seus gostos e os seus hábitos — mundo mediano e regrado, sem invenção e sem iniciativa intelectual, onde as Ideias, para agradar, devem ser como as Maneiras, “geralmente adotadas” e não individualmente criadas —, Fradique, com a sua indócil e brusca liberdade de Juízos, afrontava o perigo de passar por um petulante rebuscador de originalidade, ávido de gloríola e de excessivo destaque. Um espírito inventivo e novo, com uma força de pensar muito própria, deixando transbordar a vida abundante e múltipla que o anima e enche — é mais desagradável a esse mundo do que o homem, rudemente natural, que não regre e limite dentro das “Conveniências” a espessura da cabeleira, o estridor das risadas, e o franco mover dos membros grossos. Desse espírito indisciplinado e criador, logo se murmura com desconfiança: “Pretensioso! busca o efeito e o destaque!” Ora, Fradique nada detestava mais intensamente do que o *efeito* e o *destaque excessivo*. Nunca lhe conheci senão gravatas escuras. E tudo preferiria a ser apontado como um desses homens, que, sem ódio sincero a Diana e ao seu culto e só para que deles se fale com espanto nas praças, vão, em plena festa, agitando um grande facho, incendiar-lhe o templo em Éfeso. Tudo preferiria — menos (como ele diz numa carta a *Madame* de Jouarre) “ter de vestir a Verdade nos armazéns do Louvre para poder entrar com ela em casa de Ana de Varle, duquesa de Varle e de Orgemont. A entrar hei de levar a minha amiga nua, toda nua, pisando os tapetes com os seus pés nus, enristando para os homens as pontas fecundas dos seus nobres seios nus. *Amicus Mundus, sed magis amica Veritas*! Este belo latim significa, minha madrinha, que eu, no fundo, julgo que a originalidade é agradável às mulheres e só desagradável aos homens — o que duplamente me leva a amá-la com pertinácia".

Esta independência, esta livre elasticidade de espírito e intensa sinceridade — impedindo que, por sedução, ele se desse todo a um Sistema, onde para sempre permanecesse por inércia — eram de resto as qualidades que melhor convinham à função intelectual que, para Fradique, se tornara a mais continua e preferida.

"Não há em mim infelizmente (escrevia ele a Oliveira Martins, em 1882) nem um sábio, nem um filósofo. Quero dizer, não sou um desses homens seguros e úteis, destinados por temperamento às análises secundárias que se chamam Ciências, e que consistem em reduzir uma multidão de fatos esparsos a Tipos e Leis particulares por onde se explicam modalidades do Universo; nem sou também um desses homens, fascinantes e pouco seguros, destinados por gênio às análises superiores que se chamam Filosofias, e que consistem em reduzir essas Leis e esses Tipos a uma fórmula geral, por onde se explica a essência mesma do inteiro Universo. Não sendo pois um sábio, nem um filósofo, não posso concorrer para o melhoramento dos meus semelhantes — nem acrescendo-lhes o bem-estar por meio da Ciência, que é uma produtora de riqueza, nem elevando-lhes o bem-sentir por meio da Metafísica, que é uma inspiradora de poesia. A entrada na História também se me conserva vedada: — porque, se, para se produzir Literatura basta possuir talentos, para tentar a História convém possuir virtudes. E eu!... Só portanto me resta ser, através das ideias e dos fatos, um homem que passa, infinitamente curioso e atento. A egoísta ocupação do meu espírito hoje, caro historiador, consiste em me acercar duma ideia ou dum fato, deslizar suavemente para dentro, percorrê-lo miudamente, explorar-lhe o inédito, gozar todas as surpresas e emoções intelectuais que ele possa dar, recolher com cuidado o ensino ou a parcela de verdade que exista nos seus refolhos — e sair, passar a outro fato ou a outra ideia, com vagar e com paz, como se percorresse uma a uma as cidades dum país de arte e luxo. Assim visitei outrora a Itália, enlevado no esplendor das cores e das formas. Temporal e espiritualmente fiquei simplesmente um turista".

Estes turistas da inteligência abundam em França e em Inglaterra. Somente Fradique não se limitava, como esses, a exames exteriores e impessoais, à maneira de quem numa cidade do Oriente, retendo as noções e os gostos de Europeu, estuda apenas o aéreo relevo dos monumentos e a roupagem das multidões. Fradique (para continuar a sua imagem) transformava-se em "cidadão das cidades que visitava". Mantinha, por princípio, que se devia momentaneamente crer para bem compreender uma crença. Assim se fizera babista, para penetrar e desvendar o Babismo. Assim se afiliara em Paris a um clube revolucionário, *As Panteras de Batignolles*, e frequentara as suas sessões, encolhido numa quinzena sórdida pregada com alfinetes, com a esperança de lá colher "a flor de alguma extravagância instrutiva". Assim se incorporava em Londres aos Positivistas rituais, que, nos dias festivos do Calendário Comtista, vão queimar o incenso e a mirra na ara da Humanidade e enfeitar de rosas a Imagem de Augusto Comte. Assim se ligara com os *Teosofistas*, concorrera prodigamente para a fundação da *Revista Espiritista* e presidia às Evocações da Rua Cardinet, envolto na túnica de linho, entre os dois médiums supremos, Patoff e Lady Thorgan. Assim habitara durante um longo verão Seo-d'Urgel, a católica cidadela do Carlismo, "para destrinçar bem (diz ele) quais são os motivos e as fórmulas que fazem um *Carlista* — porque todo o sectário obedece à realidade dum motivo e à ilusão duma fórmula".

Assim se tornara o confidente do venerável Príncipe Koblaskini, "para poder desmontar e estudar peça a peça o mecanismo dum cérebro de Niilista".

Assim se preparava (quando a morte o surpreendeu) a voltar à Índia, para se tornar budista praticante e penetrar cabalmente o Budismo, em que fixara a curiosidade e atividade crítica dos seus derradeiros anos. De sorte que dele bem se pode dizer que foi o devoto de todas as Religiões, o partidário de todos os Partidos, o discípulo de todas as Filosofias — cometa errando através das ideias, embebendo-se convictamente nelas, de cada uma recebendo um acréscimo de substância, mas em cada uma deixando alguma coisa do calor e da energia do seu movimento pensante. Aqueles que imperfeitamente o conheciam classificavam Fradique como um diletante. Não! essa séria convicção (a que os Ingleses chamam *earnestness*), com que Fradique se arremessava ao fundo real das coisas, comunicava à sua vida uma valia e eficácia muito superiores às que o diletantismo, a diversão cética que tantas injúrias arrancou a Carlyle, comunica às naturezas que a ele deliciosamente se abandonam. O diletante, com efeito, corre entre as ideias e os fatos como as borboletas (a quem é desde séculos comparado) correm entre as flores, para pousar, retomar logo o voo estouvado, encontrando nessa fugidia mutabilidade o deleite supremo. Fradique, porém, ia como a abelha, de cada planta pacientemente extraindo o seu mel: — quero dizer, de cada opinião recolhendo essa "parcela de verdade" que cada uma invariavelmente contém, desde que homens, depois de outros homens, a tenham fomentado com interesse ou paixão.

Assim se exercia esta diligente e alta Inteligência. Qual era, porém, a sua qualidade essencial e intrínseca? Tanto quanto pude discernir, a suprema qualidade intelectual de Fradique pareceu-me sempre ser — uma percepção extraordinária da Realidade.

"Todo o fenômeno (diz ele numa carta a Antero de Quental, sugestiva através de certa obscuridade que a envolve) tem uma Realidade. A expressão de *Realidade* não é filosófica; mas eu emprego-a, lanço-a ao acaso e tenteando, para apanhar dentro dela o mais possível dum conceito pouco coercível, quase irredutível ao verbo. Todo o fenômeno, pois, tem, relativamente ao nosso entendimento e à sua potência de discriminar, uma Realidade — quero dizer certos caracteres, ou (para me exprimir por uma imagem, como recomenda Buffon) certos *contornos* que o limitam, o definem, lhe dão feição própria no esparso e universal conjunto, e constituem o seu *exato*, *real* e *único* modo de ser. Somente o erro, a ignorância, os preconceitos, a tradição, a rotina e sobretudo a *ILUSÃO* formam em torno de cada fenômeno uma névoa que esbate e deforma os seus contornos, e impede que a visão intelectual o divise no seu *exato, real* e *único* modo de ser. É justamente o que sucede aos monumentos de Londres, mergulhados no nevoeiro... Tudo isto vai expresso dum modo bem hesitante e incompleto! Lá fora o sol está caindo dum céu fino e nítido, sobre o meu quintal de convento coberto de neve dura: neste ar tão puro e claro, em que as coisas tomam um relevo rígido, perdi toda a flexibilidade e fluidez da tecnologia filosófica — só me poderia exprimir por imagens recortadas à tesoura. Mas você decerto compreenderá, Antero excelente e sutil! Já esteve em Londres, no outono, em novembro? Nas manhãs de nevoeiro, numa rua de Londres, há dificuldade em distinguir se a sombra densa, que ao longe se empasta, é a estátua dum herói ou o fragmento dum tapume. Uma pardacenta ilusão submerge toda a cidade — e com espanto se encontra numa taverna quem julgara penetrar num templo. Ora, para a maioria dos espíritos uma névoa igual flutua sobre as realidades da Vida e do Mundo. Daí vem que quase todos os seus passos são transvios, quase todos os seus juízos são enganos; e estes constantemente estão trocando o Templo e a Taverna. Raras são as visões intelectuais, bastante agudas e poderosas, para romper através da neblina e surpreender as linhas exatas, o verdadeiro contorno da Realidade. Eis o que eu queria tartamudear".

Pois bem! Fradique dispunha de uma dessas visões privilegiadas. O próprio modo que tinha de pousar lentamente os olhos e *detalhar em silêncio* — como dizia Oliveira Martins — revelava logo o seu processo interior de concentrar e aplicar a Razão, à maneira de um longo e pertinaz dardo de luz, até que, desfeitas as névoas, a Realidade pouco a pouco lhe surgisse na sua rigorosa e *única* forma.

A manifestação desta magnífica força, que mais impressionava — era o seu poder de *definir*. Possuindo um espírito que via com a máxima exatidão; possuindo um verbo que *traduzia* com a máxima concisão — ele podia assim dar resumos absolutamente profundos e perfeitos. Lembro que uma noite, na sua casa da Rua de Varennes, em Paris, se discutia com ardor a natureza da Arte. Repetiram-se todas as definições de Arte, enunciadas desde Platão: inventaram-se outras, que eram, como sempre, o fenômeno visto limitadamente através dum temperamento. Fradique conservou-se algum tempo mudo, dardejando os olhos para o vago. Por fim, com essa maneira lenta (que para os que incompletamente o conheciam, parecia professoral), murmurou, no silêncio deferente que se alargara: — "A Arte é um resumo da Natureza feito pela imaginação".

Certamente, não conheço mais completa definição de Arte! E com razão afirmava um amigo nosso, homem de excelente fantasia, que "se o bom Deus, um dia, compadecido das nossas hesitações, nos atirasse lá de cima, do seu divino ermo, a final explicação da Arte, nós ouviríamos ressoar entre as nuvens, soberba como o rolar de cem carros de guerra, a definição de Fradique!"

A superior inteligência de Fradique tinha o apoio duma cultura forte e rica. Já os seus instrumentos de saber eram consideráveis. Além dum sólido conhecimento das línguas clássicas (que, na sua idade de Poesia e de Literatura decorativa, o habilitara a criar em latim bárbaro poemetos tão belos como o *Laus Veneris tenebrosae*) — possuía profundamente os idiomas das três grandes nações pensantes, a França, a Inglaterra e a Alemanha. Conhecia também o árabe, que (segundo me afirmou Riaz-Effendi, cronista do sultão Abdul-Aziz) falava com abundância e gosto.

As ciências naturais eram-lhe queridas e familiares; e uma insaciável e religiosa curiosidade do Universo, impelira-o a estudar tudo o que divinamente o compõe, desde os insetos até aos astros. Estudos carinhosamente feitos com o coração — porque Fradique sentia pela Natureza, sobretudo pelo animal e pela planta, uma ternura e uma veneração genuinamente budistas.

"Amo a Natureza (escrevia-me ele em 1882) por si mesma, toda e individualmente, na graça e na fealdade de cada uma das formas inumeráveis que a enchem; e amo-a ainda como manifestação tangível e múltipla da suprema Unidade, da Realidade intangível, a que cada Religião e cada Filosofia deram um nome diverso e a que eu presto culto sob o nome de VIDA. Em resumo adoro a Vida — de que são igualmente expressões uma rosa e uma chaga, uma constelação e (com horror o confesso) o conselheiro Acácio. Adoro a Vida e portanto tudo adoro — porque tudo é viver, mesmo morrer. Um cadáver rígido no seu esquife vive tanto como uma águia batendo furiosamente o voo. E a minha religião está toda no credo do Atanásio, com uma pequena variante: — 'Creio na *Vida* toda-poderosa, criadora do Céu e da Terra...'"

Quando começou, porém, a nossa intimidade, em 1880, o seu inquieto espírito mergulhava de preferência nas ciências sociais, aquelas sobretudo que pertencem à Pré-História — a Antropologia, a Linguística, o estudo das Raças, dos Mitos e das Instituições Primitivas. Quase todos os três meses, altas rumas de livros enviadas da casa Hachette, densas camadas de Revistas especiais, alastrando o tapete da Caramânia, indicavam-me que uma nova curiosidade se apoderara dele com intensidade e paixão. Conheci-o, assim, sucessiva e ardentemente ocupado com os monumentos megalíticos da Andaluzia; com as habitações lacustres; com a mitologia dos povos Arianos; com a magia Caldaica; com as raças Polinésias; com o direito costumário dos Cafres; com a cristianização dos Deuses Pagãos... Estas aferradas investigações duravam enquanto podia extrair delas "alguma emoção ou surpresa intelectual". Depois, um dia, Revistas e volumes desapareciam, e Fradique anunciava triunfalmente, alargando os passos alegres por sobre o tapete livre: "Sorvi todo o Sabeísmo!", ou "Esgotei os Polinésios!"

O estudo porém a que se prendeu ininterrompidamente, com especial constância, foi o da História.

"Desde pequeno (escrevia ele a Oliveira Martins, numa das suas últimas cartas, em 1886) tive a paixão da História. E adivinha você por quê, Historiador? Pelo confortável e conchegado sentimento que ela me dava da solidariedade humana. Quando fiz onze anos, minha avó, de repente, *para me habituar às coisas duras da vida* (como ela dizia), arrancou-me ao pachorrento ensino do padre Nunes e mandou-me a uma escola chamada *Terceirense*. O jardineiro levava-me pela mão; e todos os dias a avó me dava com solenidade um pataco para eu comprar na tia Marta, confeiteira da esquina, bolos para a minha merenda. Este criado, este pataco, estes bolos, eram costumes novos que feriam o meu monstruoso orgulho de morgadinho — por me descerem ao nível humilde dos filhos do nosso procurador. Um dia, porém, folheando uma *Enciclopédia de Antiguidades Ramanas*, que tinha estampas, li, com surpresa, que os rapazes em Roma (na grande Roma!) iam também de manhã para a escola, como eu, pela mão dum servo — denominado o Capsarius; e compravam também, como eu, um bolo numa tia Marta do Velabro ou das Carinas, para comerem a merenda — que chamavam o *Ientaculum*. Pois, meu caro, no mesmo instante, a venerável antiguidade desses hábitos tirou-lhes a vulgaridade toda que neles me humilhava tanto! Depois de os ter detestado, por serem comuns aos filhos do Silva procurador — respeitei-os por terem sido habituais nos filhos de Cipião. A compra do bolo tornou-se como um rito, que desde a Antiguidade todos os rapazes de escola cumpriam, e que me era dado por meu turno celebrar, numa honrosa solidariedade com a grande gente togada. Tudo isto, evidentemente, não o sentia com esta clara consciência. Mas nunca entrei daí por diante na tia Marta sem erguer a cabeça, pensando com uma vanglória heroica: — 'Assim faziam também os Romanos!' Era por esse tempo pouco mais alto que uma espada goda, e amava uma mulher obesa que morava ao fim da rua..."

Nessa mesma carta, adiante, Fradique acrescenta:

"Levou-me pois efetivamente à História o meu amor da Unidade — amor que envolve o horror às interrupções, às lacunas, aos espaços escuros onde se não sabe o que há. Viajei por toda a parte viajável, li todos os livros de explorações e de travessias — porque me repugnava não conhecer o globo em que habito até aos seus extremos limites, e não sentira continua solidariedade do pedaço de terra que tenho sob os pés, com toda a outra terra que se arqueia para além. Por isso, incansavelmente exploro a História, para perceber até aos seus derradeiros limites a Humanidade a que pertenço, e sentir a compacta solidariedade do meu ser. Com a de todos os que me precederam na vida. Talvez você murmure com desdém — 'mera bisbilhotice!' Amigo meu, não despreze a bisbilhotice! Ela é um impulso humano, de latitude infinita, que, como todos, vai do reles ao sublime. Por um lado leva a escutar às portas — e pelo outro a descobrir a América!"

O saber histórico de Fradique surpreendia, realmente, pela amplexidade e pelo detalhe. Um amigo nosso exclamava um dia, com essa ironia afável que nos homens de raça céltica sublinha e corrige a admiração:

"Aquele Fradique! Tira a charuteira e dá uma síntese profunda, duma transparência de cristal, sobre a guerra do Peloponeso; — depois acende o charuto e explica o feitio e o metal da fivela do cinturão de Leônidas!"

Com efeito, a sua forte capacidade de compreender filosoficamente os movimentos coletivos, o seu fino poder de evocar psicologicamente os caracteres individuais — aliava-se nele a um minucioso saber arqueológico da vida, das maneiras, dos trajes, das armas, das festas, dos ritos de todas as idades, desde a Índia Védica até à França Imperial. As suas cartas a Oliveira Martins (sobre o Sebastianismo, o nosso Império no Oriente, o Marquês de Pombal) são verdadeiras maravilhas pela sagaz intuição, a alta potência sintética, a certeza do saber, a força e a abundância das ideias novas. E, por outro lado, a sua erudição arqueológica repetidamente esclareceu e auxiliou, na sábia composição das suas telas, o paciente e fino reconstrutor dos Costumes e das Maneiras da Antiguidade Clássica, o velho Suma-Rabema. Assim mo confessou uma tarde Suma-Rabema, regando as roseiras, no seu jardim de Chelsea.

Fradique era de resto ajudado por uma prodigiosa memória, que tudo recolhia e tudo retinha — vasto e claro armazém de fatos, de noções, de formas, todos bem arrumados, bem classificados, prontos sempre a servir. O nosso amigo Chambray afirmava que, comparável à memória de Fradique, como "instalação, ordem e excelência do stock", só conhecia a adega do café Inglês.

A cultura de Fradique recebia um constante alimento e acréscimo das viagens que sem cessar empreendia, sob o impulso de admirações ou de curiosidades intelectuais. Só a Arqueologia o levou quatro vezes ao Oriente: — ainda que a sua derradeira residência em Jerusalém, durante dezoito meses, foi motivada (segundo me afirmou o cônsul Raccolini) por poéticos amores com uma das mais esplêndidas mulheres da Síria, uma filha de Abraão Côppo, o faustoso banqueiro de Alepo, tão lamentavelmente morta depois, sobre as tristes costas de Chipre, no naufrágio do *Magnólia*. A sua aventurosa e áspera peregrinação pela China, desde o Tibete (onde quase deixou a vida, tentando temerariamente penetrar na cidade sagrada de Lahsá) até à alta Manchúria, constitui o mais completo estudo até hoje realizado por um homem da Europa sobre os Costumes, o Governo, a Ética e a Literatura desse povo.

"Profundo entre todos, que (como diz Fradique) conseguiu descobrir os três ou quatro únicos princípios de moral capazes, pela sua absoluta força, de eternizar uma civilização".

O exame da Rússia e dos seus movimentos sociais e religiosos trouxeram-no prolongados meses pelas províncias rurais de entre o Dnieper e o Volga. A necessidade duma certeza sobre os Presídios Penais da Sibéria impeliu-o a afrontar centenas de milhas de estepes e de neves, numa rude telega, até às minas de prata de Nerchinski. E prosseguiria neste ativo interesse se não recebesse subitamente, ao chegar à costa, a Arcangel, este aviso do general Armankoff, chefe da IV seção da polícia imperial:

Monsieur, vous nous observez de trop près pour que votre jugement n'en soit faussé; je vous invite donc, sur votre intérêt, et pour avoir de la Russie une vue d'ensemble plus exacte, d'aller la regarder de plus loin, dans votre belle maison de Paris!

Fradique abalou para Vasa, sobre o golfo de Bótnia. Passou logo à Suécia, e mandou de lá, sem data, este bilhete ao general Armankoff:

Monsieur, j'ai reçu votre invitation où il y a beaucoup d'intolerance et trois fautes de français.

Os mesmos interesses de espírito e "necessidades de certeza" o levaram na América do Sul desde o Amazonas até às areias da Patagônia, o levaram na África Austral desde o Cabo até aos Montes de Zokunga... "Tenho folheado e lido atentamente o Mundo como um livro cheio de ideias. Para ver *por fora*, por mera festa dos olhos, nunca fui senão a Marrocos".

O que tornava estas viagens tão fecundas como ensino era a sua rápida e carinhosa simpatia por todos os povos. Nunca visitou países à maneira do detestável turista francês, para notar de alto e pecamente "os defeitos" — isto é, as divergências desse tipo de civilização mediano e genérico de onde saía e que preferia. Fradique amava logo os costumes, as ideias, os preconceitos dos homens que o cercavam; e, fundindo-se com eles no seu modo de pensar e de sentir, recebia uma lição direta e viva de cada sociedade em que mergulhava. Este eficaz preceito — "*em Roma sê romano*" —, tão fácil e doce de cumprir em Roma, entre as vinhas da colina Célia e as águas sussurrantes da Fonte Paulina, cumpria-o ele gostosamente, trilhando com as alpercatas rotas os desfiladeiros do Himalaia. E estava tão homogeneamente numa cervejaria filosófica da Alemanha, aprofundando o Absoluto entre professores de Tubingen — como numa aringa africana da terra dos Matabeles, comparando os méritos da carabina "Express" e da carabina "Winchester", entre caçadores de elefantes.

Desde 1880, os seus movimentos pouco a pouco se concentraram entre Paris e Londres — com exceção das "visitas filiais" a Portugal; porque, apesar da sua dispersão pelo Mundo, da sua facilidade em se nacionalizar nas terras alheias, e da sua impersonalidade crítica, Fradique foi sempre um genuíno Português, com irradicáveis traços de fidalgo ilhéu.

O mais puro e íntimo do seu interesse deu-o sempre aos homens e às coisas de Portugal. A compra da quinta do *Saragoça*, em Sintra, realizara-a (como diz numa carta a F. G., com desacostumada emoção):

"Para *ter terra em Portugal*, e para se prender pelo forte vínculo da propriedade ao solo augusto donde um dia tinham partido, levados por um ingênuo tumulto de ideias grandes, os seus avós, buscadores de mundos, de quem ele herdara o sangue e a curiosidade do *além*!"

Sempre que vinha a Portugal ia "retemperar a fibra" percorrendo uma província, lentamente, a cavalo — com demoras em vilas decrépitas que o encantavam, infindáveis cavaqueiras à lareira dos campos, fraternizações ruidosas nos adros e nas tavernas, idas festivas a romarias no carro de bois, no vetusto e venerável carro sabino, toldado de chita, enfeitado de louro. A sua região preferida era o Ribatejo, a terra chã da lezíria e do boi.

"Aí (diz ele), de jaleca e cinta, montado num potro, com a vara de campino erguida, correndo entre as manadas de gado, nos finos e lavados ares da manhã, sinto, mais que em nenhuma outra parte, a delícia de viver".

Lisboa só lhe agradava como paisagem.

"Com três fortes retoques (escrevia-me ele em 1881, do Hotel Braganza), com arvoredo e pinheiros mansos plantados nas colinas calvas da Outra Banda; com azulejos lustrosos e alegres revestindo as fachadas sujas do casario; com uma varredela definitiva por essas benditas ruas — Lisboa seria uma dessas belezas da Natureza criadas pelo Homem, que se tornam um motivo de sonho, de arte e de peregrinação. Mas uma existência enraizada em Lisboa não me parece tolerável. Falta aqui uma atmosfera intelectual, onde a alma respire. Depois certas feições, singularmente repugnantes, dominam. Lisboa é uma cidade *aliteratada*, *afadistada*, *catita* e *conselheiral*. Há *literatice* na simples maneira com que um caixeiro vende um metro de fita; e, nas próprias graças com que uma senhora recebe, transparece *fadistice*; mesmo na Arte há *conselheirismo*; e há *catitismo* mesmo nos cemitérios. Mas a náusea suprema, meu amigo, vem da politiquice e dos politiquetes".

Fradique nutria pelos políticos todos os horrores, os mais injustificados: horror intelectual, julgando-os incultos, broncos, inaptos absolutamente para criar ou compreender ideias; horror mundano, pressupondo-os reles, de maneiras crassas, impróprios para se misturar a naturezas de gosto; horror físico, imaginando que nunca se lavavam, rarissimamente mudavam de meias, e que deles provinha esse cheiro morno e mole, que tanto surpreende e enoja em S. Bento, aos que dele não têm o hábito profissional.

Havia nestas ferozes opiniões, certamente, laivos de perfeita verdade. Mas em geral, os juízos de Fradique sobre a Política ofereciam o cunho dum preconceito que dogmatiza — e não duma observação que discrimina. Assim lho afirmava eu uma manhã, no Braganza, mostrando que todas essas deficiências de espírito, de cultura, de maneiras, de gosto, de finura, tão acerbamente notadas por ele nos Políticos — se explicam suficientemente pela precipitada democratização da nossa sociedade; pela rasteira vulgaridade da vida provincial; pelas influências abomináveis da Universidade; e ainda por íntimas razões que são, no fundo, honrosas para esses desgraçados Políticos, votados por um fado vingador à destruição da nossa terra.

Fradique replicou simplesmente:

— Se um rato morto me disser, — "eu cheiro mal por isto e por aquilo e sobretudo porque apodreci", — eu nem por isso deixo de o mandar varrer do meu quarto.

Havia aqui uma antipatia de instinto, toda fisiológica, cuja intransigência e obstinação nem fatos nem raciocínios podiam vencer. Bem mais justo era o horror que lhe inspirava, na vida social de Lisboa, a inábil, descomedida e papalva imitação de Paris. Essa "saloia macaqueação", superiormente denunciada por ele numa carta que me escreveu em 1885, e onde assenta, num luminoso resumo, que "*Lisboa é uma cidade traduzida do francês em calão*" — tornava-se para Fradique, apenas transpunha Santa Apolônia, um tormento sincero. E a sua ansiedade perpétua era então descobrir, através da frandulagem do Francesismo, algum resto do genuíno Portugal.

Logo a comida constituía para ele um real desgosto. A cada instante em cartas, em conversas, se lastima de não poder conseguir "um cozido vernáculo!"

"Onde estão (exclama ele, algures) os pratos veneráveis do Portugal português, o pato com macarrão do século XVIII, a almôndega indigesta e divina do tempo das descobertas, ou essa maravilhosa cabidela de frango, petisco dileto de D. João IV, de que os fidalgos ingleses, que vieram ao reino buscar a noiva de Carlos II, levaram para Londres a surpreendente notícia? Tudo estragado! O mesmo provincianismo reles põe em calão as comédias de Labiche e os acepipes de Gouffé. E estamo-nos nutrindo miseravelmente dos sobejos democráticos do *boulevard*, requentados e servidos em chalaça e galantina! Desastre estranho! As coisas mais deliciosas de Portugal, o lombo de porco, a vitela de Lafões, os legumes, os doces, os vinhos, degeneraram, *insipidaram*... Desde quando? Pelo que dizem os velhos, degeneraram desde o Constitucionalismo e o Parlamentarismo. Depois desses enxertos funestos no velho tronco lusitano, os frutos têm perdido o sabor, como os homens têm perdido o caráter..."

Só uma ocasião, nesta especialidade considerável, o vi plenamente satisfeito. Foi numa taverna da Mouraria (onde eu o levara), diante dum prato complicado e profundo de bacalhau, pimentos e grão-de-bico. Para o gozar com coerência, Fradique despiu a sobrecasaca. E como um de nós lançara casualmente o nome de Renan, ao atacarmos o pitéu sem igual, Fradique protestou com paixão:

— Nada de ideias! Deixem-me saborear esta bacalhoada, em perfeita inocência de espírito como no tempo do Senhor D. João V, antes da democracia e da crítica!

A saudade do velho Portugal era nele constante; e considerava que, por ter perdido esse tipo de civilização intensamente original, o mundo ficara diminuído. Este amor do passado revivia nele, bem curiosamente, quando via realizados em Lisboa, com uma inspiração original, o luxo e o "modernismo" inteligente das civilizações mais saturadas de cultura e perfeitas em gosto. A derradeira vez que o encontrei em Lisboa foi no Rato — numa festa de raro e delicado brilho. Fradique parecia desolado:

— Em Paris — afirmava ele — a duquesa de La Rochefoucauld-Bisaccia pode dar uma festa igual; e para isto não me valia a pena ter feito a quarentena em Marvão! Suponha, porém, você, que eu vinha achar aqui um sarau do tempo da Senhora D. Maria I, em casa dos Marialvas, com fidalgas sentadas em esteiras, frades tocando o lundum no bandolim, desembargadores pedindo mote, e os lacaios no pátio, entre os mendigos, rezando em coro a ladainha!... Aí estava uma coisa única, deliciosa, pela qual se podia fazer a viagem de Paris a Lisboa em liteira!

Um dia que jantávamos em casa de Carlos Mayer, e que Fradique lamentava, com melancólica sinceridade, o velho Portugal fidalgo e fradesco do tempo do Sr. D. João V — Ramalho Ortigão não se conteve:

—Você é um monstro, Fradique! O que você queria era habitar o confortável Paris do meado do século XIX, e ter aqui, a dois dias de viagem, o Portugal do século XVIII, onde pudesse vir, como a um museu, regalar-se de pitoresco e de arcaísmo... Você, lá na Rua de Varennes, consolado de decência e de ordem. E nós aqui, em vielas fedorentas, inundados à noite pelos despejos de águas sujas, aturdidos pelas arruaças do marquês de Cascais ou do conde de Aveiras, levados aos empurrões para a enxovia pelos malsins da Intendência etc. etc.... Confesse que é o que você queria!

Fradique volveu, serenamente:

— Era bem mais digno e mais patriótico que em lugar de vos ver aqui, a vós, homens de letras, esticados nas gravatas e nas ideias que toda a Europa usa, vos encontrasse de cabeleira e rabicho, com as velhas algibeiras da casaca de seda cheias de odes sáficas, encolhidinhos no salutar terror de El-Rei e do Diabo, rondando os pátios da casa de Marialva ou de Aveiro, à espera que os senhores, de cima, depois de dadas as graças, vos mandassem, por um pretinho, os restos do peru e o mote. Tudo isso seria dignamente português e sincero; vós não merecíeis melhor; e a vida não é possível sem um bocado de pitoresco depois do almoço.

Com efeito, nesta saudade de Fradique pelo Portugal antigo, havia amor do "pitoresco", estranho num homem tão subjetivo e intelectual; mas, sobretudo, havia o ódio a esta universal modernização que reduz todos os costumes, crenças, ideias, gostos, modos, os mais ingênitos e mais originalmente próprios, a um tipo uniforme (representado pelo *sujeito utilitário e sério* de sobrecasaca preta) — com a monotonia com que o chinês apara todas as árvores dum jardim, até lhes dar a forma única e dogmática de pirâmide ou de vaso funerário.

Por isso Fradique em Portugal amava sobretudo o povo — o povo que não mudou, como não muda a Natureza que o envolve e lhe comunica os seus caracteres graves e doces. Amava-o pelas suas qualidades, e também pelos seus defeitos: — pela sua morosa paciência de boi manso; pela alegria idílica que lhe poetiza o trabalho; pela calma aquiescência à vassalagem com que depois do *Senhor Rei* venera o *Senhor Governo*; pela sua doçura amaviosa e naturalista; pelo seu catolicismo pagão e carinho fiel aos Deuses latinos, tornados santos calendares; pelos seus trajes, pelos seus cantos...

"Amava-o ainda (diz ele) pela sua linguagem tão bronca e pobre, mas a única em Portugal onde se não sente odiosamente a influência do Lamartinismo ou das *Sebentas* de Direito Público."

VI

A última vez que Fradique visitou Lisboa foi essa em que o encontrei no Rato, lamentando os saraus beatos e sécios do século XVIII. O antigo poeta das *Lapidárias* tinha então cinquenta anos; e cada dia se prendia mais à quieta doçura dos seus hábitos de Paris.

Fradique habitava, na Rua de Varennes, desde 1880, uma ala do antigo palácio dos Duques de Tredennes, que ele mobiliara com um luxo sóbrio e grave — tendo sempre detestado esse atulhamento de alfaias e estofos, onde inextricavelmente se embaralham e se contradizem as Artes e os Séculos, e que, sob o bárbaro e justo nome de bricabraque, tanto seduz os financeiros e as cocotas. Nobres e ricas tapeçarias de Paisagem e de História; amplos divãs de Aubusson; alguns móveis de arte da Renascença Francesa; porcelanas raras de Delft e da China; espaço, claridade, uma harmonia de tons castos — eis o que se encontrava nas cinco salas que constituíam o "covil" de Fradique. Todas as varandas, de ferro rendilhado, datando de Luís XIV, abriam sobre um desses jardins de árvores antigas, que, naquele bairro fidalgo e eclesiástico, formam retiros de silêncio e paz silvana, onde por vezes, nas noites de maio, se arrisca a cantar um rouxinol.

A vida de Fradique era medida por um relógio Secular, que precedia o toque lento e quase austero das horas, com uma toada argentina de antiga dança de corte; e era mantida numa imutável regularidade pelo seu criado Smith, velho escocês do clã dos Macduffs, já todo branco de pelo e ainda todo rosado de pele, que havia trinta anos o acompanhava, com severo zelo, através da vida e do mundo.

De manhã, às nove horas, mal se espalhavam no ar os compassos gentis e melancólicos daquele esquecido minuete de Cimarosa ou de Haydn, Smith rompia pelo quarto de Fradique, abria todas as janelas à luz, gritava: — *Morning, Sir*! Imediatamente Fradique, dando de entre a roupa um salto brusco que considerava "de higiene transcendente", corria ao imenso laboratório de mármore, a esponjar a face e a cabeça em água fria, com um resfolgar de Tritão ditoso. Depois, enfiando uma das cabaias de seda que tanto me maravilhavam, abandonava-se, estirado numa poltrona, aos cuidados de Smith, que, como barbeiro (afirmava Fradique), reunia a ligeireza macia de *Fígaro* à sapiência confidencial do velho Oliveiro de Luís XI. E, com efeito, enquanto o ensaboava e escanhoava, Smith ia dando a Fradique um resumo nítido, sólido, todo em fatos, dos telegramas políticos do *Times*, do *Standard* e da *Gazeta de Colônia*!

Era para mim uma surpresa, sempre renovada e saborosa, ver Smith, com a sua alta gravata branca à Palmerston, a rabona curta, as calças de xadrez verde e preto (cores do seu clã), os sapatos de verniz decotados, passando o pincel na barba do amo e murmurando, em perfeita ciência e perfeita consciência: — "Não se realiza a conferência do príncipe de Bismarque com o conde Kalnocky... Os conservadores perderam a eleição suplementar de York... Falava-se ontem em Viena dum novo empréstimo russo..."

Os amigos em Lisboa riam desta "caturreira"; mas Fradique sustentava que havia aqui um proveitoso regresso à tradição clássica, que em todo o mundo latino, desde Cipião, o Africano, instituíra os barbeiros como "informadores universais da coisa pública". Estes curtos resumos de Smith formavam a carcaça das suas noções políticas; e Fradique nunca dizia — "Li no *Times*" — mas "Li no Smith".

Bem barbeado, bem informado, Fradique mergulhava num banho ligeiramente tépido, donde voltava para as mãos vigorosas de Smith, que, com um jogo de luvas de lã, de flanela, de estopa de crina e de pele de tigre, o friccionava até que o corpo todo se lhe tornasse, como o de Apolo, "róseo e reluzente". Tomava então o seu chocolate; e recolhia à biblioteca, sala séria e simples, onde uma imagem da Verdade, radiosamente branca na sua nudez de mármore, pousava o dedo sutil sobre os lábios puros, simbolizando, em frente à vasta mesa de ébano, um trabalho todo íntimo, à busca de verdades que não são para o ruído e para o mundo.

À uma hora almoçava, com a sobriedade dum grego, ovos e legumes: — e depois, estendido num divã, tomando goles lentos de chá russo, percorria nos Jornais e nas Revistas as crônicas de arte, de literatura, de teatro ou de sociedade, que não eram da competência política de Smith. Lia então também com cuidado os jornais portugueses (que chama algures "fenômenos picarescos de decomposição social"), sempre característicos, mas superiormente interessantes para quem, como ele, se comprazia em analisar "a obra genuína e sincera da mediocridade", e considerava Calino tão digno de estudo como Voltaire. O resto do dia dava-o aos amigos, às visitas, aos *ateliers*, às salas de armas, às exposições, aos clubes — aos cuidados diversos que se cria um homem de alto gosto, vivendo numa cidade de alta civilização!

De tarde subia ao *Bois* conduzindo o seu fáeton, ou montando a Sabá, uma maravilhosa égua das caudelarias de Aïn-Weibah, que lhe cedera o Emir de Mossul. E a sua noite (quando não tinha cadeira na Ópera ou na *Comédie*) era passada nalgum salão — precisando sempre findar o seu dia entre "o efêmero feminino". (Assim dizia Fradique).

A influência deste "feminino" foi suprema na sua existência. Fradique amou mulheres; mas fora dessas, e sobre todas as coisas, amava a Mulher.

A sua conduta, para com as mulheres, era governada conjuntamente por devoções de espiritualista, por curiosidades de crítico e por exigências de sanguíneo. À maneira dos sentimentais da Restauração, Fradique considerava-as como "organismos" superiores, divinamente complicados, diferentes e mais próprios de adoração do que tudo o que oferece a Natureza; ao mesmo tempo, através deste culto, ia dissecando e estudando esses "organismos divinos", fibra a fibra, sem respeito, por paixão de analista; e frequentemente o crítico e o entusiasta desapareciam para só restar nele um homem amando a mulher, na simples e boa lei natural, como os Faunos amavam as Ninfas.

As mulheres, além disso, estavam para ele (pelo menos nas suas teorias de conversação) classificadas em espécies.

Havia a "mulher de exterior", flor de luxo e de mundanismo culto; e havia a "mulher de interior", a que guarda o lar diante da qual, qualquer que fosse o seu brilho, Fradique conservava um tom penetrado de respeito, excluindo toda a investigação experimental.

"Estou em presença destas (escreve ele a *Madame* de Jouarre), como em face duma carta alheia fechada com sinete e lacre".

Na presença, porém, daquelas que se "exteriorizam" e vivem todas no ruído e na fantasia, Fradique achava-se tão livre e tão irresponsável como perante um volume impresso.

"Folhear o livro (diz ele ainda a *Madame* de Jouarre), anotá-lo nas margens acetinadas, criticá-lo em voz alta com independência e veia, levá-lo no cupê para ler à noite em casa, aconselhá-lo a um amigo, atirá-lo para um canto percorridas as melhores páginas — é bem permitido, creio eu, segundo a Cartilha e o Código!"

Seriam estas subtilezas (como sugeria um cruel amigo nosso) as dum homem que teoriza e idealiza o seu temperamento de carrejão, para o tornar literariamente interessante? Não sei. O comentário mais instrutivo das suas teorias dava-o ele, visto numa sala, entre "o efêmero feminino". Certas mulheres muito voluptuosas, quando escutam um homem que as perturba, abrem insensivelmente os lábios. Em Fradique eram os olhos que se alargavam. Tinha-os pequenos e cor de tabaco; mas junto duma dessas mulheres de exterior, "estrelas de mundanismo", tornavam-se-lhe imensos, cheios de luz negra, aveludados, quase úmidos. A velha *lady* Mongrave comparava-os "às goelas abertas de duas serpentes". Havia ali, com efeito, um ato de aliciação e de absorção — mas havia sobretudo a evidência da perturbação e do encanto que o inundavam. Nessa atenção de beato diante da Virgem, no murmúrio quente da voz mais amolecedora que um ar de estufa, no umedecimento enleado dos seus olhos finos, — as mulheres viam apenas a influência onipotentemente vencedora das suas graças de Forma e de Alma, sobre um homem esplendidamente viril.

Ora, nenhum homem mais perigoso do que aquele que dá sempre às mulheres a impressão clara, quase tangível — de que elas são irresistíveis, e subjugam o coração mais rebelde só com mover os ombros lentos ou murmurar "que linda tarde!" Quem se mostra facilmente seduzido — facilmente se torna sedutor. É a lenda índia, tão sagaz e real, do espelho encantado em que a velha Maharina se via radiosamente bela. Para obter e reter esse espelho, em que, com tanto esplendor, se reflete a sua pele engelhada — que pecados e que traições não cometerá a Maharina?...

Creio, pois, que Fradique foi profundamente amado, e que magnificamente o mereceu. As mulheres encontravam nele esse ser raro entre os homens — um Homem. E para elas Fradique possuía esta superioridade inestimável, quase única na nossa geração — uma alma extremamente sensível, servida por um corpo extremamente forte.

De maior duração e intensidade que os seus amores, foram todavia as amizades que Fradique a si atraiu pela sua excelência moral. Quando eu conheci Fradique em Lisboa, no remoto ano de 1867, julguei sentir na sua natureza (como no seu verso), uma impassibilidade brilhante e metálica; e através da admiração que me deixara a sua arte, a sua personalidade, o seu viço, a sua cabaia de seda — confessei um dia a J. Teixeira de Azevedo, que não encontrara no poeta das *Lapidárias* aquele *tépido leite da bondade humana*, sem o qual o velho Shakespeare (nem eu, depois dele) compreendia que um homem fosse digno da humanidade. A sua mesma polidez, tão risonha e perfeita, me parecera mais composta por um sistema do que genuinamente ingênita. Decerto, porém, concorreu para a formação deste juízo uma carta (já velha, de 1855) que alguém me confiou, e em que Fradique, com toda a leviana altivez da mocidade, lançava este rude programa de conduta:

"Os homens nasceram para trabalhar, as mulheres para chorar, e nós, os fortes, para passar friamente através!..."

Mas em 1880, quando a nossa intimidade uma noite se fixou a uma mesa do Bignon, Fradique tinha cinquenta anos;

e, ou porque eu então o observasse com uma assiduidade mais penetrante, ou porque nele se tivesse já operado com a idade esse fenômeno que Fustan de Carmanges chamou depois *le degel de Fradique*, bem cedo senti, através da impassibilidade marmórea do cinzelador das *Lapidárias*, brotar, tépida e generosamente, o *leite da bondade humana*.

A forte expressão de virtude que nele logo me impressionou foi a sua incondicional e irrestrita indulgência. Ou por uma conclusão da sua filosofia, ou por uma inspiração da sua natureza — Fradique, perante o pecado e o delito, tendia àquela velha misericórdia evangélica que, consciente da universal fragilidade, pergunta de onde se erguerá a mão bastante pura, para arremessar a primeira pedra ao erro. Em toda a culpa ele via (talvez contra a razão, mas em obediência àquela voz que falava baixo a S. Francisco de Assis e que ainda se não calou) a irremediável fraqueza humana; e o seu perdão subia logo do fundo dessa Piedade que jazia na sua alma, como manancial de água pura em terra rica, sempre pronto a brotar.

A sua bondade, porém, não se limitava a esta expressão passiva. Toda a desgraça, desde a amargura limitada e tangível que passa na rua, até à vasta e esparsa miséria que, com a força dum elemento, devasta classes e raças, teve nele um consolador diligente e real. São dele, e escritas nos derradeiros anos (numa carta a G. F.), estas nobres palavras:

"Todos nós, que vivemos neste globo, formamos uma imensa caravana que marcha confusamente para o Nada. Cerca-nos uma Natureza inconsciente, impassível, mortal como nós, que não nos entende, nem sequer nos vê, e donde não podemos esperar nem socorro nem consolação. Só nos resta para nos dirigir, na rajada que nos leva, esse secular preceito, suma divina de toda a experiência humana — "ajudai-vos uns aos outros! Que, na tumultuosa caminhada, portanto, onde passos sem conta se misturam — cada um ceda metade do seu pão àquele que tem fome; estenda metade do seu manto àquele que tem frio; acuda com o braço àquele que vai tropeçar; poupe o corpo daquele que já tombou; e se algum mais bem provido e seguro para o caminho necessitar apenas simpatia de almas, que as almas se abram para ele transbordando dessa simpatia... Só assim conseguiremos dar alguma beleza e alguma dignidade a esta escura debandada para a Morte".

Decerto Fradique não era um santo militante, rebuscando pelas vielas miséria a resgatar; mas nunca houve mal, por ele conhecido, que dele não recebesse alívio. Sempre que lia por acaso, num jornal, uma calamidade ou uma indigência, marcava a notícia com um traço a lápis, lançando ao lado um algarismo — que indicava ao velho Smith o número de libras que devia remeter, sem publicidade, pudicamente. A sua máxima para com os pobres (a quem os Economistas afirmam que se não deve Caridade mas Justiça) — era "que à hora das comidas mais vale um pataco na mão que duas Filosofias a voar".

As crianças, sobretudo quando necessitadas, inspiravam-lhe um enternecimento infinito; e era destes, singularmente raros, que encontrando, num agreste dia de inverno, um pequenino que pede, transido de frio — param sob a chuva e sob o vento, desapertam pacientemente o paletó, descalçam pacientemente a luva, para vasculhar no fundo da algibeira, à procura da moeda de prata que vai ser o calor e o pão de um dia.

Esta caridade estendia-se budistamente a tudo que vive. Não conheci homem mais respeitador do animal e dos seus direitos. Uma ocasião em Paris, correndo ambos a uma estação de *fiacres* para nos salvarmos dum chuveiro que desabava, e seguir, na pressa que nos levava, a uma venda de tapeçarias (onde Fradique cobiçava umas *Nove Musas Dançando Entre Loureirais*), encontramos apenas um cupê, cuja pileca, com o saco pendente do focinho, comia melancolicamente a sua ração. Fradique teimou em esperar que o cavalo almoçasse com sossego — e perdeu as *Nove Musas*.

Nos últimos tempos, preocupava-o sobretudo a miséria das classes — por sentir que nestas Democracias industriais e materialistas, furiosamente empenhadas na luta pelo pão egoísta, as almas cada dia se tornam mais secas e menos capazes de piedade.

"A fraternidade (dizia ele numa carta de 1886, que conservo) vai-se sumindo, principalmente nestas vastas colmeias de cal e pedra, onde os homens teimam em se amontoar e lutar; e, através do constante deperecimento dos costumes e das simplicidades rurais, o mundo vai rolando a um egoísmo feroz. A primeira evidência deste egoísmo é o desenvolvimento ruidoso da filantropia. Desde que a caridade se organiza e se consolida em instituição, com regulamentos, relatórios, comitês, sessões, um presidente e uma campainha, e de sentimento natural passa a função oficial — é porque o homem, não contando já com os impulsos do seu coração, necessita obrigar-se publicamente ao bem pelas prescrições dum estatuto. Com os corações assim duros e os invernos tão longos, que vai ser dos pobres?..."

Quantas vezes, diante de mim, nos crepúsculos de novembro, na sua biblioteca apenas alumiada pela chama incerta e doce da lenha no fogão, Fradique emergiu dum silêncio em que os olhares se lhe perdiam ao longe, como afundados em horizontes de tristeza — para assim lamentar, com enternecida elevação, todas as misérias humanas! E voltava então a amarga afirmação da crescente aspereza dos homens, forçados pela violência do conflito e da concorrência a um egoísmo rude, em que cada um se torna cada vez mais o lobo do seu semelhante, *homo homini lupus*.

— Era necessário que viesse outro Cristo! — murmurei eu um dia.

Fradique encolheu os ombros:

— Há de vir; há de talvez libertar os escravos; há de ter por isso a sua igreja e a sua liturgia; e depois há de ser negado; e mais tarde há de ser esquecido; e por fim hão de surgir novas turbas de escravos. Não há nada a fazer. O que resta a cada um por prudência é reunir um pecúlio e adquirir um revólver; e aos seus semelhantes que lhe baterem à porta, dar, segundo as circunstâncias, ou pão ou bala.

Assim, cheios de ideias, de delicadas ocupações e de obras amáveis, decorreram os derradeiros anos de Fradique Mendes em Paris, até que no inverno de 1888 a morte o colheu sob aquela forma que ele, como César, sempre apetecera — *inopinatam atque repentinam.*

Uma noite, saindo duma festa da condessa de La Ferté (velha amiga de Fradique, com quem fizera num iate uma viagem à Islândia), achou no *vestiário* a sua peliça russa trocada por outra, confortável e rica também, que tinha no bolso uma carteira com o monograma e os bilhetes do general Terran-d'Azy. Fradique, que sofria de repugnâncias intolerantes, não se quis cobrir com o agasalho daquele oficial rabugento e catarroso, e atravessou a Praça da Concórdia a pé, de casaca, até ao clube da *Rue Royale.* A noite estava seca e clara, mas cortada por uma dessas brisas sutis, mais tênues que um hálito, que durante léguas se afiam sobre planícies nevadas do norte, e já eram comparadas pelo velho André Vasali a "um punhal traiçoeiro". Ao outro dia acordou com uma tosse leve. Indiferente porém aos resguardos, seguro duma robustez que afrontara tantos ares inclementes, foi a Fontainebleau com amigos no alto dum *mail-coach.* Logo nessa noite, ao recolher, teve um longo e intenso arrepio; e trinta horas depois, sem sofrimento, tão serenamente que durante algum tempo Smith o julgou adormecido, Fradique, como diziam os antigos, "tinha vivido". Não acaba mais docemente um belo dia de verão.

O Dr. Labert declarou que fora uma forma raríssima de pleuris. E acrescentou, com um exato sentimento das felicidades humanas: — "*Toujours de la chance, ce Fradique!*"

Acompanharam a sua passagem derradeira pelas ruas de Paris, sob um céu cinzento de neve, alguns dos mais gloriosos homens de França nas coisas do saber e da arte. Lindos rostos, já pisados pelo tempo, o choraram, na saudade das emoções passadas. E, em pobres moradas, em torno a lares sem lume, foi decerto também lamentado este cético de finas letras, que cuidava dos males humanos envolto em cabaias de seda.

Jaz no *Père-Lachaise*, não longe da sepultura de Balzac, onde no dia dos Mortos ele mandava sempre colocar um ramo dessas violetas de Parma que tanto amara em vida o criador da Comédia Humana. Mãos fiéis, por seu turno, conservam sempre perfumado, de rosas frescas, o mármore simples que o cobre na terra.

VII

O erudito moralista que assina *Alceste* na *Gazette de Paris* dedicou a Fradique Mendes uma Crônica em que resume assim o seu espírito e a sua ação:

"Pensador verdadeiramente pessoal e forte, Fradique Mendes não deixa uma obra. Por indiferença, por indolência, este homem foi o dissipador duma enorme riqueza intelectual. Do bloco de ouro em que poderia ter talhado um monumento imperecível — tirou ele durante anos curtas lascas, migalhas, que espalhou às mãos cheias, conversando, pelos salões e pelos clubes de Paris. Todo esse pó de ouro se perdeu no pó comum. E sobre a sepultura de Fradique, como sobre a do grego desconhecido de que canta a Antologia, se poderia escrever: — 'Aqui jaz o ruído do vento que passou derramando perfume, calor e sementes em vão...'"

Toda esta crônica vem lançada com a usual superficialidade e inconsideração dos Franceses. Nada menos refletido que as designações de *indolência*, *indiferença*, que voltam repetidamente, nessa página bem ornada e sonora, como para marcar com precisão a natureza de Fradique. Ele foi, ao contrário, um homem todo de paixão, de ação, de tenaz labor. E escassamente pode ser acusado de *indolência*, de *indiferença*, quem, como ele, fez duas campanhas, apostolou uma religião, trilhou os cinco continentes, absorveu tantas civilizações, percorreu todo o saber do seu tempo.

O cronista da *Gazette de Paris* acerta, porém, singularmente, afirmando que desse duro obreiro não resta uma obra. Impressas e dadas ao Mundo só dele conhecemos, com efeito, as poesias das *Lapidárias*, publicadas na *Revolução de Setembro*, — e esse curioso poemeto em latim bárbaro, *Laus Veneris Tenebrosae*, que apareceu na *Revue de Poésie et d'Art*, fundada em fins de 69 em Paris por um grupo de poetas simbolistas. Fradique, porém, deixou manuscritos. Muitas vezes, na Rua de Varennes, os entrevi eu dentro dum cofre espanhol do século XIV, de ferro lavrado, que Fradique denominava a *vala comum*. Todos esses papéis (e a plena disposição deles) foram legados por Fradique àquela *Libuska* de quem ele largamente fala nas suas cartas a *Madame* de Jouarre, e que se nos torna tão familiar e real "com os seus veludos brancos de Veneziana e os seus largos olhos de Juno".

Esta senhora, que se chamava Varia Lobrinska, era da velha família russa dos Príncipes de Palidoff. Em 1874, seu marido, Paulo Lobrinski, diplomata silencioso e vago, que pertencera ao regimento das Guardas Imperiais e escrevia *capitaine* com *t, e,* (*capiténe*) morrera em Paris, por fins de outono, ainda moço, de uma lânguida e longa anemia. Imediatamente *Madame* Lobrinska, com solene mágoa, cercada de aias e de crepes, recolheu às suas vastas propriedades russas perto de Starobelsk, no governo de Karkoff. Na primavera, porém, voltou com as flores dos castanheiros, — e desde então habitava Paris em luxuosa e risonha viuvez. Um dia, em casa de *Madame* de Jouarre, encontrou Fradique que, enlevado então no culto das Literaturas eslavas, se ocupava com paixão do mais antigo e nobre dos seus poemas, o *Julgamento de Libuska*, casualmente encontrado em 1818 nos arquivos do castelo de Zelene-Hora. *Madame* Lobrinska era parenta dos senhores de Zelene-Hora, condes de Coloredo — e possuía justamente uma reprodução das duas folhas de pergaminho que contêm a velha epopeia bárbara.

Ambos leram esse texto heroico — até que o doce instante veio em que, como os dois amorosos de Dante, "não leram mais no dia todo". Fradique dera a *Madame* Lobrinska o nome de *Libuska*, a rainha que no *Julgamento* aparece "vestida de branco e resplandecente de sapiência". Ela chamava a Fradique *Lúcifer*. O poeta das *Lapidárias* morreu em novembro: — e dias depois *Madame* Lobrinska recolhia de novo à melancolia das suas terras, junto de Starobelsk, no governo de Karkoff. Os seus amigos sorriram, murmuraram com simpatia que *Madame* Lobrinska fugira para chorar entre os seus mujiques a sua segunda viuvez — até que reflorescessem os lilases. Mas desta vez *Libuska* não voltou, nem com as flores dos castanheiros.

O marido de *Madame* Lobrinska era um Diplomata que estudava e praticava sobretudo os *menus* e os *cotillons*. A sua carreira foi portanto irremediavelmente subalterna e lenta. Durante seis anos jazeu no Rio de Janeiro, entre os arvoredos de Petrópolis, como Secretário, esperando aquela legação na Europa que o Príncipe Gortchakoff, então Chanceler Imperial, afirmava pertencer a *Madame* Lobrinska *par droit de beauté et de sagesse*. A legação na Europa, numa capital mundana, culta, sem bananeiras, nunca veio compensar aqueles exilados que sofriam das saudades da neve: — e *Madame* Lobrinska, no seu exílio, chegou a aprender tão completamente a nossa doce língua de Portugal que Fradique me mostrou uma tradução da elegia de Lavoski, *A Colina do Adeus*, trabalhada por ela com superior pureza e relevo. Só ela pois, realmente, dentre todas as amigas de Fradique, podia apreciar como páginas vivas, onde o pensador depusera a confidência do seu pensamento, esses manuscritos que para as outras seriam apenas secas e mortas folhas de papel, cobertas de linhas incompreendidas.

Logo que comecei a colecionar as cartas dispersas de Fradique Mendes, escrevi a *Madame* Lobrinska, contando o meu empenho em fixar, num estudo carinhoso, as feições desse transcendente espírito — e implorando, se não alguns extratos dos seus manuscritos, ao menos algumas revelações *sobre a sua natureza*. A resposta de *Madame* Lobrinska foi uma recusa, bem determinada, bem deduzida, — mostrando que, decerto sob "os claros olhos de Juno", estava uma clara razão de Minerva.

"Os papéis de Carlos Fradique (dizia em suma) tinham-lhe sido confiados, a ela que vivia longe da publicidade, e do mundo que se interessa e lucra na publicidade, com o intuito de que, para sempre, conservassem o caráter íntimo e secreto em que tanto tempo Fradique os mantivera; e nestas condições, o *revelar a sua natureza*, seria manifestamente contrariar o recatado e altivo sentimento que ditara esse legado..."

Isto vinha escrito, com uma letra grossa e redonda, numa larga folha de papel áspero, onde a um canto brilhava a ouro, sob uma coroa de ouro, esta divisa — PER TERRAM AD COELUM.

Deste modo se estabeleceu a obscuridade em torno dos manuscritos de Fradique. Que continha realmente esse cofre de ferro, que Fradique, com desconsolado orgulho, denominava a *vala comum*, por julgar pobres e sem brilho no Mundo os pensamentos que para lá arrojava?

Alguns amigos pensam que aí se devem encontrar, se não completas, ao menos esboçadas, ou já coordenadas nos seus materiais, as duas obras a que Fradique aludia como sendo as mais cativantes, para um pensador e um artista deste século — uma *Psicologia das Religiões* e uma *Teoria da Vontade*.

Outros (como J. Teixeira de Azevedo), julgam que nesses papéis existe um romance de realismo épico, reconstruindo uma civilização extinta, como a *Salambô*. E deduzem essa suposição (desamorável) duma carta a Oliveira Martins, de 1880, em que Fradique exclamava, com uma ironia misteriosa:

"Sinto-me resvalar, caro historiador, a práticas culpadas e vãs! Ai de mim, ai de mim, que me foge a pena para o mal! Que demônio malfazejo, coberto do pó das Idades, e sobraçando in-fólios arqueológicos, me veio murmurar uma destas noites, noite de duro inverno e de erudição decorativa: — 'Trabalha um romance! E no teu romance ressuscita a antiguidade asiática!?' E as suas sugestões pareceram-me doces, amigo, duma doçura letal!... Que dirá você, dileto Oliveira Martins, se um dia desprecavidamente no seu lar receber um tomo meu, impresso com solenidade, e começando por estas linhas: — '*Era em Babilônia, no mês de Sivanu, depois da colheita do bálsamo?...*' Decerto, você (daqui o sinto) deixará pender a face aterrada entre as mãos trêmulas, murmurando: — 'Justos Céus! Aí vem sobre nós a descrição do templo das Sete Esferas, com todos os seus terraços! a descrição da batalha de Halub, com todas as suas armas! a descrição do banquete de Semacherib, com todas as suas iguarias!... Nem os bordados duma só túnica, nem os relevos dum só vaso nos serão perdoados! E é isto um amigo íntimo!'"

Ramalho Ortigão, ao contrário, inclina a crer que os papéis de Fradique contêm *Memórias* — porque só a *Memórias* se pode coerentemente impor a condição de permanecerem secretas.

Eu por mim, dum melhor e mais contínuo conhecimento de Fradique, concluo que ele não deixou um livro de Psicologia, nem uma Epopeia arqueológica (que certamente pareceria a Fradique uma culpada e vã ostentação de saber pitoresco e fácil), nem *Memórias* — inexplicáveis num homem todo de ideia e de abstração, que escondia a sua vida com tão altivo recato. E afirmo afoitamente que nesse cofre de ferro, perdido num velho solar russo, não existe uma *obra* — porque Fradique nunca foi verdadeiramente um *autor*.

Para o ser não lhe faltaram decerto as ideias — mas faltou-lhe a certeza de que elas, pelo seu valor *definitivo*, merecessem ser registadas e perpetuadas; e faltou-lhe ainda a arte paciente, ou o querer forte, para produzir aquela forma que ele concebera em abstrato como a única digna por belezas especiais e raras, de encarnar as suas ideias. Desconfiança de si como pensador cujas conclusões, renovando a filosofia e a ciência, pudessem imprimir ao espírito humano um movimento inesperado; desconfiança de si como escritor e criador duma Prosa, que só por si própria, e separada do valor do pensamento, exercesse sobre as almas a ação inefável do absolutamente belo — eis as duas influências negativas que retiveram Fradique para sempre inédito e mudo. Tudo o que da sua inteligência emanasse queria ele que, perpetuamente, ficasse atuando sobre as inteligências, pela definitiva verdade ou pela incomparável beleza. Mas a crítica inclemente e sagaz, que praticava sobre os outros, praticava-a sobre si, cada dia, com redobrada sagacidade e inclemência. O sentimento, tão vivo nele, da Realidade fazia-lhe distinguir o seu próprio espírito tal como era, na sua real potência e nos seus reais limites sem que lho mostrassem mais potente ou mais largo esses "fumos da ilusão literária" — que levam todo o homem de letras, mal corre a pena sobre o papel, a tomar por faiscantes raios de luz alguns sujos riscos de tinta. E concluindo que, nem pela ideia, nem pela forma, poderia levar as inteligências persuasão ou encanto, que definitivamente marcassem na evolução da razão ou do gosto — preferiu altivamente permanecer silencioso. Por motivos nobremente diferentes dos de Descartes, ele seguiu assim a máxima que tanto seduzia Descartes — *bene vixit qui bene latuit*.

Nenhum destes sentimentos ele me confessou; mas todos lhos surpreendi, transparentemente, num dos derradeiros Natais que vim passar à Rua de Varennes, onde Fradique pelas festas do ano me hospedava com imerecido esplendor. Era uma noite de grande e ruidoso inverno; e desde o café, com os pés estendidos à alta chama dos madeiros de faia que estalavam na chaminé, conversávamos sofre a África e sobre religiões Africanas. Fradique recolhera na região do Zambeze notas muito flagrantes, muito vivas, sobre os cultos nativos — que são divinizações dos chefes mortos, tornados pela morte *mulungus*, Espíritos dispensadores das coisas boas e más, com residência divina nas cubatas e nas colinas onde tiveram a sua residência carnal; e, comparando os cerimoniais e os fins destes cultos selvagens da África, com os primitivos cerimoniais litúrgicos dos Árias em Septa-Sandou, Fradique concluía (como mostra numa carta desse tempo a Guerra Junqueiro) que na religião o que há de real, essencial, necessário e eterno é o Cerimonial e a Liturgia — e o que há de artificial, de suplementar, de dispensável, de transitório, é a Teologia e a Moral.

Todas estas coisas me prendiam irresistivelmente, sobretudo pelos traços de vida e de natureza africana, com que vinham iluminadas e sorrindo, seduzido:

— Fradique! por que não escreve você toda essa sua viagem à África?

Era a vez primeira que eu sugeria ao meu amigo a ideia de compor um livro. Ele ergueu a face para mim com tanto espanto, como se eu lhe propusesse marchar descalço através da noite tormentosa, até aos bosques de Marly. Depois, atirando a cigarrilha para o lume, murmurou com lentidão e melancolia:

— Para quê?... Não vi nada na África que os outros não tivessem já visto.

E como eu lhe observasse que vira talvez dum modo diferente e superior; que nem todos os dias um homem educado pela filosofia, e saturado de erudição, faz a travessia da África; e que em ciência uma só verdade necessita mil experimentadores — Fradique quase se impacientou:

— Não! Não tenho sobre a África, nem sobre coisa alguma neste Mundo, conclusões que, por alterarem o curso do pensar contemporâneo, valesse a pena registar... Só podia apresentar uma série de impressões, de paisagens. E então pior! Porque o verbo humano, tal como o falamos, é ainda impotente para encarnar a menor impressão intelectual, ou reproduzir a simples forma dum arbusto... Eu não sei escrever! Ninguém sabe escrever!

Protestei, rindo, contra aquela generalização inteiriça, que tudo varria, desapiedadamente. E lembrei que a bem curtas jardas da chaminé que nos aquecia, naquele velho bairro de Paris onde se erguia a Sorbonne, o Instituto de França e a Escola Normal, muitos homens houvera, havia ainda, que possuíam do modo mais perfeito a "bela arte de dizer".

— Quem? — exclamou Fradique.

Comecei por Bossuet. Fradique encolheu os ombros, com uma irreverência violenta que me emudeceu. E declarou logo, num resumo cortante, que nos dois melhores séculos da literatura francesa, desde o *meu* Bossuet até Beaumarchais, nenhum prosador para ele tinha relevo, cor, intensidade, vida. E nos modernos nenhum também o contentava. A distensão retumbante de Hugo era tão intolerável como a flacidez oleosa de Lamartine. A Michelet faltava gravidade e equilíbrio; a Renan, solidez e nervo; a Taine, fluidez e transparência; a Flaubert, vibração e calor. O pobre Balzac, esse, era duma exuberância desordenada e barbárica. E o preciosismo dos Goncourt e do seu mundo parecia-lhe perfeitamente indecente...

Aturdido, rindo, perguntei àquele "feroz insatisfeito" que prosa pois concebia ele, ideal e miraculosa, que merecesse ser escrita. E Fradique, emocionado (porque estas questões de forma desmanchavam a sua serenidade), balbuciou que queria em prosa "alguma coisa de cristalino, de aveludado, de ondeante, de marmóreo, que só por si, plasticamente, realizasse uma absoluta beleza — e que expressionalmente, como verbo, tudo pudesse traduzir, desde os mais fugidios tons de luz até os mais sutis estados de alma..."

— Enfim — exclamei — uma prosa como não pode haver!

— Não! — gritou Fradique —, uma *prosa como ainda não há*!

Depois, ajuntou, concluindo:

— E como ainda a não há, é uma inutilidade escrever. Só se podem produzir formas sem beleza; e dentro dessas mesmas só cabe metade do que se queria exprimir, porque a outra metade não é redutível ao verbo.

Tudo isto era talvez especioso e pueril, mas revelava o sentimento que mantivera mudo aquele superior espírito — possuído da sublime ambição de só produzir verdades absolutamente definitivas, por meio de formas absolutamente belas.

Por isso, e não por indolência de meridional como insinua *Alceste*, — Fradique passou no mundo, sem deixar outros vestígios da formidável atividade do seu ser pensante, além daqueles que por longos anos espalhou, à maneira do sábio antigo, "em conversas com que se deleitava, à tarde, sob os "plátanos do seu jardim, ou em cartas, que eram ainda conversas naturais com os amigos de que as ondas o separavam..." As suas conversas, o vento as levou — não tendo, como o velho Dr. Johnson, um Boswell, entusiasta e paciente, que o seguisse pela cidade e pelo campo, com as largas orelhas atentas, e o lápis pronto a tudo notar e tudo eternizar. Dele pois só restam as suas cartas — leves migalhas desse ouro de que fala *Alceste*, e onde se sente o brilho, o valor intrínseco, e a preciosidade do bloco rico a que pertenceram.

VIII

Se a vida de Fradique foi assim governada por um tão constante e claro propósito de abstenção e silêncio — eu, publicando as suas Cartas, pareço lançar estouvada e traiçoeiramente o meu amigo, depois da sua morte, nesse ruído e publicidade a que ele sempre se recusou, por uma rígida probidade de espírito. E assim seria — se eu não possuísse a evidência de que Fradique, incondicionalmente, aprovaria uma publicação da sua Correspondência, organizada com discernimento e carinho. Em 1888, numa carta em que lhe contava uma romântica jornada na Bretanha, aludia eu a um livro que me acompanhara e me encantara, a *Correspondência de Xavier Doudan* — um desses espíritos recolhidos que vivem para se aperfeiçoar na verdade e não para se glorificar no Mundo, e que, como Fradique, só deixou vestígios da sua intensa vida intelectual na sua Correspondência, coligida depois com reverência pelos confidentes do seu pensamento.

Fradique, na carta que me volveu, toda ocupada dos Pirenéus onde gastara o verão, acrescentava num pós-escrito:

"A Correspondência de Doudan é realmente muito legível; ainda que através dela apenas se sente um espírito naturalmente limitado, que desde novo se entranhou no doutrinarismo da escola de Genebra, e que depois, caído em solidão e doença, só pelos livros conheceu a Vida, os Homens e o Mundo. Li em todo o caso essas cartas — como leio todas as coleções de Correspondências, que, não sendo didaticamente preparadas para o público (como as de Plinio), constituem um estudo excelente de psicologia e de história. Eis aí uma maneira de perpetuar as ideias dum homem que eu afoitamente aprovo — publicar-lhe a correspondência! Há desde logo esta imensa vantagem: — que o valor das ideias (e portanto a escolha das que devem ficar) não é decidido por aquele que as concebeu, mas por um grupo de amigos e de críticos, tanto mais livres e mais exigentes no seu julgamento, quanto estão julgando um morto que só desejam mostrar ao Mundo pelos seus lados superiores e luminosos. Além disso, uma Correspondência revela melhor que uma obra a individualidade, o homem; e isto é inestimável, para aqueles que na Terra valeram mais pelo caráter do que pelo talento. Acresce ainda que, se uma obra nem sempre aumenta o pecúlio do saber humano, uma Correspondência, reproduzindo necessariamente os costumes, os modos de sentir, os gostos, o pensar contemporâneo e ambiente, enriquece sempre o tesouro da documentação histórica. Temos depois que as cartas dum homem, sendo o produto quente e vibrante da sua vida, contêm mais ensino que a sua filosofia — que é apenas a criação impessoal do seu espírito. Uma Filosofia oferece meramente uma conjectura mais, que se vai juntar ao imenso montão das conjecturas: uma Vida que se confessa constitui o estudo duma realidade humana, que, posta ao lado de outros estudos, alarga o nosso conhecimento do Homem, único objetivo *acessível* ao esforço intelectual. E finalmente, como *cartas são palestras escritas* (assim afirma não sei que clássico), elas dispensam o revestimento sacramental da *tal prosa como não há*... Mas este ponto precisava ser mais desembrulhado — e eu sinto parar à porta o cavalo em que vou trepar ao pico de Bigorre".

Foi a lembrança desta opinião de Fradique, tão clara e fundamentada, que me decidiu, apenas em mim se foi calmando a saudade daquele camarada adorável, a reunir as suas cartas, para que os homens alguma coisa pudessem aprender e amar, naquela inteligência que eu tão estreitamente amara e seguira. A essa carinhosa tarefa devotei um ano — porque a correspondência de Fradique, que, desde os quietos hábitos a que se acolhera depois de 1880, aquele "andador de continentes", era a mais preferida das suas ocupações, apresenta a vastidão e a copiosidade da correspondência de Cícero, de Voltaire, de Proudhon, e de outros poderosos remexedores de ideias.

Sente-se logo o prazer com que compunha estas cartas, na forma do papel — esplêndidas folhas de Whatman, ebúrneas bastante, para que a pena corresse nelas com o desembaraço com que a voz corta o ar; vastas bastante, para que nelas coubesse o desenrolamento da mais complexa ideia; fortes bastante, na sua consistência de pergaminho, para que não prevalecesse contra elas o carcomer do tempo.

"Calculei já, ajudado pelo Smith (afirma ele a Carlos Mayer), que cada uma das minhas cartas, neste papel, com envelope e estampilha, me custa 250 réis. Ora, supondo vaidosamente que cada quinhentas cartas minhas contêm uma ideia — resulta que cada ideia me fica por *cento e vinte e cinco mil réis*. Este mero cálculo bastará para que o Estado, e a econômica classe média que o dirige, impeçam com ardor a educação — provando, como iniludivelmente prova, que fumar é mais barato que pensar... Contrabalanço *pensar e fumar*, porque são, ó Carlos, duas operações idênticas que consistem em atirar pequenas nuvens ao vento".

Estas dispendiosas folhas têm todas a um canto as iniciais de Fradique — F. M. — minúsculas e simples, em esmalte escarlate. A letra que as enche, singularmente desigual, oferece a maior similitude com a conversação de Fradique: ora cerrada e fina, parecendo morder o papel, como um buril, para contornar bem rigorosamente a ideia; ora hesitante e demorada, com riscos, separações, como naquele esforço tão seu de tentear, espiar, cercar a real realidade das coisas; ora mais fluida e rápida, lançada com facilidade e largueza, lembrando esses momentos de abundância e de veia que Fontan de Carmanges denominava *le dégel de Fradique*, e em que o gesto estreito e sóbrio se lhe desmanchava num esvoaçar de flâmula ao vento.

Fradique nunca datava as suas cartas; e, se elas vinham de moradas familiares aos seus amigos, notava meramente o nome do mês. Existem assim cartas inumeráveis com esta resumida indicação — *Paris, Julho; Lisboa, Fevereiro*... Frequentemente, também, restituía aos meses as alcunhas naturalistas do calendário republicano — *Paris, Floreal; Londres, Nivose.* Quando se dirigia a mulheres, substituía ainda o nome do mês pelo da flor que melhor o simboliza; e possuo ainda cartas com esta bucólica data — *Florença, primeiras violetas* (o que indica fins de fevereiro); *Londres, chegada dos Crisântemos* (o que indica começos de setembro). Uma carta de Lisboa oferece mesmo esta data atroz — *Lisboa, primeiros fluxos da verborreia parlamentar*! (Isto denuncia um janeiro triste, com lama, tipoias no Largo de S. Bento, e bacharéis em cima bolsando, por entre injúrias, fezes de velhos compêndios.)

Não é portanto possível dispor a Correspondência de Fradique por uma ordem cronológica: nem de resto essa ordem importa, desde que eu não edito a sua Correspondência completa e integral, formando uma história contínua e íntima das suas ideias. Em cartas que não são dum *autor* e que não constituem, como as de Voltaire ou de Proudhon, o corrente e constante comentário que acompanha e ilumina a obra, cumpria sobretudo destacar as páginas que, com mais saliência, revelassem a *personalidade* — o conjunto de ideias, gostos, modos, em que tangivelmente se sente e se palpa o homem. E por isso, nestes pesados maços das cartas de Fradique, escolho apenas algumas, soltas, de entre as que mostram traços de caráter e relances da existência ativa; de entre as que deixam entrever algum instrutivo episódio da sua vida de coração; de entre as que, revolvendo noções gerais sobre a literatura, a arte, a sociedade e os costumes, caracterizam o feitio do seu pensamento; e ainda, pelo interesse especial que as realça, de entre as que se referem a coisas de Portugal, como as suas "impressões de Lisboa", transcritas com tão maliciosa realidade para regalo de *Madame* de Jouarre.

Inútil seria decerto, nestas laudas fragmentais, procurar a suma do alto e livre Pensar de Fradique, ou do seu Saber tão fundo e tão certo. A correspondência de Fradique Mendes, como diz finalmente *Alceste* — *c'est son génie qui mousse.* Nela, com efeito, vemos apenas a espuma radiante e efêmera que fervia e transbordava, enquanto embaixo jazia o vinho rico e substancial, que não foi nunca distribuído, nem serviu às almas sedentas. Mas, assim ligeira e dispersa, ela mostra todavia, em excelente relevo, a imagem deste homem tão superiormente interessante em todas as suas manifestações de pensamento, de paixão, de sociabilidade e de ação.

Além do meu desejo que os contemporâneos venham a amar este espírito que tanto amei — eu obedeço, publicando as cartas de Fradique Mendes, a um intuito de puro e seguro patriotismo.

Uma nação só vive porque pensa. *Cogitat ergo est.* A Força e a Riqueza não bastam para provar que uma nação vive duma vida que mereça ser glorificada na História — como rijos músculos num corpo e ouro farto numa bolsa não bastam para que um homem honre em si a Humanidade. Um reino de África, com guerreiros incontáveis nas suas aringas e incontáveis diamantes nas suas colinas, será sempre uma terra bravia e morta, que, para lucro da Civilização, os Civilizados pisam e retalham tão desassombradamente como se sangra e se corta a rês bruta para nutrir o animal pensante. E por outro lado se o Egito ou Tunes formassem resplandecentes centros de Ciências, de Literaturas e de Artes, e, através duma serena legião de homens geniais, incessantemente educassem o Mundo — nenhuma nação, mesmo nesta idade de ferro e de força, ousaria ocupar, como um campo marinho e sem dono, esses solos augustos donde se elevasse, para tornar as almas melhores, o enxame sublime das Ideias e das Formas.

Só na verdade o Pensamento e a sua criação suprema, a Ciência, a Literatura, as Artes, dão grandeza aos Povos, atraem para eles universal reverência e carinho, e, formando dentro deles o tesouro de verdades e de belezas que o Mundo precisa, os tornam perante o Mundo sacrossantos. Que diferença há, realmente, entre Paris e Chicago? São duas palpitantes e produtivas cidades — onde os palácios, as instituições, os parques, as riquezas se equivalem soberbamente. Por que forma pois Paris um foco crepitante de Civilização que, irresistivelmente, fascina a Humanidade — e por que tem Chicago apenas sobre a terra o valor de um rude e formidável celeiro, onde se procura a farinha e o grão? Porque Paris, além dos palácios, das instituições e das riquezas de que Chicago também justamente se gloria, possui a mais um grupo especial de homens — Renan, Pasteur, Taine, Berthelot, Coppée, Bomat, Falguière, Gounod, Massenet — que, pela incessante produção do seu cérebro, convertem a banal cidade que habitam num centro de soberano ensino. Se as *Origens do Cristianismo*, o *Fausto*, as telas de Bomat, os mármores de Falguière, nos viessem de além dos mares, da nova e monumental Chicago — para Chicago, e não para Paris, se voltariam, como as plantas para o sol, os espíritos e os corações da Terra.

Se uma nação, portanto, só tem superioridade porque tem pensamento, todo aquele que venha revelar, na nossa pátria, um novo homem de original pensar, concorre patrioticamente para lhe aumentar a grandeza que a tornará respeitada, a única beleza que a tornará amada; — e é como quem aos seus templos juntasse mais um sacrário, ou sobre as suas muralhas erguesse mais um castelo.

Michelet escrevia um dia, numa carta, aludindo a Antero de Quental: — "Se em Portugal restam quatro ou cinco homens como o autor das *Odes Modernas*, Portugal continua a ser um grande país vivo..." O mestre da *História de França*, com isto, significava — que enquanto viver pelo lado da Inteligência, mesmo que jaza morta pelo lado da Ação, a nossa pátria não é inteiramente um cadáver que sem escrúpulo se pise e se retalhe. Ora, no Pensamento há manifestações diversas; e se nem todas irradiam o mesmo esplendor, todas provam a mesma vitalidade. Um livro de versos pode sublimemente mostrar que a alma de uma nação vive ainda pelo Gênio Poético; um conjunto de leis salvadoras, emanando de um espírito positivo, pode solidamente comprovar que um povo vive ainda pelo Gênio Político: — mas a revelação de um espírito como o de Fradique assegura que um país vive também pelos lados menos grandiosos, mas valiosos ainda, da graça, da vivaz invenção, da transcendente ironia, da fantasia, do humorismo e do gosto...

Nos tempos incertos e amargos que vão, Portugueses destes não podem ficar para sempre esquecidos, longe, sob a mudez de um mármore. Por isso eu o revelo aos meus concidadãos — como uma consolação e uma esperança.

As cartas

I

AO VISCONDE DE A.-T.

Londres, Maio

Meu caro patrício:

Só ontem à noite, tarde, ao recolher do campo, encontrei o bilhete com que consideravelmente me honrou, perguntando à minha experiência — "qual é o melhor alfaiate de Londres". Depende isso inteiramente do fim para que V. necessita esse Artista. Se pretende meramente um homem que lhe cubra a nudez com economia e conforto, então recomendo-lhe aquele que tiver tabuleta mais perto do seu Hotel. São tantos passos que forra — e, como diz o *Eclesiastes*, cada passo encurta a distância da sepultura.

Se porém V., caro patrício, deseja um alfaiate que lhe dê consideração e valor no seu mundo; que V. possa citar com orgulho, à porta da Havanesa, rodando lentamente para mostrar o corte ondeado e fino da cinta; que o habilite a mencionar os Lordes que lá encontrou, escolhendo de alto, com a ponta da bengala, cheviotes para blusas de caça; e que lhe sirva mais tarde, na velhice, à hora geba do reumatismo, como recordação consoladora de elegâncias moças — então com ardente instância lhe aconselho o Cook (o Tomás Cook), que é da mais extremada moda, absolutamente ruinoso, e falha tudo.

Para subsequentes conselhos de "fornecedores", em Londres ou outros pontos do Universo, permanece sempre ao seu grato serviço. — FRADIQUE MENDES.

II

A "MADAME" DE JOUARRE (Trad.)[1]

Paris, Dezembro

Minha querida madrinha:

Ontem, em casa de *Madame* de Tressan, quando passei, levando para a ceia Libuska, estava sentada, conversando consigo, por debaixo do atroz retrato da Marechala de Moy, uma mulher loira, de testa alta e clara, que me seduziu logo, talvez por lhe pressentir, apesar de tão indolentemente enterrada num divã, uma rara graça no andar, graça altiva e ligeira de Deusa e de ave. Bem diferente da nossa sapiente Libuska, que se move com o esplêndido peso de uma estátua! E do interesse por esse outro passo, possivelmente alado e *diânico* (de Diana), provém estas garatujas.

Quem era? Suponho que nos chegou do fundo da província, de algum velho castelo do Anju com erva nos fossos, porque me não lembro de ter encontrado, em Paris, aqueles cabelos fabulosamente loiros como o sol de Londres em dezembro — nem aqueles ombros descaídos, dolentes, *angélicos*, imitados de uma madona de Montegna, e inteiramente desusados em França desde o reinado de Carlos X, do *Lírio no Vale*, e dos corações incompreendidos. Não admirei com igual fervor o vestido preto, onde reinavam coisas escandalosamente amarelas. Mas os braços eram perfeitos; e nas pestanas, quando as baixava, parecia pender um romance triste. Deu-me assim a impressão, ao começo, de ser uma elegíaca do tempo Chateaubriand. Nos olhos,

---

[1] Muitas das cartas de Fradique Mendes, aqui publicadas, são naturalmente escritas em francês. Todas essas vão acompanhadas da indicação abreviada trad. (traduzida).

porém, surpreendi-lhe depois uma faísca de vivacidade sensível — que a datava do século XVIII. Dirá a minha madrinha: — "como pude eu abranger tanto, ao passar, com *Libuska* ao lado fiscalizando?" É que voltei. Voltei, e da ombreira da porta readmirei os ombros dolentes de virgem do século XIII; a massa de cabelos que o molho de velas por trás, entre as orquídeas, nimbava de ouro; e sobretudo o sutil encanto dos olhos — dos olhos finos e lânguidos... Olhos *finos e lânguidos*. É a primeira expressão em que hoje apanho decentemente a realidade.

Por que é que não me adiantei e não pedi uma "apresentação?" Não sei. Talvez o requinte em *retardar*, que fazia com que La Fontaine, dirigindo-se mesmo para a felicidade, tomasse sempre o caminho mais longo. Sabe o que dava tanta sedução ao palácio das Fadas, nos tempos do rei Artur? Não sabe. Resultados de não ler Tennyson... Pois era a imensidade de anos que levava a chegar lá, através de jardins encantados, onde cada recanto de bosque oferecia a emoção inesperada dum *flirt*, duma batalha, ou dum banquete... (Com que mórbida propensão acordei hoje para o estilo asiático!) O fato é que, depois da contemplação junto à ombreira, voltei a cear ao pé da minha radiante tirana. Mas por entre o banal sanduíche de *foie gras* e um copo de Tokay em nada parecido com aquele Tokay que Voltaire, já velho, se recordava de ter bebido em casa de *Madame* de Etioles (os vinhos dos Tressans descendem em linha varonil dos venenos da Brinvilliers), vi, constantemente vi, *os olhos finos e lângidos*. Não há senão o homem, entre os animais, para misturar a languidez de um olhar fino a fatias de *foie gras*. Não o faria decerto um cão de boa raça. Mas seriamos nós desejados pelo "efêmero feminino", se não fosse esta providencial brutalidade? Só a porção de Matéria que há no homem faz com que as mulheres se resignem à incorrigível porção de Ideal, que nele há também — para eterna perturbação do Mundo. O que mais prejudicou Petrarca aos olhos de Laura — foram os *Sonetos*. E quando Romeu, já com um pé na escada de seda, se demorava, exalando o seu êxtase em invocações à Noite e à Lua — Julieta batia os dedos impacientes no rebordo do balcão, e pensava: "Ai, que palrador que és, filho dos Montaigus!" Este detalhe não vem em Shakespeare — mas é comprovado por toda a Renascença. Não me amaldiçoe por esta sinceridade de meridional cético, e mande-me dizer que nome tem, a sua paróquia, a loira castelã do Anju. A propósito de castelos: cartas de Portugal anunciam-me que o quiosque, por mim mandado erguer em Sintra, na minha quintarola, e que lhe destinava como "seu pensadouro e retiro nas horas de sesta" — abateu. Três mil e oitocentos francos achatados em entulho. Tudo tende à ruína num país de ruínas. O arquiteto que o construiu é deputado, e escreve no *Jornal da Tarde* estudos melancólicos sobre as Finanças! O meu procurador em Sintra aconselha agora, para reedificar o quiosque, um estimável rapaz, de boa família, que entende de construções e que é empregado na Procuradoria-Geral da Coroa! Talvez se eu necessitasse um jurisconsulto, me propusessem um trolha. É com estes elementos alegres, que nós procuramos restaurar o nosso império de África!

Servo humilde e devoto, — FRADIQUE.

III

A OLIVEIRA MARTINS

Paris, Maio

Querido amigo:

Cumpro enfim a promessa feita na sua erudita ermida das Águas Férreas, naquela manhã de março em que conversávamos ao sol sobre o caráter dos Antigos, — e remeto, como documento, a fotografia da múmia de Ramsés II (que o francês banal, continuador do grego banal, teima em chamar Sesóstris), recentemente descoberta nos sarcófagos reais de Medinet-Abou pelo professor Maspero.

Caro Oliveira Martins, não acha V. picarescamente sugestivo este fato — *Ramsés fotografado*?... Mas aí está justificada a mumificação dos cadáveres, feita pelos bons Egípcios com tanta fadiga e tanta despesa, para que os homens gozassem na sua forma terrena, segundo diz o Escriba, "as vantagens da Eternidade!" Ramsés, como ele acreditava e lhe afirmavam os metafísicos de Tebas, ressurge efetivamente "com todos os seus ossos e a pele que era sua", neste ano da Graça de 1886. Ora 1886, para um Faraó da décima nona dinastia, mil e quatrocentos anos anterior a Cristo, representa muito decentemente a *Eternidade* e a *Vida Futura*. E eis-nos agora, podendo contemplar as "próprias feições" do maior dos Ramesidas, tão realmente como Hokem, seu Eunuco-Mor, ou Pentaour, seu Cronista-Mor, ou aqueles que outrora em dias de triunfos corriam a juncar-lhe o caminho de flores, trazendo "os seus chinós de festa e a cútis envernizada com óleos de Segabai". Aí o tem V. agora diante de si, em fotografia, com as pálpebras baixas e sorrindo. E que me diz a essa face real? Que humilhantes reflexões não provoca ela sobre a irremediável degeneração do homem! Onde há aí hoje um, entre os que governam povos, que tenha essa soberana fronte de calmo e incomensurável orgulho; esse superior sorriso de onipotente benevolência, duma inefável benevolência que cobre o Mundo; esse ar de imperturbada e indomável força; todo esse esplendor viril que a treva de um hipogeu, durante três mil anos, não conseguiu apagar? Eis aí verdadeiramente um *Dono de homens*! Compare esse semblante augusto com o perfil sorno, oblíquo e bigodoso dum Napoleão III; com o focinho de buldogue acorrentado dum Bismarque; ou com o carão do Czar russo, um carão parado e afável que podia ser o do seu Copeiro-Mor. Que chateza, que fealdade tacanha destes rostos de poderosos!

Donde provém isto? De que a alma modela a face, como o sopro do antigo oleiro modelava o vaso fino: — e hoje, nas nossas civilizações, não há lugar para que uma alma se afirme e se produza na absoluta expansão da sua força. Outrora um simples homem, um feixe de músculos sobre um feixe de ossos, podia erguer-se e operar como um elemento da Natureza. Bastava ter o ilimitado querer — para dele tirar o ilimitado poder. Eis aí em Ramsés um ser que tudo quer e tudo pode, e a quem Ftás, o Deus sagaz, diz com espanto: "a tua vontade dá a vida e a tua vontade dá a morte!" Ele impele a seu bel-prazer as raças para Norte, para Sul ou para Leste; ele altera e arrasa, como muros num campo, as fronteiras dos reinos; as cidades novas surgem das suas pegadas; para ele nascem todos os frutos da terra, e para ele se volta toda a esperança dos homens; o lugar para onde volve os seus olhos é bendito e prospera, e o lugar que não recebe essa luz benéfica jaz como "o terrão que o Nilo não beijou"; os deuses dependem dele, e Amnon estremece inquieto quando, diante dos pilones do seu templo, Ramsés faz estalar as três cordas entrançadas do seu látego de guerra! Eis um *homen* — e que seguramente pode afirmar no seu canto triunfal: — "Tudo vergou sob a minha força: eu vou e venho com as passadas largas dum leão; o rei dos deuses está à minha direita e também à minha esquerda; quando eu falo o Céu escuta; as coisas da Terra estendem-se a meus pés para eu as colher com mão livre; e para sempre estou erguido sobre o trono do mundo!"

"O mundo", está claro, era aquela região, pela maior parte arenosa, que vai da cordilheira Líbica à Mesopotâmia; e nunca houve mais petulante ênfase do que nas Panegíricas dos Escribas. Mas o homem é, ou supõe ser, inigualavelmente grande. E esta consciência da grandeza, do incircunscrito poder, vem necessariamente resplandecer na fisionomia e dar essa altiva majestade, repassada de risonha serenidade, que Ramsés conserva mesmo além da vida, ressequido, mumificado, recheado de betume da Judeia.

Veja V., por outro lado, as condições que cercam hoje um poderoso do tipo Bismarque. Um desgraçado desses não está acima de nada e depende de tudo. Cada impulso da sua vontade esbarra com a resistência dum obstáculo. A sua ação, no Mundo, é um perpétuo bater de crânio contra espessuras de portas bem defendidas. Toda a sorte de convenções, de tradições, de direitos, de preceitos, de interesses, de princípios, se lhe levanta a cada instante diante dos passos, como marcos sagrados. Um artigo de jornal fá-lo estacar, hesitante. A rabulice dum legista obriga-o a encolher, precipitadamente, a garra que já ia estendendo. Dez burgueses nédios e dez professores guedelhudos, votando dentro duma sala, estatelam por terra o alto andaime dos seus planos. Alguns florins dentro dum saco tornam-se o tormento das suas noites. É-lhe tão impossível dispor dum cidadão como dum astro. Nunca pode avançar duma arrancada, ereto e seguro tem de ser ondeante e rastejante. A vigilância ambiente impõe-lhe a necessidade vil de falar baixo e aos cantos. Em vez de "recolher as coisas da terra, com mão livre" — surripia-as às migalhas, depois de escuras intrigas. As irresistíveis correntes de ideias, de sentimentos, de interesses, trabalham por baixo dele, em torno dele; e parecendo dirigi-las, pelo muito que braceja e ronca de alto, é na realidade por elas arrastado. Assim um onipotente, do tipo Bismarque, vai por vezes em aparência no cimo das grandes coisas; — mas como a boia solta, vai no cimo da torrente.

Miserável onipotência! E o sentimento desta miséria não pode deixar de influenciar a fisionomia dos nossos poderosos, dando-lhe esse feitio contrafeito, crispado, torturado, azedado e sobretudo *amolgado* que se nota na cara de Napoleão, do Czar, de Bismarque, de todos os que reúnem a maior soma de poder contemporâneo — o feitio amolgado duma coisa que rola aos encontrões, batendo contra muralhas.

Em conclusão: — a múmia de Ramsés II (única face autêntica do homem antigo que conhecemos) prova que, tendo-se tornado impossível uma vida humana, vivida na sua máxima liberdade e na sua máxima força, sem outros limites que os do próprio querer — resultou perder-se para sempre, no tipo físico do homem, a suma e perfeita expressão da grandeza. Já não há uma face sublime: há carantonhas mesquinhas, onde a bílis cava rugas por entre os recortes do pelo. As únicas fisionomias nobres são as das feras, genuínos Rameses no seu deserto, que nada perderam da sua força, nem da sua liberdade. O homem moderno, esse, mesmo nas alturas sociais, é um pobre Adão achatado entre as duas páginas dum código.

Se V. acha tudo isto excessivo e fantasista, atribua-o a que jantei ontem, e conversei inevitavelmente, com o seu correligionário P., conselheiro de Estado, e *muchas cosas más*. *Más* em epanhol; e *más* também em português no sentido de péssimas. Esta carta é a reação violenta da conversa conselheiral e conselheirífera. Ah, meu amigo, desditoso amigo, que faz V. depois de receber o fluxo labial dum conselheiro? Eu tomo um banho por dentro — um banho lustral, imenso banho de fantasia, onde despejo, como perfume idôneo, um frasco de Shelley ou de Musset. Amigo certo *et nunc et semper*, — FRADIQUE MENDES.

IV

A MADAME S.

Paris, Fevereiro

Minha cara amiga:

O espanhol chama-se Dom Ramon Covarubia, mora na Passage Saulnier, 12, e como é aragonês, e portanto sóbrio, creio que com dez francos por lição se contentará amplamente. Mas se seu filho já sabe o castelhano necessário para entender os Romanceros, o *D. Quixote*, alguns dos "Picarescos", vinte páginas de Quevedo, duas comédias de Lope de Vega, um ou outro romance de Galdós, que é tudo quanto basta ler na literatura de Espanha, — para que deseja a minha sensata amiga que ele pronuncie esse castelhano que sabe com o acento, o sabor, e o sal dum madrileno nascido nas veras pedras da *Calle-Mayor*? Vai assim o doce Raul desperdiçar o tempo, que a Sociedade lhe marcou para adquirir ideias e noções (e a Sociedade a um rapaz da sua fortuna, do seu nome e da sua beleza, apenas concede, para esse abastecimento intelectual, sete anos, dos onze aos dezoito) — em quê? No luxo de apurar até a um requinte superfino, e supérfluo, o mero instrumento de adquirir noções e ideias. Porque as línguas, minha boa amiga, são apenas instrumentos do saber — como instrumentos de lavoura. Consumir energia e vida na aprendizagem de as pronunciar tão genuína e puramente, que pareça que se nasceu dentro de cada uma delas, e que, por meio de cada uma, se pediu o primeiro pão e água da vida — é fazer como o lavrador, que em vez de se contentar, para cavar a terra, com um ferro simples encabado num pau simples, se aplicasse, durante os meses em que a horta tem de ser trabalhada, a embutir emblemas no ferro e esculpir flores e folhagens ao comprido do pau. Com um hortelão assim, tão miudamente ocupado em alindar e requintar a enxada, como estariam agora, minha senhora, os seus pomares da Touraine?

Um homem só deve falar, com impecável segurança e pureza, a língua da sua terra: — todas as outras as deve falar mal, orgulhosamente mal, com aquele acento chato e falso que denuncia logo o estrangeiro. Na língua verdadeiramente reside a nacionalidade; — e quem for possuindo com crescente perfeição os idiomas da Europa, vai gradualmente sofrendo uma desnacionalização. Não há já para ele o especial e exclusivo encanto da *fala materna*, com as suas influências afetivas, que o envolvem, o isolam das outras raças; e o cosmopolitismo do Verbo irremediavelmente lhe dá o cosmopolitismo do caráter. Por isso o poliglota nunca é patriota. Com cada idioma alheio que assimila, introduzem-se-lhe no organismo moral modos alheios de pensar, modos alheios de sentir. O seu patriotismo desaparece, diluído em estrangeirismo. *Rue de Rivoli*, *Calle d'Alcalá*, *Regent Street*, *Willelm Strasse* — que lhe importa? Todas são ruas, de pedra ou de macadame. Em todas a fala ambiente lhe oferece um elemento natural e congênere, onde o seu espírito se move livremente, espontaneamente, sem hesitações, sem atritos. E como pelo Verbo, que é o instrumento essencial da fusão humana, se pode fundir com todas — em todas sente e aceita uma Pátria.

Por outro lado, o esforço contínuo de um homem para se exprimir, com genuína e exata propriedade de construção e de acento, em idiomas estranhos — isto é, o esforço para se confundir com gentes estranhas no que elas têm de essencialmente característico, o Verbo — apaga nele toda a individualidade nativa. Ao fim de anos esse habilidoso, que chegou a falar absolutamente bem outras línguas além da sua, perdeu toda a originalidade de espírito — porque as suas ideias, forçosamente, devem ter a natureza, incaracterística e neutra, que lhes permita serem indiferentemente adaptadas às línguas mais opostas em caráter e gênio. Devem, de fato, ser como aqueles "corpos de pobre" de que tão tristemente fala o povo — "que cabem bem na roupa de toda a gente".

Além disso, o propósito de pronunciar com perfeição línguas estrangeiras constitui uma lamentável sabujice para com o estrangeiro. Há aí, diante dele, como o desejo servil de *não sermos nós mesmos*, de nos fundirmos nele, no que ele tem de mais seu, de mais próprio, o Vocábulo. Ora, isto é uma abdicação de dignidade nacional. Não, minha senhora! Falemos nobremente mal, patrioticamente mal, as línguas dos outros! Mesmo porque aos estrangeiros o poliglota só inspira desconfiança, como ser que não tem raízes, nem lar estável — ser que rola através das nacionalidades alheias, sucessivamente se disfarça nelas e tenta uma instalação de vida em todas, porque não é tolerado por nenhuma. Com efeito, se a minha amiga percorrer a *Gazeta dos Tribunais*, verá que o perfeito poliglotismo é um instrumento de alta *escroquerie*.

E aqui está como, levado pelo diletantismo das ideias, em vez dum endereço eu lhe forneço um tratado!... Que a minha garrulice ao menos a faça sorrir, pensar, e poupar ao nosso Raul o trabalho medonho de pronunciar *Viva la Gracia!* e *Benditos sean tus ojos*! exatissimamente como se vivesse a uma esquina da *Puerta del Sol*, com uma capa de bandas de veludo, chupando o cigarro de Lazarillo. Isto todavia não impede que se utilizem os serviços de D. Ramon. Ele, além de Zorrilista, é guitarrista; e pode substituir as lições na língua de Quevedo por lições na guitarra de Alma viva. O seu lindo Raul ganhará ainda assim uma nova faculdade de exprimir — a faculdade de exprimir emoções por meio de cordas de arame. E este dom é excelente! Convém mais na mocidade, e mesmo na velhice, saber, por meio das quatro cordas duma viola, desafogar a alma das coisas confusas e sem nome que nela tumultuam, do que poder, através das estalagens do Alundo, reclamar com perfeição o pão e o queijo — em sueco, holandês, grego, búlgaro e polaco.

E será realmente indispensável mesmo para prover, através do Mundo, estas necessidades vitais de estômago e alma — o trilhar, durante anos, pela mão dura dos mestres, "os descampados e atoleiros das gramáticas e pronúncias", como dizia o velho Milton? Eu tive uma admirável tia que falava unicamente o português (ou antes o minhoto) e que percorreu toda a Europa com desafogo e conforto. Essa senhora, risonha mas dispéptica, comia simplesmente ovos — que só conhecia e só compreendia sob o seu nome nacional e vernáculo de ovos. Para ela *huevos*, *oeufs*, *eggs*, *das ei*, eram sons da Natureza bruta, pouco diferençáveis do coaxar das rãs, ou dum estalar de madeira. Pois quando em Londres, em Berlim, em Paris, em Moscovo, desejava os seus ovos — esta expedita senhora reclamava o fâmulo do Hotel, cravava nele os olhos agudos e bem explicados, agachava-se gravemente sobre o tapete, imitava com o rebolar lento das saias tufadas uma galinha no choco e gritava *qui-qui-ri-qui! có-có-ri-qui! có-ró-có-có*. Nunca, em cidade ou religião inteligente do Universo, minha tia deixou de comer os seus ovos — e superiormente frescos!

Beijo as suas mãos, benévola amiga, — FRADIQUE.

V

A GUERRA JUNQUEIRO

Paris, Maio

Meu caro amigo:

A sua carta transborda de ilusão poética. Supor, como V. candidamente supõe, que traspassando com versos (ainda mesmo seus, e mais rutilantes que as flechas de Apolo) a

Igreja, o Padre, a Liturgia, as Sacristias, o jejum da sexta--feira e os ossos dos Mártires, se pode “desentulhar Deus da aluvião sacerdotal”, e elevar o Povo (no Povo V. decerto inclui os conselheiros de Estado) a uma compreensão toda pura e abstrata da Religião — a uma religião que consista apenas numa Moral apoiada numa Fé — é ter da Religião, da sua essência e do seu objeto, uma sonhadora ideia de sonhador teimoso em sonhos!

Meu bom amigo, uma Religião a que se elimine o Ritual desaparece — porque as Religiões para os homens (com exceção dos raros Metafísicos, Moralistas e Místicos) não passa dum conjunto de Ritos, através dos quais cada povo procura estabelecer uma comunicação íntima com o seu Deus e obter dele favores. Este, só este, tem sido o fim de todos os cultos, desde o mais primitivo, do culto de Indra, até ao culto recente do coração de Maria, que tanto o escandaliza na sua paróquia — oh, incorrigível beato do idealismo!

Se V. o quer verificar historicamente, deixe Viana do Castelo, tome um bordão, e suba comigo por essa antiguidade fora até um sítio bem cultivado e bem regado que fica entre o rio Indo, as escarpas do Himalaia e as areias dum grande deserto. Estamos aqui em Septa-Sindhou, no país das Sete Águas, no Vale Feliz, na terra dos Árias. No primeiro povoado em que pararmos, V. vê, sobre um outeiro, um altar de pedra coberto de musgo fresco; em cima brilha palidamente um fogo lento; e em torno perpassam homens, vestidos de linho, com os longos cabelos presos por um aro de ouro fino. São padres, meu amigo! São os primeiros capelães da Humanidade, — e cada um deles está, por esta quente alvorada de maio, celebrando um rito da missa Ariana. Um limpa e desbasta a lenha que há de nutrir o lume sagrado; outro pisa dentro dum almofariz, com pancadas que devem ressoar “como tambor de vitória”, as ervas aromáticas que dão o Sômma; este, como um semeador, espalha grãos de aveia em volta da Ara; aquele, ao lado, espalmando as mãos ao Céu, entoa um cântico austero. Estes homens, meu amigo, estão executando um Rito que encerra em si toda a Religião dos

Árias, e que tem por objeto propiciar Indra — Indra, o Sol, o Fogo, a potência divina que pode encher de ruina e dor o coração do Ária, sorvendo a água das regas, queimando os pastos, desprendendo a pestilência das lagoas, tornando Septa-Sindhou mais estéril que o "coração do mau"; ou pode, derretendo as neves do Himalaia, e soltando com um golpe de fogo "a chuva que jaz no ventre das nuvens", restituir a água aos rios, a verdura aos prados, a salubridade às lagoas, a alegria e abundância à morada do Ária. Trata-se pois simplesmente de convencer Indra a que, sempre propício, derrame sobre Septa-Sindhou todos os favores que pode apetecer um povo rural e pastoral.

Não há aqui Metafisica, nem Ética — nem explicações sobre a natureza dos deuses, nem regras para a conduta dos homens. Há meramente uma Liturgia, uma totalidade de Ritos, que o Ária necessita observar para que Indra o atenda — uma vez que, pela experiência de gerações, se comprovou que Indra só o escutará, só concederá os benefícios rogados, quando em torno ao seu altar certos velhos, de certa casta, vestidos de linho cândido, lhe erguerem cânticos doces, lhe ofertarem libações, lhe amontoarem dons de fruta, mel e carne de anho. Sem dons, sem libações, sem cânticos, sem anho, Indra, amuado e sumido no fundo do Invisível e do Intangível, não descerá à Terra a derramar-se na sua bondade. E se vier de Viana do Castelo um Poeta tirar ao Ária o seu altar de musgo, o seu pau sacrossanto, o almofariz, o crivo e o vaso do *Soma*, o Ária ficará sem meios de propiciar o seu Deus, desatendido do seu Deus — e será na Terra como a criancinha que ninguém nutre e a que ninguém ampara os passos.

Esta religião primordial é o tipo absoluto e inalterável das Religiões, que todas por instinto repetem — e em que todas (apesar dos elementos estranhos de Teologia, de Metafisica, de Ética que lhe introduzem os espíritos superiores) terminam por se resumir com reverência. Em todos os climas, em todas as raças, ou divinizando as forças da Natureza, ou divinizando a Alma dos mortos, as Religiões, amigo meu, consistiram sempre praticamente num conjunto de práticas, pelas quais o homem simples procura alcançar da amizade de Deus os bens supremos da saúde, da força, da paz, da riqueza. E mesmo quando, já mais crente no esforço próprio, pede esses bens à higiene, à ordem, à lei e ao trabalho, ainda persiste nos ritos propiciadores para que Deus "ajude" o seu esforço.

O que V. observou em Septa-Sindhou poderá verificar igualmente, parando (antes de recolhermos a Viana, a beber esse vinho verde de Monção, que V. ditirambiza) na Antiguidade Clássica, em Atenas ou Roma, onde quiser, no momento de maior esplendor e cultura das civilizações greco-latinas. Se V. aí perguntar a um antigo, seja um oleiro de Suburra, seja o próprio *Flamen Dialis*, qual é o corpo de doutrinas e de conceitos morais que compõe a Religião, — ele sorrirá, sem o compreender. E responderá que a Religião consiste em *paces deorum quaerere*, em apaziguar os Deuses, em segurar a benevolência dos Deuses. Na ideia do antigo isso significa cumprir os ritos, as práticas, as fórmulas, que uma longa tradição demonstrou serem as únicas que conseguem fixar a atenção dos Deuses e exercer sobre eles persuasão ou sedução. E, nesse cerimonial, era indispensável não alterar nem o valor duma sílaba na Prece, nem o valor dum gesto no sacrifício, porque doutro modo o Deus, não reconhecendo o Sacrifício da sua dileção e a Prece do seu agrado, permanecia desatento e alheio; e a Religião falseava o seu fim supremo — influenciar o Deus. Pior ainda! Passava a ser a irreligião: e o Deus, vendo nessa omissão de liturgia uma falta de reverência, despedia logo das Alturas os dardos da sua cólera. A obliquidade das pregas na túnica do Sacrificador, um passo lançado à direita ou movido à esquerda, o cair lento das gotas da libação, o tamanho das achas do lume votivo, todos esses detalhes estavam prescritos imutavelmente pelos Rituais, e a sua exclusão ou a sua alteração constituíam impiedades. Constituíam verdadeiros crimes contra a pátria — porque atraíam sobre ela a indignação dos deuses. Quantas Legiões vencidas, quantas cidadelas derrubadas, porque o Pontífice deixara perder um grão de cinza da ara — ou porque arúspice não arrancou lã bastante da cabeça do anho! Por isso Atenas castigava o Sacerdote que alterasse o cerimonial; e o senado depunha os Cônsules que cometiam um erro no sacrifício — fosse ele tão ligeiro como reter a ponta da toga sobre a cabeça, quando ela devia escorregar sobre o ombro. De sorte que V., em Roma, lançando ironias de ouro à Divindade, era talvez um grande e admirado Poeta Cômico; mas satirizando, como na *Velhice do Padre Eterno*, a Liturgia e o Cerimonial, era um inimigo público, um traidor ao Estado, votado às masmorras do *Tuliano*.

E se, já farto destes tempos antigos, V. quiser volver aos nossos filosóficos dias, encontrará nas duas grandes Religiões do Ocidente e do Oriente, no Catolicismo e no Budismo, uma comprovação ainda mais saliente e mais viva de que a Religião consiste intrinsecamente de práticas, sobre as quais a Teologia e a Moral se sobrepuseram, sem as penetrarem, como um luxo intelectual, acessório e transitório — flores pregadas no altar pela imaginação ou pela virtude idealista. O Catolicismo (ninguém mais furiosamente o sabe do que V.) está hoje resumido a uma curta série de observâncias materiais: — e, todavia, nunca houve Religião dentro da qual a Inteligência erguesse mais vasta e alta estrutura de conceitos teológicos e morais. Esses conceitos, porém, obra de doutores e de místicos, nunca propriamente saíram das escolas e dos mosteiros — onde eram preciosa matéria de dialética ou de poesia; nunca penetraram nas multidões, para metodicamente governar os juízos ou conscientemente governar as ações. Reduzido a catecismos, a cartilhas, esse corpo de conceitos foi decorado pelo povo: — mas nunca o povo se persuadiu que tinha Religião, e que portanto *agradava a* Deus, *servia a* Deus, só por cumprir os dez mandamentos, fora de toda a prática e de toda a observância ritual. E só decorou mesmo esses *Dez Mandamentos*, e as *Obras de Misericórdia*, e os outros preceitos morais do Catecismo, pela ideia de que esses versículos, *recitados com os lábios*, tinham, por uma virtude maravilhosa, o poder de atrair a atenção, a benquerença e os favores do Senhor. Para *servir a* Deus, que é o meio *de agradar a* Deus, o essencial foi sempre ouvir missa, esfiar o rosário, jejuar, comungar, fazer promessas, dar túnicas aos santos etc. Só por estes ritos, e não pelo cumprimento moral da lei moral, se propicia a Deus, — isto é, se alcançam dele os dons inestimáveis da saúde, da felicidade, da riqueza, da paz. O mesmo Céu e Inferno, sanção extraterrestre da lei, nunca, na ideia do povo, se ganhava ou se evitava pela pontual obediência à lei. E talvez com razão, por isso mesmo que no Catolicismo o prêmio e o castigo não são manifestações da *justiça* de Deus, mas da *graça* de Deus. Ora a Graça, no pensar dos simples, só se obtém pela constante e incansável prática dos preceitos — a missa, o jejum, a penitência, a comunhão, o rosário, a novena, a oferta, a promessa. De sorte que no catolicismo do Minhoto como na religião do Ária, em Septa-Sindhou como em Carrazeda de Ansiães, tudo se resume em propiciar Deus por meio de práticas que o cativem. Não há aqui Teologia, nem Moral. Há o ato do infinitamente fraco querendo agradar ao infinitamente forte. E se V., para purificar este Catolicismo, eliminar o Padre, a estola, as galhetas e a água benta, todo o Rito e toda a Liturgia — o católico imediatamente abandonará uma Religião que não tem Igreja visível, e que não lhe oferece os meios simples e tangíveis de comunicar com Deus, de obter dele os bens transcendentes para a alma e os bens sensíveis para o corpo. O Catolicismo nesse instante terá acabado, milhões de seres terão perdido o seu Deus. A Igreja é o vaso de que Deus é o perfume. Igreja partida — Deus volatilizado.

Se tivéssemos tempo de ir à China ou a Ceilão, V. toparia com o mesmo fenômeno no Budismo. Dentro dessa Religião foi elaborada a mais alta das Metafisicas, a mais nobre das Morais: mas em todas as raças em que ele penetrou, nas bárbaras ou nas cultas, nas hordas do Nepal ou no mandarinato chinês, ele consistiu sempre para as multidões em ritos, cerimônias, *práticas* — a mais conhecida das quais é o moinho de rezar. V. nunca lidou com este moinho? É lamentavelmente parecido com o *moinho de café* em todos os países budistas V. o verá colocado nas ruas das cidades, nas encruzilhadas do campo, para que o devoto ao passar, dando duas voltas à manivela, possa fazer chocalhar dentro as orações escritas e comunicar com o Buda, que por esse ato de cortesia transcendente "lhe ficará grato e lhe aumentará os seus bens".

Nem o Catolicismo, nem o Budismo, vão por este fato em decadência. Ao contrário! Estão no seu estado natural e normal de Religião. Uma Religião, quanto mais se materializa, mais se populariza — e portanto mais se diviniza. Não se espante! Quero dizer que, quanto mais se desembaraça dos seus elementos intelectuais de Teologia, de Moral, de Humanitarismo etc., repelindo-os para as suas regiões naturais que são a Filosofia, a Ética e a Poesia, tanto mais coloca o povo face a face com o seu Deus, numa união direta e simples, tão fácil de realizar que, por um mero dobrar de joelhos, um mero balbuciar de Padre-Nossos, o homem absoluto que está no Céu vem ao encontro do homem transitório que está na Terra. Ora, este encontro é o fato essencialmente divino da Religião. E quanto mais ele se materializa — mais ela na realidade se diviniza.

V. porém dirá (e de fato o diz):

"Tornemos essa comunicação puramente espiritual, e que, despida de toda a exterioridade litúrgica, ela seja apenas como o espírito humano, falando ao espírito divino".

Mas para isso é necessário que venha o Milênio — em que cada cavador de enxada seja um filósofo, um pensador. E quando esse Milênio detestável chegar, e cada tipoia de praça for governada por um Mallebranche, terá V. ainda de ajuntar a esta perfeita humanidade masculina uma nova humanidade feminina, fisiologicamente diferente da que hoje embeleza a Terra. Porque enquanto houver uma mulher constituída física, intelectual e moralmente como a que Jeová, com uma tão grande inspiração de artista, fez da costela de Adão, — haverá sempre ao lado dela, para uso da sua fraqueza, um altar, uma imagem e um padre.

Essa comunhão mística do Homem e de Deus, que V. quer, nunca poderá ser senão o privilégio duma elite espiritual, deploravelmente limitada. Para a vasta massa humana, em todos os tempos, pagã, budista, cristã, maometana, selvagem ou culta, a Religião terá sempre por fim, na sua essência, a súplica dos favores divinos e o afastamento da cólera divina; e, como instrumentação material para realizar estes objetos, o templo, o padre, o altar, os ofícios, a vestimenta, a imagem. Pergunte a qualquer mediano homem saído da turba que não seja um filósofo, ou um moralista, ou um místico, o que é Religião. O inglês dirá: — "É ir ao serviço ao domingo, bem vestido, cantar hinos". O hindu dirá: — "É fazer *poojah* todos os dias e dar o tributo ao *Mahadeo*". O africano dirá: — "É *oferecer* ao Mulungu a sua ração de farinha e óleo". O minhoto dirá: — "É ouvir missa, rezar as contas, jejuar na sexta-feira, comungar pela Páscoa". E todos terão razão, grandemente! Porque o seu objeto, como seres religiosos, está todo em comunicar com Deus, e esses são os meios de comunicação que os seus respectivos estados de civilização, e as respectivas liturgias que deles saíram, lhes fornecem. *Voilà*! Para V., está claro, e para outros espíritos de eleição, a Religião é outra coisa — como já era outra coisa em Atenas para Sócrates e em Roma para Sêneca. Mas as multidões humanas não são compostas de Sócrates e de Sênecas — bem felizmente para elas, e para os que as governam, incluindo V. que as pretende governar!

De resto, não se desconsole, amigo! Mesmo entre os simples há modos de ser religiosos, inteiramente despidos de Liturgia e de exterioridades rituais. Um presenciei eu, deliciosamente puro e íntimo. Foi nas margens do Zambeze. Um chefe negro, por nome Lubenga, queria, nas vésperas de entrar em guerra com um chefe vizinho, comunicar com o seu Deus, com o seu Mulungu (que era, como sempre, um seu avô divinizado) . O recado ou pedido, porém, que desejava mandar à sua Divindade, não se podia transmitir através dos Feiticeiros e do seu cerimonial, tão graves e confidenciais matérias continha... Que faz Lubenga? Grita por um escravo; dá-lhe o recado, pausadamente, lentamente, ao ouvido; verifica bem que o escravo tudo compreendera, tudo retivera; e imediatamente arrebata um machado, decepa a cabeça do escravo, e brada tranquilamente — "parte"! A alma do escravo lá foi, como uma carta lacrada e selada, direita para o Céu, ao Mulungu. Mas daí a instantes o chefe, bate uma palmada aflita na testa, chama à pressa outro escravo, diz-lhe ao ouvido rápidas palavras, agarra o machado, separa-lhe a cabeça, e berra: — "Vai!"

Esquecera-lhe algum detalhe no seu pedido ao Mulungu... O segundo escravo era um pós-escrito...

Esta maneira simples de comunicar com Deus deve regozijar o seu coração. Amigo do dito, — FRADIQUE.

VI

A RAMALHO ORTIGÃO

Paris, Abril

Querido Ramalho:

No sábado à tarde, na Rue Cambon, avisto dentro dum fiacre o nosso Eduardo, que se arremessa pela portinhola para me gritar: "Ramalho, esta noite! de passagem para a Holanda! às dez! no café da Paz!"

Fico docemente alvoroçado; e às nove e meia, apesar da minha justa repugnância pela esquina do café da Paz, Centro catita do *Snobismo* internacional, lá me instalo, com um *bock*, esperando a cada instante que surja, por entre a turba baça e mole do *boulevard*, o esplendor da Ramalhal figura. Às dez salta dum fiacre com ansiedade o vivaz Carmonde, que abandonara à pressa uma sobremesa alegre *pour voir ce grand Ortigan*! Começa uma espera a dois, com *bock* a dois. Nada de Ramalho, nem do seu viço. Às onze aparece Eduardo, esbaforido. E Ramalho? Inédito ainda! Espera a três, impaciência a três, *bock* a três. E assim até que o bronze nos soou o fim do dia.

Em compensação um caso, e profundo. Carmonde, Eduardo e eu sorvíamos as derradeiras fezes do *bock*, já desiludidos de Ramalho e das suas pompas, quando roça pela nossa mesa um sujeito escurinho, chupadinho, esticadinho, que traz na mão com respeito, quase com religião, um soberbo ramo de cravos amarelos. É um homem de além dos mares, da República Argentina ou Peruana, e amigo de Eduardo — que o retém e apresenta "o Sr. Mendibal". Mendibal aceita um *bock*; e eu começo a contemplar mudamente aquela facezinha toda em perfil, como recortada numa lâmina de machado, duma cor acobreada de chapéu-coco inglês, onde a barbita rala, hesitante, denunciando uma virilidade frouxa, parece cotão, um cotão negro, pouco mais negro que a tez. A testa escanteada recua, foge toda para trás, assustada. O caroço da garganta esganiçada, ao contrário, avança como o esporão duma galera por entre as pontas quebradas do colarinho muito alto e mais brilhante que esmalte. Na gravata, grossa pérola.

Eu contemplo, e Mendibal fala. Fala arrastadamente, quase dolentemente, com finais que desfalecem, se esvaem em gemido. A voz é toda de desconsolo: — mas, no que diz, revela a mais forte, segura e insolente satisfação de viver. O animal tem tudo: imensas propriedades além do mar, a consideração dos seus fornecedores, uma casa no Parc-Monceau, e "uma esposa adorável". Como deslizou ele, a mencionar essa dama que lhe embeleza o lar? Não sei. Houve um momento em que me ergui, chamado por um velho Inglês meu amigo, que passava, recolhendo da Ópera, e que me queria simplesmente segredar, com uma convicção forte, que "a noite estava esplêndida!" Quando voltei à mesa e ao *bock*, o Argentino encetara em monólogo a glorificação da "sua senhora". Carmonde devorava o homenzinho com olhos que riam e que saboreavam, deliciosamente divertido. Eduardo, esse, escutava com a compostura pesada de um português antigo. E Mendibal, tendo posto ao lado sobre uma cadeira, com cuidados devotos, o ramo de cravos, desfiava as virtudes e os encantos de

Madame. Sentia-se ali uma dessas admirações efervescentes, borbulhantes, que se não podem retrair, que trasbordam por toda a parte, mesmo por sobre as mesas dos cafés; onde quer que passasse, aquele homem iria deixando escorrer a sua adoração pela mulher, como um guarda-chuva encharcado vai fatalmente pingando água. Compreendi, desde que ele, com um prazer que lhe repuxava mais para fora o caroço da garganta, revelou que *Madame* Mendibal era francesa. Tínhamos ali, portanto, um fanatismo de preto pela graça loura duma parisiensezinha, picante em sedução e finura. Desde que compreendi, simpatizei. E o Argentino farejou em mim esta benevolência crítica — porque foi para mim que se voltou, lançando o derradeiro traço, o mais decisivo, sobre as excelências de *Madame*:

"Sim, positivamente, não havia outra em Paris! Por exemplo, o carinho com que ela cuidava da mamã (da mamã dele), senhora de grande idade, cheia de achaques! Pois era uma paciência, uma delicadeza, uma sujeição... De cair de joelhos! Então nos últimos dias a mamã andara tão rabugenta!... *Madame* Mendibal até emagrecera. De sorte que ele próprio, nesse domingo, lhe pedira que se fosse distrair, passar o dia a Versalhes, onde a mãe dela, *Madame* Jouffroy, habitava por economia. E agora viera de a esperar na gare Saint-Lazare. Pois, senhores, todo o dia em Versalhes a santa criatura estivera com cuidado na sogra, cheia de saudades da casa, numa ânsia de recolher. Nem lhe soubera bem a visita à mamã! A maior parte da tarde, e uma tarde tão linda, gastara-a a reunir aquele esplêndido ramo de cravos amarelos para lhe trazer, a ele!"

— É verdade! Veja o senhor! Este ramo de cravos! Até consola. Olhe que para estas lembrancinhas, para estes carinhos, não há senão uma francesa. Graças a Deus, posso dizer que acertei! E se tivesse filhos, um só que fosse, um rapaz, não me trocava pelo Príncipe de Gales. Eu não sei se o senhor é casado. Perdoe a confiança. Mas se não é, sempre lhe direi, como digo a todo o mundo: — Case com uma francesa, case com uma francesa!...

Não podia haver nada mais sinceramente grotesco e tocante. Como V. não vinha, fugidio Ramalho, dispersamos. Mendibal trepou para um fiacre com o seu amoroso molho de cravos. Eu arrastei os passos, no calor da noite, até ao clube. No clube encontro Chambray, que V. conhece — o "formoso Chambray". Encontro Chambray no fundo duma poltrona, derreado e radiante. Pergunto a Chambray como lhe vai a Vida, que opinião tem nesse dia da Vida. Chambray declara a Vida uma delícia. E, imediatamente, sem se conter, faz a confidência que lhe bailava impacientemente no sorriso e no olho umedecido.

Fora a Versalhes, com tenção de visitar os Fouquiers. No mesmo compartimento com ele ia uma mulher, *une grande et belle femme*. Corpo soberbo de Diana num vestido colante do Redfern. Cabelos apartados ao meio, grossos e apaixonados, ondeando sobre a testa curta. Olhos graves. Dois solitários nas orelhas. Ser substancial, sólido, sem chumaços e sem blagues, bem alimentado, envolto em consideração, superiormente instalado na vida.

E, no meio desta respeitabilidade física e social, um jeito guloso de molhar os beiços a cada instante, vivamente, com a ponta da língua... Chambray pensa consigo: — "burguesa, trinta anos, sessenta mil francos de renda, temperamento forte, desapontamentos de alcova". E apenas o comboio larga, toma o seu "grande ar Chambray", e dardeja à dama um desses olhares que eram outrora simbolizados pelas flechas de Cupido. *Madame* impassível. Mas, momentos depois, vem dentre as pálpebras um pouco pesadas, direito a Chambray (que vigiava de lado, por trás do *Fígaro* aberto), um desses raios de luz indagadora que, como os da lanterna de Diógenes, procuram um homem que seja um homem. Ao chegar a Courbevoie, a pretexto de baixar o vidro por causa da poeira, Chambray arrisca uma palavra, atrevidamente tímida, sobre e calor de Paris. Ela concede outra, ainda hesitante e vaga, sobre a frescura do campo. Está travada a Écloga. Em Suresnes, Chambray já se senta na banqueta ao lado dela, fumando. Em Sèvres, mão de *Madame* arrebatada por Chambray, mão de

Chambray repelida por *Madame*: — e ambas insensivelmente se entrelaçam. Em Viroflay, proposta brusca de Chambray para darem um passeio por um sítio de Viroflay que só ele conhece, recanto bucólico, de incomparável doçura, inacessível ao burguês. Depois, às duas horas tomariam o outro trem para Versalhes. E nem a deixa hesitar — arrebata-a moralmente, ou antes fisiologicamente, pela simples força da voz quente, dos olhos alegres, de toda a sua pessoa franca e máscula.

Ei-los no campo, com um aroma da seiva em redor, e a primavera e Satanás conspirando e soprando sobre *Madame* os seus bafos quentes. Chambray conhece à orla do bosque, junto de água, uma tavernola que tem as janelas encaixilhadas em madressilva. Por que não irão lá almoçar uma caldeirada, regada com vinho branco de Suresnes? *Madame* na verdade sente uma fomezinha alegre de ave solta no prado; e Satanás, dando ao rabo, corre adiante, a propiciar as coisas na tavernola. Acham lá, com efeito, uma instalação magistral: quarto fresco e silencioso, mesa posta, cortina de cassa ao fundo escondendo e traindo a alcova. "Em todo o caso que o almoço suba depressa, porque eles têm de partir pelo trem das duas horas" — tal é o brado sincero de Chambray!

Quando chega a caldeirada, Chambray tem uma inspiração genial — despe o casaco, abanca em mangas de camisa. É um rasgo de boêmia e de liberdade, que a encanta, a excita, faz surgir a *garota* que há quase sempre no fundo da *matrona*. Atira também o chapéu, um chapéu de duzentos francos, para o fundo do quarto, alarga os braços, e tem este grito de alma:

— *Ah oui, que c'est bon, de se desembêter!*

E depois, como dizem os Espanhóis — *la mar*. O Sol, ao despedir-se da Terra por esse dia, deixou-os ainda em Viroflay; ainda na tavernola; ainda no quarto; — e outra vez à mesa, diante dum *beefsteak* reconfortante, como os acontecimentos pediam com urgência e lógica.

Versalhes, esquecido! Tratava-se de voltar à estação para tomar o trem de Paris. Ela aperta devagar as fitas do chapéu, apanha uma das flores da janela que mete no corpete, fixa um olhar lento em redor pelo quarto e pela alcova, para tudo decorar e reter — e partem. Na estação, ao saltar para um compartimento diferente (por causa da chegada a Paris), Chambray num aperto de mão, já apressado e frouxo, suplica-lhe que ao menos lhe diga como se chama. Ela murmura — *Lucie*.

— E é tudo o que sei dela — conclui Chambray, acendendo o charuto. — E sei também que é casada porque na gare Saint-Lazare, à espera dela, e acompanhado por um trintanário sério, de casa burguesa, estava o marido... É um *rastacuero* cor de chocolate, com uma barbita rala, enorme pérola na gravata... Coitado, ficou encantado quando ela lhe deu um grande ramo de cravos amarelos que eu lhe mandara arranjar em Viroflay... Mulher deliciosa. Não há senão as francesas!

Que diz V. a estas coisas consideráveis, meu bom Ramalho? Eu digo que, em resumo, este nosso Mundo é perfeito e não há nos espaços outro mais bem organizado. Porque note V. como, ao fim deste domingo de maio, todas estas três excelentes criaturas, com uma simples jornada a Versalhes, obtiveram um ganho positivo na vida. Chambray passou por um imenso prazer e uma imensa vaidade — os dois únicos resultados que ele conta na existência como proventos sólidos e valendo o trabalho de existir. *Madame* experimentou uma sensação nova ou diferente, que a desenervou, a desafogou, lhe permitiu reentrar mais acalmada na monotonia do seu lar, e ser útil aos seus com rediviva aplicação. E o Argentino adquiriu outra inesperada e triunfal certeza, de quanto era amado e feliz na sua escolha. Três ditosos, ao fim desse dia de primavera e de campo. E se daqui resultar um filho (o filho que o Argentino apetece), que herde as qualidades fortes e brilhantemente gaulesas de Chambray, acresce, ao contentamento individual dos três, um lucro efetivo para a sociedade. Este mundo, portanto, está superiormente organizado.

Amigo fiel, que fielmente o espera à volta da Holanda, — FRADIQUE.

VII

A "MADAME" DE JOUARRE (Trad.)
Lisboa, Março
Minha querida madrinha:

Foi ontem, por noite morta, no comboio, ao chegar a Lisboa (vindo do Norte e do Porto), que de repente me acudiu à memória estremunhada o juramento que lhe fiz no sábado de Páscoa em Paris, com as mãos piamente estendidas sobre a sua maravilhosa edição dos *Deveres*, de Cícero. Juramento bem estouvado, este, de lhe mandar todas as semanas, pelo correio, Portugal em "descrições, notas, reflexões e panoramas", como se lê no subtítulo da *Viagem à Suíça* do seu amigo, o Barão de Fernay, comendador de Carlos III e membro da Academia de Tolosa. Pois com tanta fidelidade cumpro eu os meus juramentos (quando feitos sobre a Moral de Cícero, e para regalo de quem reina na minha Vontade) que, apenas o recordei, abri logo escancaradamente ambos os olhos para recolher "descrições, notas, reflexões e panoramas" desta terra que é minha e que *está a la disposicion de usted*... Chegáramos a uma estação que chamam de Sacavém — e tudo o que os meus olhos arregalados viram do meu país, através dos vidros úmidos do vagão, foi uma densa treva, de onde mortiçamente surgiam aqui e além luzinhas remotas e vagas. Eram lanternas de faluas, dormindo no rio: — e simbolizavam, dum modo bem humilhante, essas escassas e desmaiadas parcelas de verdade positiva que ao homem é dado descobrir, no universal mistério do Ser. De sorte que tornei a cerrar resignadamente os olhos — até que, à portinhola, um homem de boné de galão, com o casaco encharcado de água, reclamou o meu bilhete, dizendo *Vossa Excelência*! Em Portugal, boa madrinha, todos somos nobres, todos fazemos parte do Estado, e todos nos tratamos por *Excelência*.

Era Lisboa e chovia. Vínhamos poucos no comboio, uns trinta talvez — gente simples, de maletas ligeiras e sacos de chita, que bem depressa atravessou a busca paternal e sonolenta da Alfândega, e logo se sumiu para a cidade sob a molhada noite de março. No casarão soturno, à espera das bagagens sérias, fiquei eu, o Smith e uma senhora esgrouviada, de óculos no bico, envolta numa velha capa de peles. Deviam ser duas horas da madrugada. O asfalto sujo do casarão regelava os pés.

Não sei quantos séculos assim esperamos, Smith imóvel, a dama e eu marchando desencontradamente e rapidamente para aquecer ao comprido do balcão de madeira, onde dois guardas de Alfândega, escuros como azeitonas, bocejavam com dignidade. Da porta do fundo, uma carreta, em que oscilava o montão da nossa bagagem, veio por fim rolando com pachorra. A dama de nariz de cegonha reconheceu logo a sua caixa de folha de Flandres, cuja tampa, caindo para trás, revelou aos meus olhos que observavam (em seu serviço, exigente madrinha!) um penteador sujo, uma boceta de doce, um livro de missa e dois ferros de frisar. O guarda enterrou o braço através destas coisas íntimas, e com um gesto clemente declarou a Alfândega satisfeita. A dama abalou.

Ficamos sós, Smith e eu. Smith já arrebanhara a custo a minha bagagem. Mas faltava inexplicavelmente um saco de couro; e em silêncio, com a guia na mão, um carregador dava uma busca vagarosa através dos fardos, barricas, pacotes, velhos baús, armazenados ao fundo, contra a parede enxovalhada. Vi este digno homem hesitando pensativamente diante dum embrulho de lona, diante duma arca de pinho. Seria qualquer desses o saco de couro? Depois, descoroçoado, declarou que, positivamente, nas nossas bagagens não havia nem couro nem saco. Smith protestava, já irritado. Então o capataz arrancou a guia das mãos inábeis do carregador, e recomeçou ele, com a sua inteligência superior de chefe, uma rebusca através das "arrumações", esquadrinhando zelosamente caixotes, vasilhas, pipos, chapeleiras, canastras, latas e garrafões... Por fim sacudiu os ombros, com indizível tédio, e desapareceu para dentro, para a escuridão das plataformas interiores. Passados instantes voltou, coçando a cabeça por baixo do boné, cravando os olhos em roda pelo chão vazio, à espera que o saco rompesse das entranhas deste globo desconsolador. Nada! Impaciente, encetei eu próprio uma pesquisa sôfrega através do casarão. O guarda da Alfândega, de cigarro colado ao beiço (bondoso homem!), deitava também aqui e além um olhar auxiliador e magistral. Nada! Repentinamente, porém, uma mulher de lenço vermelho na cabeça, que ali vadiava, naquela madrugada agreste, apontou para a porta da estação:

— Será aquilo, meu senhor?

Era! Era o meu saco, fora, no passeio, sob a chuvinha miúda. Não indaguei como ele se encontrava ali, sozinho, separado da bagagem a que estritamente a prendia o número de ordem estampado na guia em letras grossas — e reclamei uma tipoia. O carregador atirou a jaleca para cima da cabeça, saiu ao largo, e recolheu logo anunciando com melancolia que não havia tipoias.

— Não há! Essa é curiosa! Então como saem daqui os passageiros?

O homem encolheu os ombros. "Às vezes havia, outras vezes não havia, era conforme calhava a sorte..." Fiz reluzir uma placa de cinco tostões e supliquei aquele benemérito que corresse as vizinhanças da estação, à cata dum veículo qualquer com rodas, coche ou carroça, que me levasse ao conchego dum caldo e dum lar. O homem largou, resmungando. E eu logo, como patriota descontente, censurei (voltado para o capataz e para o homem da Alfândega) a irregularidade daquele serviço. Em todas as estações do Mundo, mesmo em Tunes, mesmo na Romênia, havia, à chegada dos comboios, ônibus, carros, carretas, para transportar gente e bagagem... Por que não as havia em Lisboa? Eis aí um abominável serviço que desonrava a Nação!

O aduaneiro esboçou um movimento de desalento, como na plena consciência de que todos os serviços eram abomináveis, e a Pátria toda uma irreparável desordem. Depois, para se consolar, puxou com delícia o lume ao cigarro. Assim se arrastou um destes quartos de hora que fazem rugas na face humana.

Finalmente, o carregador voltou, sacudindo a chuva, afirmando que não havia uma tipoia em todo o bairro de Santa Apolônia.

— Mas que hei de eu fazer? Hei de ficar aqui?

O capataz aconselhou-me que deixasse a bagagem, e na manhã seguinte, com uma carruagem certa (contratada talvez por escritura), a viesse recolher "muito a meu contento". Essa separação porém não convinha ao meu conforto. Pois nesse caso ele não via solução, a não ser que por acaso alguma caleche, tresnoitada e tresmalhada, viesse a cruzar por aquelas paragens.

Então, à maneira de náufragos numa ilha deserta do Pacífico, todos nos apinhamos à porta da estação, esperando através da treva a vela — quero dizer a sege salvadora. Espera amarga, espera estéril! Nenhuma luz de lanterna, nenhum rumor de rodas, cortaram a mudez daqueles ermos.

Farto, inteiramente farto, o capataz declarou que "iam dar três horas, e ele queria fechar a estação!" E eu? Ia eu ficar ali na rua, amarrado, sob a noite agreste, a um montão de bagagens intransportável? Não! nas entranhas do digno capataz decerto havia melhor misericórdia. Comovido, o homem lembrou outra solução. E era que nós, eu e o Smith, ajudados por um carregador — atirássemos a bagagem para as costas e marchássemos com ela para o hotel. Com efeito, este parecia ser o único recurso aos nossos males. Todavia (tanto costas amolecidas, por longos e deleitosos anos de civilização, repugnam a carregar fardos, e tão tenaz é a esperança naqueles a quem a sorte se tem mostrado amorável), eu e o Smith ainda uma vez saímos ao largo, mudos, sondando a escuridão, com o ouvido inclinado ao lajedo, a escutar ansiosamente se ao longe, muito ao longe, não sentiríamos rolar para nós o calhambeque da Providência. Nada, desoladamente nada, na sombra avara!... A minha querida madrinha, seguindo estes lances, deve ter já lágrimas a bailar nas suas compassivas pestanas. Eu não chorei — mas tinha vergonha, uma imensa e pungente vergonha do Smith! Que pensaria aquele escocês da minha pátria — e de mim, seu amo, parcela dessa pátria desorganizada? Nada mais frágil que a reputação das nações. Uma simples tipoia que falta de noite, e eis, no espírito do Estrangeiro, desacreditada toda uma civilização secular!

No entanto o capataz fervia. Eram três horas (mesmo três e um quarto), e ele queria fechar a estação! Que fazer! Abandonamo-nos, suspirando, à decisão do desespero. Agarrei o estojo de viagem e o rolo de mantas; Smith deitou aos seus respeitáveis ombros, virgens de cargas, uma grossa maleta de couro; o carregador gemeu sob a enorme mala de cantoeiras de aço. E (deixando ainda dois volumes para ser recolhidos de dia) começamos, sombrios e em fila, a trilhar à *pata* a distância que vai de Santa Apolônia ao Hotel de Braganza! Poucos passos adiante, como o estojo de viagem me derreava o braço, atirei-o para as costas... E todos três, de cabeça baixa, o dorso esmagado sob dezenas de quilos, com um intenso azedume a estragar-nos o fígado, lá continuamos, devagar, numa fileira soturna, avançando para dentro da capital destes reinos! Eu viera a Lisboa com um fim de repouso e de luxo. Este era o luxo, este o repouso! Ali, sob a chuvinha impertinente, ofegando, suando, tropeçando no lajedo mal junto duma rua tenebrosa, a trabalhar de carrejão!...

Não sei quantas eternidades gastamos nesta via dolorosa. Sei que de repente (como se a trouxesse, à rédea, o anjo da nossa guarda) uma caleche, uma positiva caleche, rompeu a passo do negrume duma viela. Três gritos, sôfregos e desesperados, estacaram a parelha. E, à uma, todas as malas rolaram em catadupa sobre o calhambeque, aos pés do cocheiro, que, tomado de assalto e de assombro, ergueu o chicote, praguejando com furor. Mas serenou, compreendendo a sua espantosa onipotência — e declarou que ao Hotel de Braganza (uma distância pouco maior que toda a Avenida dos Campos Elísios) não me podia levar por menos de *três mil-réis*. Sim, minha madrinha, *dezoito francos*! Dezoito francos em metal, prata ou ouro, por uma corrida, nesta Idade democrática e industrial, depois de todo o penoso trabalho das Ciências e das Revoluções, para igualizarem e embaratecerem os confortos sociais. Trêmulo de cólera, mas submisso como quem cede à exigência dum trabuco, enfiei para a tipoia — depois de me ter despedido com grande afeto do carregador, camarada fiel da nossa trabalhosa noite.

Partimos, enfim, num galope desesperado. Daí a momentos estávamos assaltando a porta adormecida do Hotel de Braganza, com repiques, clamores, punhadas, cócegas, injúrias, gemidos, todas as violências e todas as seduções. Debalde! Não foi mais resistente ao belo cavaleiro Percival, o portão de ouro do palácio da Ventura! Finalmente o cocheiro atirou-se a ela aos coices. E, decerto por compreender melhor esta linguagem, a porta, lenta e estremunhada, rolou nos seus gonzos! Graças te sejam, meu Deus, Pai inefável! Estamos enfim sob um teto, no meio dos tapetes e estuques do Progresso, ao cabo de tão bárbara jornada. Restava pagar o batedor. Vim para ele com acerba ironia:

— Então, são três mil-réis?

À luz do vestíbulo, que me batia a face, o homem sorria. E que há de ele responder, o malandro sem par?

— Aquilo era por dizer... Eu não tinha conhecido o Sr. D. Fradique... Lá para o Sr. D. Fradique é o que quiser.

Humilhação incomparável! Senti logo não sei que torpe enternecimento, que me amolecia o coração. Era a bonacheirice, a relassa fraqueza que nos enlaça a todos nós Portugueses, nos enche de culpada indulgência uns para os outros, e irremediavelmente estraga entre nós toda a Disciplina e toda a Ordem. Sim, minha cara madrinha... Aquele bandido conhecia o Sr. D. Fradique. Tinha um sorriso brejeiro e serviçal. Ambos éramos portugueses. Dei uma libra àquele bandido!

E aqui está, para seu ensino, a verídica maneira por que se entra, no último quartel do século XIX, na grande cidade de Portugal. Todo seu, aquele que de longe de si sempre pena — FRADIQUE.

VIII

AO SR. E. MOLLINET

Diretor da Revista de Biografia e de História

Paris, Setembro

Meu caro Sr. Mollinet:

Encontrei ontem à noite, ao voltar de Fontainebleau, a carta em que o meu douto amigo, em nome e no interesse da *Revista de Biografia e de História*, me pergunta quem é este meu compatriota Pacheco (José Joaquim Alves Pacheco), cuja morte está sendo tão vasta e amargamente carpida nos jornais de Portugal. E deseja ainda o meu amigo saber que obras, ou que fundações, ou que livros, ou que ideias, ou que acréscimo na civilização portuguesa deixou esse Pacheco, seguido ao túmulo por tão sonoras, reverentes lágrimas.

Eu casualmente conheci Pacheco. Tenho presente, como num resumo, a sua figura e a sua vida. Pacheco não deu ao seu País nem uma obra, nem uma fundação, nem um livro, nem uma ideia. Pacheco era entre nós superior e ilustre unicamente porque *tinha um imenso talento*. Todavia, meu caro Sr. Mollinet, este talento, que duas gerações tão soberbamente aclamaram, nunca deu, da sua força, uma manifestação positiva, expressa, visível! O talento imenso de Pacheco ficou sempre calado, recolhido, nas profundidades de Pacheco! Constantemente ele atravessou a vida por sobre eminências sociais: Deputado, Diretor-geral, Ministro, Governador de bancos, Conselheiro de Estado, Par, Presidente do Conselho — Pacheco tudo foi, tudo teve, neste País que, de longe e a seus pés, o contemplava, assombrado do seu imenso talento. Mas nunca, nestas situações, por proveito seu ou urgência do Estado, Pacheco teve necessidade de deixar sair, para se afirmar e operar fora, aquele imenso talento que lá dentro o sufocava. Quando os amigos, os partidos, os jornais, as repartições, os corpos coletivos, a massa compacta da Nação murmurando em redor de Pacheco "*que imenso talento!*" o convidavam a alargar o seu domínio e a sua fortuna — Pacheco sorria, baixando os olhos sérios por trás dos óculos dourados, e seguia, sempre para cima, sempre para mais alto, através das instituições, com o seu imenso talento aferrolhado dentro do crânio, como no cofre dum avaro. E esta reserva, este sorrir, este lampejar dos óculos, bastavam ao País, que neles sentia e saboreava a resplandecente evidência do talento de Pacheco.

Este talento nasceu em Coimbra, na aula de direito natural, na manhã em que Pacheco, desdenhando a *Sebenta*, assegurou que "o século XIX era um século de progresso e de luz". O curso começou logo a pressentir e a afirmar, nos cafés da Feira, que havia muito talento em Pacheco; e esta admiração cada dia crescente do curso, comunicando-se, como todos os movimentos religiosos, das multidões impressionáveis às classes raciocinadoras, dos rapazes aos lentes, levou facilmente Pacheco a um *prêmio* no fim do ano. A fama desse talento alastrou então por toda a Academia — que, vendo Pacheco sempre pensabundo, já de óculos, austero nos seus passos, com praxistas gordos debaixo do braço, percebia ali um grande espírito que se concentra e se retesa todo em força íntima. Esta geração acadêmica, ao dispersar, levou pelo País, até os mais sertanejos burgos, a notícia do imenso talento de Pacheco. E lá em escuras boticas de Trás-os-Montes, em lojas palreiras de barbeiros do Algarve, se dizia, com respeito, com esperança: — "Parece que há agora aí um rapaz de imenso talento que se formou, o Pacheco!"

Pacheco estava maduro para a representação nacional. Veio ao seu seio — trazido por um Governo (não recordo qual) que conseguira, com dispêndios e manhas, apoderar-se do precioso talento de Pacheco. Logo na estrelada noite de dezembro em que ele, em Lisboa, foi ao Martinho tomar chá e torradas, se sussurrou pelas mesas, com curiosidade: "É o Pacheco, rapaz de imenso talento!" E desde que as Câmaras se constituíram, todos os olhares, os do governo e os da oposição, se começaram a voltar com insistência, quase com ansiedade, para Pacheco, que, na ponta duma bancada, conservava a sua atitude de pensador recluso, os braços cruzados sobre o colete de veludo, a fronte vergada para o lado como sob o peso das riquezas interiores, e os óculos a faiscar... Finalmente uma tarde, na discussão da resposta ao discurso da Coroa, Pacheco teve um movimento como para atalhar um padre zarolho que arengava sobre a "liberdade". O sacerdote imediatamente estacou com deferência; os taquígrafos apuravam vorazmente a orelha; e toda a câmara cessou o seu desafogado sussurro para que, num silêncio condignamente majestoso, se pudesse pela vez primeira produzir o imenso talento de Pacheco. No entanto Pacheco não prodigalizou desde logo os seus tesouros. De pé, com o dedo espetado (jeito que foi sempre muito seu), Pacheco afirmou num tom que traía a segurança do pensar e do saber íntimo: — "que ao lado da liberdade devia sempre coexistir a autoridade!" Era pouco, decerto: — mas a câmara compreendeu bem que, sob aquele curto resumo, havia um mundo, todo um formidável mundo, de ideias sólidas. Não volveu a falar durante meses — mas o seu talento inspirava tanto mais respeito, quanto mais invisível e inacessível se conservava lá dentro, no fundo, no rico e povoado fundo do seu ser. O único recurso que restou então aos devotos desse imenso talento (que já os tinha, incontáveis) foi contemplar a testa de Pacheco — como se olha para o céu pela certeza que Deus está por trás, dispondo. A testa de Pacheco oferecia uma superfície escanteada, larga e lustrosa. E muitas vezes, junto dele, Conselheiros e Diretores gerais balbuciavam maravilhados: — "Nem é necessário mais! Basta ver aquela testa!"

Pacheco pertenceu logo às principais comissões parlamentares. Nunca porém acedeu a relatar um projeto, desdenhoso das especialidades. Apenas às vezes, em silêncio, tomava uma nota lenta. E quando emergia da sua concentração, espetando o dedo, era para lançar alguma ideia geral sobre a Ordem, o Progresso, o Fomento, a Economia. Havia aqui a evidente atitude dum imenso talento que (como segredavam os seus amigos, piscando o olho com finura) "está à espera, lá em cima, a pairar". Pacheco mesmo, de resto, ensinava (esboçando, com a mão gorda, o voar superior duma asa por sobre o arvoredo copado) que o "talento verdadeiro só devia conhecer as coisas *pela rama*".

Este imenso talento não podia deixar de socorrer os conselhos da Coroa. Pacheco, numa recomposição ministerial (provocada por uma roubalheira), foi Ministro; e imediatamente se percebeu que maciça consolidação viera dar ao Poder o imenso talento de Pacheco. Na sua pasta (que era a da Marinha), Pacheco não fez durante os longos meses de gerência "absolutamente nada", como insinuaram três ou quatro espíritos amargos e estreitamente positivos. Mas pela primeira vez, dentro deste regime, a Nação deixou de curtir inquietações e dúvidas sobre o nosso Império Colonial. Por quê? Porque sentia que, finalmente, os interesses supremos desse Império estavam confiados a um imenso talento, ao talento imenso de Pacheco.

Nas cadeiras do governo, Pacheco rarissimamente surdia do seu silêncio repleto e fecundo. Às vezes, porém, quando a oposição se tornava clamorosa, Pacheco descerrava o braço, tomava com lentidão uma nota a lápis: — e esta nota, traçada com saber e maduríssimo pensar, bastava para perturbar, acuar a oposição. É que o imenso talento de Pacheco terminara por inspirar, nas câmaras, nas comissões, nos centros, um terror disciplinar! Ai desse sobre quem viesse a desabar, com cólera, aquele talento imenso! Certa lhe seria a humilhação irresgatável! Assim dolorosissimamente o experimentou o pedagogista, que um dia se arrojou a acusar o Sr. Ministro do Reino (Pacheco dirigia então o Reino) de descurar a Instrução do País! Nenhuma incriminação podia ser mais sensível àquele imenso espírito que, na sua frase lapidária e suculenta, ensinara que "um povo sem o curso dos liceus é um povo incompleto". Espetando o dedo (jeito sempre tão seu), Pacheco esborrachou o homem temerário com esta coisa tremenda:

"Ao ilustre deputado que me censura só tenho a dizer que enquanto, sobre questões de Instrução Pública, S. Ex.ª, aí nessas bancadas, faz berreiro, eu, aqui nesta cadeira, faço luz!"

Eu estava lá, nesse esplêndido momento, na galeria. E não me recordo de ter jamais ouvido, numa assembleia humana, uma tão apaixonada e fervente rajada de aclamações! Creio que foi daí a dias que Pacheco recebeu a grã-cruz da Ordem de Santiago.

O imenso talento de Pacheco pouco a pouco se tornava um credo nacional. Vendo que inabalável apoio esse imenso talento dava às instituições que servia, todas o apeteceram. Pacheco começou a ser um Diretor universal de Companhias e de Bancos. Cobiçado pela Coroa, penetrou no Conselho de Estado. O seu partido reclamou avidamente que Pacheco fosse seu Chefe. Mas os outros partidos cada dia se socorriam, com submissa reverência, do seu imenso talento. Em Pacheco pouco a pouco se concentrava a Nação.

À maneira que ele assim envelhecia, e crescia em influência e dignidades, a admiração pelo seu imenso talento chegou a tomar no País certas formas de expressão só próprias da religião e do amor. Quando ele foi Presidente do Conselho, havia devotos que espalmavam a mão no peito com unção, reviravam o branco do olho ao Céu, para murmurar piamente: "Que talento!" E havia amorosos que, cerrando os olhos e repenicando um beijo nas pontas apinhadas dos dedos, balbuciavam com langor: — "Ai! que talento!" E para que o esconder? Outros havia a quem aquele imenso talento amargamente irritava, como um excessivo e desproporcional privilégio. A esses ouvi eu bradar com furor, atirando patadas ao chão: — "Irra, que é ter talento demais!" Pacheco no entanto já não falava. Sorria apenas. A testa cada vez se lhe tornava mais vasta.

Não relembrarei a sua incomparável carreira. Basta que o meu caro Sr. Mollinet percorra os nossos anais. Em todas as instituições, reformas, fundações, obras, encontrará o cunho de Pacheco. Portugal todo, moral e socialmente, está repleto de Pacheco. Foi tudo, teve tudo. Decerto, o seu talento era imenso! Mas imenso se mostrou o reconhecimento da sua Pátria! Pacheco e Portugal, de resto, necessitavam insubstituivelmente um do outro, e ajustadissimamente se completavam. Sem Portugal — Pacheco não teria sido o que foi entre os homens; mas sem Pacheco — Portugal não seria o que é entre as nações!

A sua velhice ofereceu um caráter augusto. Perdera o cabelo radicalmente. Todo ele era testa. E mais que nunca revelava o seu imenso talento — mesmo nas mínimas coisas. Muito bem me lembro da noite (sendo ele Presidente do Conselho) em que, na sala da Condessa de Arrodes, alguém, com fervor, apeteceu conhecer o que S. Ex.ª pensava de Canovas del Castillo. Silenciosamente, magistralmente, sorrindo apenas, S. Ex.ª deu com a mão grave, de leve, um corte horizontal no ar. E foi em torno um murmúrio de admiração, lento e maravilhado. Naquele gesto quantas coisas sutis, fundamente pensadas! Eu por mim, depois de muito esgaravatar, interpretei-o deste modo: — "medíocre, meia-altura, o Sr. Canovas!" Porque, note o meu caro Sr. Mollinet como aquele talento, sendo tão vasto — era ao mesmo tempo tão fino!

Rebentou; — quero dizer, S. Ex.ª morreu, quase repentinamente, sem sofrimento, no começo deste duro inverno. Ia ser justamente criado Marquês de Pacheco. Toda a Nação o chorou com infinita dor. Jaz no alto de S. João, sob um mausoléu, onde por sugestão do Sr. conselheiro Acácio (em carta ao *Diário de Notícias*) foi esculpida uma figura de *Portugal chorando o Gênio*.

Meses depois da morte de Pacheco, encontrei a sua viúva em Sintra, na casa do Dr. Videira. É uma mulher (asseguram amigos meus) de excelente inteligência e bondade. Cumprindo um dever de português, lamentei, diante da ilustre e afável senhora, a perda irreparável que era sua e da Pátria. Mas quando, comovido, aludi ao imenso talento de Pacheco, a viúva de Pacheco ergueu, num brusco espanto, os olhos que conservara baixos — e um fugidio, triste, quase apiedado sorriso arregaçou-lhe os cantos da boca pálida... Eterno desacordo dos destinos humanos! Aquela mediana senhora nunca compreendera aquele imenso talento! Creia-me, meu caro Sr. Mollinet, seu dedicado — FRADIQUE.

IX

A CLARA... (Trad.)

Paris, Junho

Minha adorada amiga:

Não, não foi na *Exposição dos Aguarelistas*, em março, que eu tive consigo o meu primeiro encontro, por mandado dos Fados. Foi no inverno, minha adorada amiga, no baile dos Tressans. Foi aí que a vi, conversando com *Madame* de Jouarre, diante duma consola, cujas luzes, entre os molhos de orquídeas, punham nos seus cabelos aquele nimbo de ouro que tão justamente lhe pertence como "rainha de graça entre as mulheres". Lembro ainda, bem religiosamente, o seu sorrir cansado, o vestido preto com relevos cor de botão de ouro, o leque antigo que tinha fechado no regaço. Passei; mas logo tudo em redor me pareceu irreparavelmente enfadonho e feio; e voltei a readmirar, a *meditar* em silêncio a sua beleza, que me prendia pelo esplendor patente e compreensível, e ainda por não sei quê de fino, de espiritual, de dolente e de meigo que brilhava através e vinha da alma. E tão intensamente me embebi nessa contemplação, que levei comigo a sua imagem, decorada e inteira, sem esquecer um fio dos seus cabelos ou uma ondulação da seda que a cobria, e corri a encerrar-me com ela, alvoroçado como um artista que nalgum escuro armazém, entre poeira e cacos, descobrisse a Obra sublime dum Mestre perfeito.

E por que o não confessarei? Essa imagem foi para mim, ao princípio, meramente um Quadro, pendurado no fundo da minha alma, que eu a cada doce momento olhava — mas para lhe louvar apenas, com crescente surpresa, os encantos diversos de Linha e de Cor. Era somente uma rara tela, posta em sacrário, imóvel e muda no seu brilho, sem outra influência mais sobre mim que a duma forma muito bela que cativa um gosto muito educado. O meu ser continuava livre, atento às curiosidades que até aí o seduziam, aberto aos sentimentos que até aí o solicitavam; — e só quando sentia a fadiga das coisas imperfeitas ou o desejo novo duma ocupação mais pura, regressava à Imagem que em mim guardava, como um Fra Angélico, no seu claustro, pousando os pincéis ao fim do dia, e ajoelhando ante a Madona a implorar dela repouso e inspiração superior.

Pouco a pouco, porém, tudo o que não foi esta contemplação perdeu para mim valor e encanto. Comecei a viver cada dia mais retirado no fundo da minha alma, perdido na admiração da Imagem que lá rebrilhava — até que só essa ocupação me pareceu digna da vida, no mundo todo não reconheci mais que uma aparência inconstante, e fui como um monge na sua cela, alheio às coisas mais reais, de joelhos e hirto no seu sonho, que é para ele a única realidade.

Mas não era, minha adorada amiga, um pálido e passivo êxtase diante da sua Imagem Não! era antes um ansioso e forte estudo dela, com que eu procurava conhecer através da Forma a Essência, e (pois que a Beleza é o esplendor da Verdade) deduzir das perfeições do seu Corpo as superioridades da sua alma. E foi assim que lentamente surpreendi o segredo da sua natureza; a sua clara testa que o cabelo descobre, tão clara e lisa, logo me contou a retidão do seu pensar; o seu sorriso, duma nobreza tão intelectual, facilmente me revelou o seu desdém do mundanal e do efêmero, a sua incansável aspiração para um viver de verdade e de beleza; cada graça de seus movimentos me traiu uma delicadeza do seu gosto; e nos seus olhos diferencei o que neles tão adoravelmente se confunde, luz de razão, calor de coração, luz que melhor aquece, calor que melhor alumia... Já a certeza de tantas perfeições bastaria a fazer dobrar, numa adoração perpétua, os joelhos mais rebeldes. Mas sucedeu ainda que, ao passo que a compreendia e que a sua Essência se me manifestava, assim visível e quase tangível, uma influência descia dela sobre mim — uma influência estranha, diferente de todas as influências humanas, e que me dominava com transcendente onipotência. Como lhe poderei dizer? Monge, fechado na minha cela, comecei a aspirar à santidade, para me harmonizar e merecer a convivência com a Santa Clara a que me votara. Fiz então sobre mim um áspero exame de consciência. Investiguei com inquietação se o meu pensar era condigno da pureza do seu pensar; se no meu gosto não haveria desconcertos que pudessem ferir a disciplina do seu gosto; se a minha ideia da vida era tão alta e séria como aquela que eu pressentira na espiritualidade do seu olhar, do seu sorrir; e se o meu coração não se dispersara e enfraquecera demais, para poder palpitar com paralelo vigor junto do seu coração. E tem sido em mim agora um arquejante esforço, para subir a uma perfeição idêntica aquela que, em si, tão submissamente adoro.

De sorte que a minha querida amiga, sem saber, se tornou a minha educadora. E tão dependente fiquei logo desta direção que já não posso conceber os movimentos do meu ser senão governados por ela e por ela enobrecidos. Perfeitamente sei que tudo o que hoje surge em mim de algum valor, ideia ou sentimento, é obra dessa educação que a sua alma dá à minha, de longe, só com existir de ser compreendida. Se hoje me abandonasse a sua influência — devia antes dizer, como um asceta, a sua Graça —, todo eu rolaria para uma inferioridade sem remição. Veja pois como se me tornou necessária e preciosa... E considere que, para exercer esta supremacia salvadora, as suas mãos não tiveram de se impor sobre as minhas — bastou que eu a avistasse de longe, numa festa, resplandecendo. Assim um arbusto silvestre floresce à borda dum fosso, porque lá em cima, nos remotos céus, fulge um grande sol que não o vê, não o conhece, e magnanimamente o faz crescer, desabrochar, e dar o seu curto aroma... Por isso o meu amor atinge esse sentimento indescrito e sem nome que a Planta, se tivesse consciência, sentiria pela Luz.

E considere ainda que, necessitando de si como da luz, nada lhe rogo, nenhum bem imploro de quem tanto pode e é para mim dona de todo o bem. Só desejo que me deixe viver sob essa influência, que, emanando do simples brilho das suas perfeições, tão fácil e docemente opera o meu aperfeiçoamento. Só peço esta permissão caridosa. Veja pois quanto me conservo distante e vago, na esbatida humildade duma adoração que até receia que o seu murmúrio, um murmúrio de prece, roce o vestido da imagem divina...

Mas se a minha querida amiga por acaso, certa do meu renunciamento a toda a recompensa terrestre, me permitisse desenrolar junto de si, num dia de solidão, a agitada confidência do meu peito, decerto faria um ato de inefável misericórdia — como outrora a Virgem Maria quando animava os seus adoradores, ermitas e santos, descendo numa nuvem e concedendo-lhes um sorriso fugitivo, ou deixando-lhes cair entre as mãos erguidas uma rosa do Paraíso. Assim, amanhã, vou passar a tarde com *Madame* de Jouarre. Não há aí a santidade duma cela ou duma ermida, mas quase o seu isolamento; e se a minha querida amiga surgisse, em pleno resplendor, e eu recebesse de si, não direi uma rosa, mas um sorriso, ficaria então radiosamente seguro de que este meu amor, ou este meu sentimento indescrito e sem nome que vai além do amor, encontra ante seus olhos piedade e permissão para esperar. — FRADIQUE.

X

A "MADAME" DE JOUARRE (Trad.)

Lisboa, Junho

Minha excelente madrinha:

Eis o que tem "visto e feito", desde maio, na formosíssima Lisboa, *Ulissipo pulquérrima*, o seu admirável afilhado. Descobri um patrício meu, das Ilhas, e meu parente, que vive há três anos construindo um Sistema de Filosofia no terceiro andar duma casa de hóspedes, na Travessa da Palha. Espírito livre, empreendedor e destro, paladino das Ideias Gerais, o meu parente, que se chama Procópio, considerando que a mulher não vale o tormento que espalha, e que os oitocentos mil-réis de um olival bastam, e de sobra, a um espiritualista — votou a sua vida à Lógica e só se interessa e sofre pela Verdade. É um filósofo alegre; conversa sem berrar; tem uma aguardente de moscatel excelente; — e eu trepo com gosto duas ou três vezes por semana a sua oficina de Metafisica a saber se, conduzido pela alma doce de Maine de Biran, que é o seu cicerone nas viagens do Infinito, ele já entreviu enfim, disfarçada por trás dos seus derradeiros véus, a Causa das Causas. Nestas piedosas visitas vou, pouco a pouco, conhecendo alguns dos hóspedes que nesse terceiro andar da Travessa da Palha gozam uma boa vida de cidade, a doze tostões por dia, fora vinho e roupa lavada. Quase todas as profissões em que se ocupa a classe média em Portugal estão aqui representadas com fidelidade, e eu posso assim estudar, sem esforço, como num índice, as ideias e os sentimentos que no nosso Ano da Graça formam o fundo moral da Nação.

Esta casa de hóspedes oferece encantos. O quarto do meu primo Procópio tem uma esteira nova, um leito de ferro filosófico e virginal, cassa vistosa nas janelas, rosinhas e aves pela parede, — e é mantido em rígido asseio por uma destas criadas como só produz Portugal, bela moça de Trás-os-Montes, que, arrastando os seus chinelos com a indolência grave duma ninfa latina, varre, esfrega e arruma todo o andar; serve nove almoços, nove jantares e nove chás; escarola as louças; prega esses botões de calças e de ceroulas que os Portugueses estão constantemente a perder; engoma as saias da Madama; reza o terço da sua aldeia; e tem ainda vagares para amar desesperadamente um barbeiro vizinho, que está decidido a casar com ela quando for empregado na Alfândega. (E tudo isto por três mil-réis de soldada). Ao almoço há dois pratos, sãos e fartos, de ovos e bifes. O vinho vem do lavrador, vinhinho leve e precoce, feito pelos veneráveis preceitos das Geórgicas, e semelhante decerto ao vinho da Rethia — *quo te carmine dicam, Rethica?* A torrada, tratada pelo lume forte, é incomparável. E os quatro painéis que orlam a sala, um retrato de Fontes (estadista, já morto, que é tido pelos Portugueses em grande veneração), uma imagem de Pio IX sorrindo e abençoando, uma vista da várzea de Colares e duas donzelas beijocando uma rola, inspiram as salutares ideias, tão necessárias, de Ordem Social, de Fé, de Paz campestre e de Inocência.

A patroa, D. Paulina Soriana, é uma Madama de quarenta outonos, frescalhota e roliça, com um pescoço muito nédio, e toda ela mais branca que o chambre branco que usa por sobre uma saia de seda roxa. Parece uma excelente senhora, paciente e maternal, de bom juízo e de boa economia. Sem ser rigorosamente viúva — tem um filho, já gordo também, que rói as unhas e segue o curso dos liceus. Chama-se Joaquim, e, por ternura, Quinzinho; sofreu esta primavera não sei que duro mal que o forçava a infindáveis orchatas e semicúpios; e está destinado por D. Paulina à Burocracia que ela considera, e muito justamente, a carreira mais segura e a mais fácil.

— O essencial para um rapaz (afirmava há dias a apreciável senhora, depois do almoço, traçando a perna) é ter padrinhos e apanhar um emprego; fica logo arrumado; o trabalho é pouco e o ordenadozinho está certo ao fim do mês.

Mas D. Paulina está tranquila com a carreira do Quinzinho. Pela influência (que é toda-poderosa nestes Reinos) dum amigo certo, o Sr. conselheiro Vaz Neto, há já no Ministério das Obras Públicas ou da Justiça uma cadeira de amanuense, reservada, marcada com lenço, à espera do Quinzinho. E mesmo, como o Quinzinho foi reprovado nos últimos exames, já o Sr. conselheiro Vaz Neto lembrou que, visto ele se mostrar assim desmazelado, com pouco gosto pelas letras, o melhor era não teimar mais nos estudos e no Liceu, e entrar imediatamente para a repartição...

— Que ainda assim (ajuntou a boa senhora, quando me honrou com estas confidências) gostava que o Quinzinho acabasse os estudos. Não era pela necessidade, e por causa do emprego, como V. Ex.ª vê: era pelo gosto.

Quinzinho tem pois a sua prosperidade agradavelmente garantida. De resto suponho que D. Paulina junta um pecúlio prudente. Na casa, bem afreguesada, há agora sete hóspedes — e todos fiéis, sólidos, gastando, com os extras, de quarenta e cinco a cinquenta mil-réis por mês. O mais antigo, o mais respeitado (e aquele que eu precisamente já conheço), é o Pinho — o Pinho brasileiro, o comendador

Pinho. É ele quem todas as manhãs anuncia a hora do almoço (o relógio do corredor ficou desarranjado desde o Natal), saindo do seu quarto às dez horas, pontualmente, com a sua garrafa de água de Vidago, e vindo ocupar à mesa, já posta, mas ainda deserta, a sua cadeira, uma cadeira especial de verga, com almofadinha de vento. Ninguém sabe deste Pinho nem a idade, nem a família, nem a terra de província em que nasceu, nem o trabalho que o ocupou no Brasil, nem as origens da sua comenda. Chegou uma tarde de inverno num paquete da Mala Real; passou cinco dias no Lazareto; desembarcou com dois baús, a cadeira de verga, e cinquenta e seis latas de doce de tijolo; tomou o seu quarto nesta casa de hóspedes, com a janela para a travessa; e aqui engorda, pacífica e risonhamente, com os seis por cento das suas inscrições. É um sujeito atochado, baixote, de barba grisalha, a pele escura, toda em tons de tijolo e de café, sempre vestido de casimira preta, com uma luneta de ouro pendente duma fita de seda, que ele, na rua, a cada esquina, desemaranha do cordão de ouro do relógio, para ler com interesse e lentidão os cartazes dos teatros. A sua vida tem uma dessas prudentes regularidades, que tão admiravelmente concorrem para criar a ordem nos Estados. Depois de almoço calça as botas de cano, lustra o chapéu de seda e vai muito devagar até à Rua dos Capelistas, ao escritório térreo do corretor Godinho, onde passa duas horas pousado num mocho, junto do balcão, com as mãos cabeludas encostadas ao cabo do guarda-sol. Depois entala o guarda-sol debaixo do braço, e pela Rua do Ouro, com uma pachorra saboreada, parando a contemplar alguma senhora de sedas mais tufadas, ou alguma vitória de librés mais lustrosas, alonga os passos para a tabacaria Sousa, ao Rossio, onde bebe um copo de água de Caneças e repousa até que a tarde refresque. Segue então para a Avenida, a gozar o ar puro e o luxo da cidade, sentado num banco; ou dá a volta ao Rossio, sob as árvores, com a face erguida e dilatada em bem-estar. Às seis recolhe, despe e dobra a sobrecasaca, calça os chinelos de marroquim, enverga uma regalada quinzena de ganga, e janta, repetindo sempre a sopa. Depois do café dá um "higiênico" pela Baixa, com demoras pensativas, mas risonhas, diante das vitrines de confeitarias e de modas; e em certos dias sobe o Chiado, dobra a esquina da Rua Nova da Trindade, e regateia, com placidez e firmeza, uma senha para o Ginásio. Todas as sextas-feiras entra no seu banco, que é o *London Brazilian*. Aos domingos, à noitinha, com recato, visita uma moça gorda e limpa que mora na Rua da Madalena. Cada semestre recebe o juro das suas inscrições.

Toda a sua existência é assim um pautado repouso. Nada o inquieta, nada o apaixona. O Universo, para o comendador Pinho, consta de duas únicas entidades — ele próprio, Pinho, e o Estado que lhe dá os seis por cento; portanto o Universo todo está perfeito, e a vida perfeita, desde que Pinho, graças às águas de Vidago, conserve apetite e saúde, e que o Estado continue a pagar fielmente o cupão. De resto, pouco lhe basta para contentar a porção de Alma e Corpo de que aparentemente se compõe. A necessidade que todo o ser vivo (mesmo as ostras, segundo afirmam os Naturalistas) tem de comunicar com os seus semelhantes por meio de gestos ou sons, é em Pinho pouco exigente. Pelos meados de abril, sorri e diz, desdobrando o guardanapo — "temos o verão conosco"; todos concordam e Pinho goza. Por meados de outubro, corre os dedos pela barba e murmura — "temos conosco o inverno"; se outro hóspede discorda, Pinho emudece, porque teme controvérsias. E esta honesta permutação de ideias lhe basta. À mesa, contanto que lhe sirvam uma sopa suculenta, num prato fundo, que ele possa encher duas vezes — fica consolado e disposto a dar graças a Deus. O *Diário de Pernambuco*, o *Diário de Notícias*, alguma comédia do Ginásio, ou uma Mágica, satisfazem e de sobra essas outras necessidades de inteligência e de imaginação, que Humboldt encontrou mesmo entre os Botecudos. Nas funções do sentimento, Pinho só pretende modestamente (como revelou um dia ao meu primo) "não apanhar uma doença". Com as coisas públicas está sempre agradado, governe este ou governe aquele, contanto que a polícia mantenha a ordem, e que não se produzam nos princípios e nas ruas distúrbios nocivos ao pagamento do cupão. E enquanto ao destino ulterior da sua alma, Pinho (como ele a mim próprio me assegurou) — "só deseja depois de morto que o não enterrem vivo". Mesmo acerca dum ponto tão importante, como é para um comendador o seu mausoléu, Pinho pouco requer: — apenas uma pedra lisa e decente, com o seu nome, e um singelo *orai por ele*.

Erraríamos, porém, minha querida madrinha, em supor que Pinho seja alheio a tudo quanto seja humano. Não! Estou certo que Pinho respeita e ama a Humanidade. Somente a Humanidade, para ele, tornou-se, no decurso da sua vida, excessivamente restrita. Homens, homens sérios, verdadeiramente merecedores desse nobre nome e dignos de que por eles se mostre reverência, afeto, e se arrisque um passo que não canse muito — para Pinho só há os prestamistas do Estado. Assim, meu primo Procópio, com uma malícia bem inesperada num espiritualista, contou-lhe há tempos em confidência, arregalando os olhos, que eu possuía muitos papéis! muitas apólices! muitas inscrições!... Pois na primeira manhã que voltei, depois dessa revelação, à casa de hóspedes, Pinho, ligeiramente corado, quase comovido, ofereceu-me uma boceta de doce de tijolo embrulhada num guardanapo. Ato tocante, que explica aquela alma! Pinho não é um egoísta, um Diógenes de rabona preta, secamente retraído dentro da pipa da sua inutilidade. Não. Há nele toda a humana vontade de amar os homens seus semelhantes, e de os beneficiar. Somente quem são, para Pinho, os seus genuínos "semelhantes"? Os prestamistas do Estado. E em que consiste para Pinho o ato de benefício? Na cessão aos outros daquilo que a ele lhe é inútil. Ora, Pinho não se dá bem com o uso da goiabada — e logo que soube que eu era um possuidor de inscrições, um seu semelhante, capitalista como ele, não hesitou, não se retraiu mais ao seu dever humano, praticou logo o ato de benefício, e lá veio, ruborizado e feliz, trazendo o seu doce dentro dum guardanapo.

É o comendador Pinho um cidadão inútil? Não, certamente! Até para manter em estabilidade e solidez, a ordem duma nação, não há mais prestadio cidadão do que este Pinho, com a sua placidez de hábitos, o seu fácil assentimento a todos os feitios da coisa pública, a sua conta do banco verificada às sextas-feiras, os seus prazeres colhidos em higiênico recato, a sua reticência, a sua inércia. Dum Pinho nunca pode sair ideia ou ato, afirmação ou negação, que desmanche a paz do Estado. Assim, gordo e quieto, colado sobre o organismo social, não concorrendo para o seu movimento, mas não o contrariando também, Pinho apresenta todos os caracteres duma excrescência sebácea. Socialmente, Pinho é um lobinho. Ora, nada mais inofensivo que um lobinho; e nos nossos tempos, em que o Estado está cheio de elementos mórbidos, que o parasitam, o sugam, o infeccionam e o sobre-excitam, esta inofensibilidade de Pinho pode mesmo (em relação aos interesses da ordem) ser considerada como qualidade meritória. Por isso o Estado, segundo corre, o vai criar barão. E barão dum título que os honra a ambos, ao Estado e a Pinho, porque é nele simultaneamente prestada uma homenagem graciosa e discreta à Família e à Religião. O pai de Pinho chamava-se Francisco — Francisco José Pinho. E o nosso amigo vai ser feito barão de S. Francisco.

Adeus, minha querida madrinha! Vamos no nosso décimo oitavo dia de chuva! Desde o começo de junho e das rosas, que neste país de sol sobre azul, na terra trigueira da oliveira e do louro, queridos a Febo, está chovendo, chovendo em fios de água cerrados, contínuos, imperturbados, sem sopro de vento que os ondule, nem raio de luz que os diamantize, formando das nuvens às ruas uma trama mole de umidade e tristeza, onde a alma se debate e definha, como uma borboleta presa nas teias duma aranha. Estamos em pleno versículo XVII, do capítulo VII do "Gênese". No caso destas águas do céu não cessarem, eu concluo que as intenções de Jeová, para com este país pecador, são diluvianas; e, não me julgando menos digno da Graça e da Aliança divina do que Noé, vou comprar madeira e betume, e fazer uma

Arca segundo os bons modelos hebraicos ou assírios. Se por acaso, daqui a tempos, uma pomba branca for bater com as asas à sua vidraça, sou eu que aportei ao Havre na minha Arca, levando comigo, entre outros animais, o Pinho e a D. Paulina, para que mais tarde, tendo baixado as águas, Portugal se repovoe com proveito, e o Estado tenha sempre Pinhos a quem peça dinheiro emprestado, e Quinzinhos gordos com quem gaste o dinheiro que pediu a Pinho. Seu afilhado do coração. — FRADIQUE.

XI

A MR. BERTRAND B.
Engenheiro na Palestina
Paris, Abril
Meu caro Bertrand:

Muito ironicamente, hoje, neste domingo de Páscoa, em que os céus contentes se revestiram pascalmente duma casula de ouro e de azul, e os lilases novos perfumam o meu jardim para o santificar, me chega a tua horrenda carta, contando que findaste o traçado do *Caminho de Ferro de Jafa a Jerusalém*! E triunfas! Decerto, à porta de Damasco, com as botas forbes enterradas no pó de Josafat, o guarda-sol pousado sobre uma pedra tumular de profeta, o lápis ainda errante sobre o papel, sorris, todo te dilatas, e através das lunetas defumadas contemplas, marcada por bandeirinhas, a "linha" onde em breve, fumegando e guinchando, rolará da velha Jepo, para a velha Sião, o negro comboio da tua negra obra! Em redor os empreiteiros, limpando o grosso suor da façanha, desarrolham as garrafas da cerveja festiva! E por trás de vós o Progresso, hirto contra as muralhas de Herodes, todo engonçado, todo aparafusado, também triunfa, esfregando, com estalidos ásperos, as suas rígidas mãos de ferro fundido.

Bem o sinto, bem o compreendo o teu escandaloso traçado, oh filho dileto e fatal da Escola de Pontes e Calçadas!

Nem necessitava esse plano com que me deslumbras, todo em linhas escarlates, parecendo golpes duma faca vil, por cima duma carne nobre. É em Jafa, na antiquíssima Jepo, já heroica e santa antes do dilúvio, que a tua primeira Estação com os alpendres, e a carvoeira, e as balanças, e a sineta, e o chefe do boné agaloado, se ergue entre esses laranjais, gabados pelo Evangelho, onde S. Pedro, correndo aos brados das mulheres, ressuscitou Dorcas, a boa tecedeira, e a ajudou a sair do seu sepulcro. Daí a locomotiva, com a sua 1ª classe forrada de chita, rola descaradamente pela planície de Saaron, tão amada do Céu, que, mesmo sob o bruto pisar das hordas filistinas, nunca nela murchavam anêmonas e rosas. Corta através de Beth-Dagon, e mistura o pó do seu carvão de Cardife ao vetusto pó do Templo de Baal, que Sansão, mudo e repassado de tristeza, derrocou movendo os ombros. Corre por sobre Lida, e atroa com guinchos o grande S. Jorge, que ainda couraçado, emplumado, e o guante sobre a espada, ali dorme o seu sono terrestre. Toma água, por um tubo de couro, do Poço Santo donde a Virgem na fugida para o Egito, repousando sob o figueiral, deu de beber ao Menino. Para em Ramleh, que é a velha Arimateia (*Arimateia quinze minutos de demora!)*, a aldeia dos doces hortos e do homem doce que enterrou o Senhor. Fura, por túneis fumarentos, as colinas de Judá, onde choraram os profetas. Rompe por entre ruínas que foram a cidadela e depois a sepultura dos Macabeus. Galga, numa ponte de ferro, a torrente em que Davi, errante, escolhia pedras para a sua funda derrubadora de monstros. Coleia e arqueja pelo vale melancólico que habitou Jeremias. Suja ainda Emaús, vara o Cédron, e estaca enfim, sulada, azeitada, sórdida de felugem, no vale de Hennom, no *términus* de Jerusalém!

Ora, meu bom Bertrand, eu que não sou das Pontes e Calçadas, nem acionista da *Companhia dos Caminhos de Ferro da Palestina*, apenas um peregrino saudoso desses lugares adoráveis, considero que a tua obra de civilização é uma obra de profanação. Bem sei, engenheiro! S. Pedro ressuscitando a velha Dorcas; a florescência miraculosa das roseiras de

Saaron; o Menino bebendo, na fuga para o Egito, à sombra das árvores que os anjos iam adiante semeado — são fábulas... Mas são fábulas que há dois mil anos dão encanto, esperança, abrigo consolador, e energia para viver a um terço da Humanidade. Os lugares onde se passaram essas histórias, decerto muito simples e muito humanas, que depois, pela necessidade que a alma tem do Divino, se transformaram na tão linda mitologia cristã, são por isso veneráveis. Neles viveram, combateram, ensinaram, padeceram, desde Jacó até S. Paulo, todos os seres excepcionais que hoje povoam o Céu. Jeová só entre esses montes se mostrava, com terrífico esplendor, no tempo em que visitava os homens. Jesus desceu a esses vales pensativos, para renovar o Mundo. Sempre a Palestina foi a residência preferida da Divindade. Nada de Material devia, pois, desmanchar o seu recolhimento Espiritual. E é penoso que a fumaraça do Progresso suje um ar que conserva o perfume da passagem dos anjos, e que os seus trilhos de ferro revolvam o solo onde ainda não se apagaram as pegadas divinas.

Tu sorris, e acusas precisamente a velha Palestina de ser uma incorrigível fonte de ilusão. Mas a ilusão, Bertrand amigo, é tão útil como a certeza; e na formação de todo o espírito, para que ele seja completo, devem entrar tanto os Contos de Fadas, como os Problemas de Euclides. Destruir a influência religiosa e poética da Terra Santa, tanto nos corações simples como nas inteligências cultas, é um retrocesso na Civilização, na verdadeira, naquela de que tu não és obreiro, e que tem por melhor esforço aperfeiçoar a Alma do que reforçar o Corpo, e, mesmo pelo lado da utilidade, considera um Sentimento mais útil do que uma Máquina. Ora, locomotivas manobrando pela Judeia e Galileia, com a sua materialidade de carvão e ferro, o seu desenvolvimento inevitável de hotéis, ônibus, bilhares e bicos de gás, destroem irremediavelmente o poder emotivo da Terra dos Milagres, porque a modernizam, a industrializam, a banalizam...

Esse poder, essa influência espiritual da Palestina, de que provinha? De ela se ter conservado, através destes quatro mil anos, imutavelmente *bíblica e evangélica*... Decerto sobrevieram mudanças em Israel; a administração turca tem menos esplendor que a administração romana; dos vergéis e jardins que cercavam Jerusalém, só resta penhasco e urtiga; as cidades, esboroadas, perderam o seu heroísmo de cidadelas; o vinho é raro; todo o saber se apagou; e não duvido que aqui e além, em Sião, nalgum terraço de mercador levantino, se assobie ao luar a valsa de *Madame Angot*.

Mas a vida íntima, na sua forma rural, urbana ou nômade, as maneiras, os costumes, os cerimoniais, os trajes, os utensílios, — tudo permanece como nos tempos de Abraão e nos tempos de Jesus. Entrar na Palestina é penetrar numa Bíblia viva. As tendas de pele de cabra plantadas à sombra dos sicômoros; o pastor apoiado à sua alta lança, seguido do seu rebanho; as mulheres, veladas de amarelo ou branco, cantando, a caminho da fonte, com o seu cântaro no ombro; o montanhês atirando a funda às águias; os velhos sentados, pela frescura da tarde, à porta das vilas muradas; os claros terraços cheios de pombas; o escriba que passa, com o seu tinteiro dependurado da cinta; as servas moendo o grão; o homem de longos cabelos nazarenos que nos saúda com a palavra de paz, e que conversa conosco por parábolas; a hospedeira que nos acolhe, atirando, para passarmos, um tapete ante o limiar da sua morada; e ainda as procissões nupciais, e as danças lentas ao rufo-rufo das pandeiretas, e as carpideiras em torno aos sepulcros caiados, — tudo transporta o peregrino à velha Judeia das Escrituras, e de um modo tão presente e real, que a cada momento duvidamos se aquela ligeira e morena mulher, com largas argolas de ouro e um aroma de sândalo, que conduz um cordeiro preso pela ponta do manto, não será ainda Raquel, ou se, entre os homens sentados além, à sombra da figueira e da vinha, aquele de curta barba frisada, que ergue o braço, não será Jesus ensinando.

Esta sensação, preciosa para o crente, é preciosa para o intelectual, porque o põe numa comunhão flagrante com um dos mais maravilhosos momentos da História

Humana. Decerto seria igualmente interessante (mais interessante talvez), que se pudesse colher a mesma emoção na Grécia, e que aí encontrássemos ainda nos seus trajes, nas suas maneiras, na sua sociabilidade, a grande Atenas de Péricles. Infelizmente, essa Atenas incomparável jaz morta, para sempre soterrada, desfeita em pó, sob a Atenas romana, e a Atenas bizantina, e a Atenas bárbara, e a Atenas muçulmana, e a Atenas constitucional e sórdida. Por toda a parte o velho cenário da história está assim esfrangalhado e em ruínas. Os próprios montes perderam, ao que parece, a configuração clássica; e ninguém pode achar, no Lácio, o rio e o fresco vale que Virgílio habitou e tão virgilianamente cantou. Um único sítio na terra permanecia ainda com os aspectos, os costumes, com que o tinham visto, e de que tinham partilhado, os homens que deram ao mundo uma das suas mais altas transformações: — e esse sítio era um pedaço da Judeia, da Samária e da Galileia. Se ele for grosseiramente modernizado, nivelado ao protótipo social, querido do século, que é o distrito de Liverpool ou o departamento de Marselha, e se assim desaparecer para sempre a oportunidade educadora de ver uma grande imagem do Passado, que profanação, que devastação bruta e bárbara! E por perder essa forma sobrevivente das civilizações antigas, o tesouro do nosso saber e da nossa inspiração fica irreparavelmente diminuído.

Ninguém mais do que eu, decerto, aprecia e venera um caminho de ferro, meu Bertrand; — e ser-me-ia penoso ter de jornadear de Paris a Bordéus, como Jesus subia do vale de Jericó para Jerusalém, escarranchado num burro. As coisas mais úteis; porém, são importunas, e mesmo escandalosas, quando invadem grosseiramente lugares que lhes não são congêneres. Nada mais necessário na vida do que um restaurante; e todavia ninguém, por mais descrente ou irreverente, desejaria que se instalasse um restaurante com as suas mesas, o seu tinir de pratos, o seu cheiro a guisados, — nas naves de Notre-Dame ou na velha Sé de Coimbra. Um caminho de ferro é obra louvável entre Paris e Bordéus.

Entre Jericó e Jerusalém basta a égua ligeira que se aluga por dois dracmas, e a tenda de lona que se planta à tarde entre os palmares, à beira de uma água clara, e onde se dorme tão santamente sob a paz radiante das estrelas da Síria.

E são justamente essa tenda, e o camelo grave que carrega os fardos, e a escolta flamejante de beduínos, e os pedaços de deserto onde se galopa com a alma cheia de liberdade, e o lírio de Salomão que se colhe nas fendas duma ruína sagrada, e as frescas paragens junto aos poços bíblicos, e as rememorações do Passado à noite em torno à fogueira do acampamento, que fazem o encanto da jornada, e atraem o homem de gosto que ama as emoções delicadas de Natureza, História e Arte. Quando de Jerusalém se partir para a Galileia num vagão estridente e cheio de pó, talvez ninguém empreenda a peregrinação magnífica — a não ser o destro *commis-voyageur* que vai vender pelos Bazares chitas de Manchester ou panos vermelhos de Sedan. O teu negro comboio rolará vazio. Que pura alegria essa para todos os entendimentos cultos — que não sejam acionistas dos *Caminhos de Ferro da Palestina!...*

Mas sossega, Bertrand, engenheiro e acionista! Os homens, mesmo os que melhor servem o Ideal, nunca resistem às tentações sensualistas do Progresso. Se dum lado, à saída de Jafa, a própria caravana da Rainha de Sabá, com os seus elefantes e onagros, e estandartes, e liras e os arautos coroados de anêmonas, e todos os fardos abarrotados de pedrarias e bálsamos, infindável em poesia e lenda, se oferecesse ao homem do século XX para o conduzir lentamente a Jerusalém e a Salomão — e do outro lado um comboio, silvando, de portinholas abertas, lhe prometesse a mesma jornada, sem soalheiras nem solavancos, a vinte quilômetros por hora, com bilhete de ida e volta, esse homem, por mais intelectual, por mais eruditamente artista, agarraria a sua chapeleira e enfiaria sofregamente para o vagão, onde pudesse descalçar as botas e dormitar de ventre estendido.

Por isso a tua obra maligna prosperará pela própria virtude da sua malignidade. E, dentro de poucos anos, o ocidental positivo que de manhã partir da velha Jepo, no seu vagão de 1ª classe, e comprar na estação de Gaza a *Gazeta Liberal do Sinai*, e jantar divertidamente em Ramleh no *Grand-Hôtel dos Macabeus* — irá, à noite, em Jerusalém, através da *Via Dolorosa* iluminada pela eletricidade, beber um *bock* e bater três carambolas no *Casino do Santo Sepulcro!*

Será este o teu feito — e o fim da lenda cristã.

Adeus, monstro! — FRADIQUE.

XII

A "MADAME" DE JOUARRE

Quinta de Refaldes (Minho)

Minha querida madrinha:

Estou vivendo pinguemente em terras eclesiásticas, porque esta quinta foi de frades. Agora pertence a um amigo meu, que é, como Virgílio, poeta e lavrador, e canta piedosamente as origens heroicas de Portugal, enquanto amanha os seus campos e engorda os seus gados. Rijo, viçoso, requeimado dos sóis, tem oito filhos, com que vai povoando estas celas monásticas forradas de cretones claros. E eu justamente voltei de Lisboa a estes milheirais do Norte para ser padrinho do derradeiro, um famoso senhor de três palmos, cor de tijolo, todo roscas e regueifas, com uma careca de melão, os olhinhos luzindo entre rugas como vidrilhos, e o ar profundamente cético e velho. No sábado, dia de S. Bernardo, sob um azul que S. Bernardo tornara especialmente vistoso e macio, ao repicar dos sinos claros, entre aromas de roseira e jasmineiro, lá o conduzimos, todo enfeitado de laçarotes e rendas, à Pia, onde o Padre Teotônio inteiramente o lavou da fétida crosta de Pecado Original, que desde a bolinha dos calcanhares até à moleirinha o cobria todo, pobre senhor de três palmos que ainda não vivera da alma, e já perdera a alma... E desde então, como se Refaldes fosse a ilha dos Latofágios, e eu tivesse comido em vez da couve-flor da horta a flor do Loto, por aqui me quedei, olvidado do mundo e de mim, na doçura destes ares, destes prados, de toda esta rural serenidade, que me afaga e me adormece.

O casarão conventual que habitamos, e onde os cónegos Regrantes de Santo Agostinho, os ricos e nédios Crúzios, vinham preguiçar no verão, prende por um claustro florido de hidrângeas a uma igreja lisa e sem arte, com um adro sombreado por castanheiros, pensativo, grave, como são sempre os do Minho. Uma cruz de pedra encima o portão, onde pende ainda da corrente de ferro a vetusta e lenta sineta fradesca. No meio do pátio, a fonte de boa água, que canta adormecidamente caindo de concha em concha, tem no topo outra cruz de pedra, que um musgo amarelento reveste de melancolia secular. Mais longe, num vasto tanque, lago caseiro orlado de bancos, onde decerto os bons Crúzios se vinham embeber pelas tardes de frescura e repouso, a água das regas, límpida e farta, brota dos pés de uma santa de pedra, hirta no seu nicho, e que é talvez Santa Rita. Adiante ainda, na horta, outra santa franzina, sustentando nas mãos um vaso partido, preside, como uma náiade, ao borbulhar de outra fonte, que por quelhas de granito vai luzindo e fugindo através do feijoal. Nos esteios de pedra que sustentam a vinha há por vezes uma cruz gravada, ou um coração sagrado, ou o monograma de Jesus. Toda a quinta, assim santificada por signos devotos, lembra uma sacristia onde os tetos fossem de parra, a relva cobrisse os soalhos, por cada fenda borbulhasse um regato, e o incenso saísse dos cravos.

Mas, com todos estes emblemas sacros, nada há que nos mova, ou severamente nos arraste, aos renunciamentos do mundo. A quinta foi sempre, como agora, de grossa fartura, toda em campos de pão, bem arada e bem regada, fecunda, estendida ao sol como um ventre de Ninfa antiga. Os frades excelentes que nela habitaram amavam largamente a terra e a vida. Eram fidalgos que tomavam serviço na milícia do Senhor, como os seus irmãos mais velhos tomavam serviço na milícia de el-Rei — e que, como eles, gozavam risonhamente os vagares, os privilégios e a riqueza da sua Ordem e da sua Casta. Vinham para Refaldes, pelas calmas de julho, em seges e com lacaios. A cozinha era mais visitada que a igreja — e todos os dias os capões alouravam no espeto. Uma poeira discreta velava a livraria, onde apenas por vezes algum cônego reumatizante e retido nas almofadas da sua cela mandava buscar o *D. Quixote*, ou as *Farsas de D. Petronilla*. Espanejada, arejada, bem catalogada, com rótulos e notas traçadas pela mão erudita dos Abades — só a adega...

Não se procure, pois, nesta morada de monges, o precioso sabor das tristezas monásticas; nem as quebradas de serra e vale, cheias de ermo e mudez, tão doces para nelas se curtirem deliciosamente as saudades do Céu; nem as espessuras de bosque, onde S. Bernardo se embrenhava, por nelas encontrar, melhor que na sua cela, a "fecunda solidão"; nem os claros de pinheiral gemente, com rochas nuas, tão próprias para a choça e para a cruz do eremita... Não! Aqui, em torno do pátio (onde a água da fonte todavia corre dos pés da cruz), são sólidas tulhas para o grão, fofos eidos em que o gado medra, capoeiras abarrotadas de capões e de perus reverendos. Adiante é a horta viçosa, cheirosa, suculenta, bastante a fartar as panelas todas de uma aldeia, mais enfeitada que um jardim, com ruas que as tiras de morangal orlam e perfumam, e as latadas ensombram, copadas de parra densa. Depois a eira de granito, limpa e alisada, rijamente construída para longos séculos de colheitas, com o seu espigueiro ao lado, bem fendilhado, bem arejado, tão largo que os pardais voam dentro como num pedaço de céu. E por fim, ondulando ricamente até às colinas macias, os campos de milho e de centeio, o vinhedo baixo, os olivais, os relvados, o linho sobre os regatos, o mato florido para os gados... S. Francisco de Assis e S. Bruno abominariam este retiro de frades e fugiriam dele, escandalizados, como de um pecado vivo.

A casa dentro oferece o mesmo bom conchego temporal. As celas espaçosas, de tetos apainelados, abrem para as terras semeadas e recebem delas, através da vidraçaria cheia de sol, a perene sensação de fartura, de opulência rural, de bens terrenos que não enganam. E a sala melhor, traçada para as ocupações mais gratas, é o refeitório, com as suas varandas rasgadas, onde os regalados monges pudessem, ao fim do jantar, conforme a venerável tradição dos Crúzios, beber o seu café aos goles, galhofando, arrotando, respirando a fresquidão, ou seguindo nas faias do pátio o cantar alto de um melro.

De sorte que não houve necessidade de alterar esta vivenda, quando de religiosa passou a secular. Estava já sabiamente preparada para a profanidade; — e a vida que nela então se começou a viver, não foi diferente da do velho convento, apenas mais bela, porque, livre das contradições do Espiritual e do Temporal, a sua harmonia se tornou perfeita. E, tal como é, desliza com incomparável doçura. De madrugada os galos cantam, a quinta acorda, os cães de fila são acorrentados, a moça vai mungir as vacas, o pegureiro atira o seu cajado ao ombro, a fila dos jornaleiros mete-se às terras — e o trabalho principia, esse trabalho que em Portugal parece a mais segura das alegrias e a festa sempre incansável, porque é todo feito a cantar. As vozes vêm, altas e desgarradas, no fino silêncio, de além, dentre os trigos ou do campo em sacha, onde alvejam as camisas de linho cru, e os lenços de longas franjas vermelhejam mais que papoulas. E não há neste labor nem dureza nem arranque. Todo ele é feito com a mansidão com que o pão amadurece ao sol. O arado mais acaricia do que rasga a gleba. O centeio cai por si, amorosamente, no seio atraente da foice. A água sabe onde o terrão tem sede, e corre para lá gralhando e refulgindo. Ceres nestes sítios benditos permanece verdadeiramente, como no Lácio, a Deusa da Terra, que tudo propicia e socorre. Ela reforça o braço do lavrador, torna refrescante o seu suor, e da alma lhe limpa todo o cuidado escuro. Por isso os que a servem mantêm uma serenidade risonha na tarefa mais dura. Essa era a ditosa feição da vida antiga.

À uma hora é o jantar, sério e pingue. A quinta tudo fornece prodigamente: — e o vinho, o azeite, a hortaliça, a fruta tem um sabor mais vivo e são, assim caídos das mãos do bom Deus sobre a mesa, sem passar pela mercancia e pela loja. Em palácio algum, por essa Europa superfina, se come na verdade tão deliciosamente, como nestas rústicas quintas de Portugal. Na cozinha enfumarada, com duas panelas de barro e quatro achas a arder no chão, estas caseiras de aldeia, de mangas arregaçadas, guisam um banquete que faria exultar o velho Júpiter, esse transcendente guloso, educado a néctar, o Deus que mais comeu, e mais nobremente soube comer, desde que há Deuses no Céu e na Terra. Quem nunca provou este arroz de caçoula, este anho pascal candidamente assado no espeto, estas cabidelas de frango coevas da Monarquia, que enchem a alma, não pode realmente conhecer o que seja a especial bem-aventurança, tão grosseira e tão divina, que no tempo dos frades se chamava a *comezaina*. E a quinta depois, com as suas latadas de sombra macia, a dormente sussurração das águas regantes, os ouros claros e foscos ondulando nos trigais, oferece, mais que nenhum outro paraíso humano ou bíblico, o repouso acertado para quem emerge, pesado e risonho, deste arroz e deste anho!

Se estes meios-dias são um pouco materiais, breve a tarde trará a porção de poesia de que necessita o Espírito. Em todo o Céu se apagou a refulgência de ouro, o esplendor arrogante que se não deixa fitar e quase repele; agora apaziguado e tratável, ele derrama uma doçura, uma pacificação que penetra na alma, a torna também pacífica e doce, e cria esse momento raro em que Céu e alma fraternizam e se entendem. Os arvoredos repousam numa imobilidade de contemplação, que é inteligente. No piar velado e curto dos pássaros, há um recolhimento e consciência de ninho feliz. Em fila, a boiada volta dos pastos, cansada e farta, e vai ainda beberar ao tanque onde o gotejar da água sob a cruz é mais preguiçoso. Toca o sino a Ave-Marias. Em todos os casais se está murmurando o nome de Nosso Senhor. Um carro retardado, pesado de mato, geme pela sombra da azinhaga. E tudo é tão calmo e simples e terno, minha madrinha, que, em qualquer banco de pedra em que me sente, fico enlevado, sentindo a penetrante bondade das coisas, e tão em harmonia com ela, que não há nesta alma, toda incrustada das lamas do mundo, pensamento que não pudesse contar a um santo...

Verdadeiramente estas tardes santificam. O mundo recua para muito longe, para além dos pinhais e das colinas, como uma miséria esquecida: — e estamos então realmente na felicidade de um convento, sem regras e sem abade, feito só da religiosidade natural que nos envolve, tão própria à oração que não tem palavras, e que é por isso a mais bem compreendida por Deus.

Depois escurece, já há pirilampos nas sebes. Vênus, pequenina, cintila no alto. A sala, em cima, está cheia de livros, dos livros fechados no tempo dos Crúzios — porque só desde que não pertence a uma ordem espiritual, é que esta casa se espiritualizou. E o dia na quinta finda com uma lenta e quieta palestra sobre ideias e letras, enquanto na guitarra ao lado geme algum dos fados de Portugal, longo em saudades e em ais, e a Lua, ao fundo da varanda, uma Lua vermelha e cheia, surde, como a escutar, por detrás dos negros montes.

Deus nobis haec otia fecit in umbra Lusitaniae pulcherrimae... Mau latim — grata verdade.

Seu grato e mau afilhado, — FRADIQUE.

XIII

A CLARA... (Trad.)

Paris, Novembro

Meu amor:

Ainda há poucos instantes (dez instantes, dez minutos, que tanto gastei num *fiacre* desolador desde a nossa *Torre de Marfim)*, eu sentia o rumor do teu coração junto do meu, sem que nada os separasse senão uma pouca de argila mortal, em ti tão bela, em mim tão rude — e já estou tentando recontinuar ansiosamente, por meio deste papel inerte, esse inefável *estar contigo* que é hoje todo o fim da minha vida, a minha suprema e única vida. É que, longe da tua presença, cesso de viver, as coisas para mim cessam de ser — e fico como um morto jazendo no meio de um mundo morto. Apenas, pois, me finda esse perfeito e curto momento de vida que me dás, só com pousar junto de mim e murmurar o meu nome — recomeço a aspirar desesperadamente para ti, como para uma ressurreição!

Antes de te amar, antes de receber das mãos de meu Deus a minha Eva — que era eu, na verdade? Uma sombra flutuando entre sombras. Mas tu vieste, doce adorada, para me fazer sentir a minha realidade, e me permitir que eu bradasse também triunfalmente o meu — "*amo, logo existo!*" E não foi só a minha realidade que me desvendaste — mas ainda a realidade de todo este Universo, que me envolvia como um ininteligível e cinzento montão de aparências. Quando há dias, no terraço de Savran, ao anoitecer, te queixavas que eu contemplasse as estrelas estando tão perto dos teus olhos, e espreitasse o adormecer das colinas junto ao calor dos teus ombros — não sabias, nem eu te soube então explicar, que essa contemplação era ainda um modo novo de te adorar, porque realmente estava admirando, nas coisas, a beleza inesperada que tu sobre elas derramas, por uma emanação que te é própria, e que, antes de viver a teu lado, nunca eu lhes percebera, como se não percebe a vermelhidão das rosas ou o verde tenro das relvas, antes de nascer o sol! Foste tu, minha bem-amada, que me alumiaste o mundo. No teu amor recebi a minha Iniciação. Agora entendo, agora sei. E, como o antigo Iniciado, posso afirmar: — "Também fui a Elêusis; pela larga estrada pendurei muita flor que não era verdadeira, diante de muito altar que não era divino; mas a Elêusis cheguei, em Elêusis penetrei — e vi e senti a verdade!..."

E acresce ainda, para meu martírio e glória, que tu és tão sumptuosamente bela e tão etereamente bela, duma beleza feita de Céu e de Terra, beleza completa e só tua, que eu já concebera — que nunca julgara realizável. Quantas vezes, ante aquela sempre admirada e toda perfeita Vênus de Milo, pensei que, se debaixo da sua testa de Deusa, pudessem tumultuar os cuidados humanos; se os seus olhos soberanos e mudos se soubessem toldar de lágrimas; se os seus lábios, só talhados para o mel e para os beijos, consentissem em tremer no murmúrio de uma prece submissa; se, sob esses seios, que foram o apetite sublime dos Deuses e dos Heróis, um dia palpitasse o Amor e com ele a Bondade; se o seu mármore sofresse, e pelo sofrimento se espiritualizasse, juntando ao esplendor da Harmonia a graça da Fragilidade; se ela fosse do nosso tempo e sentisse os nossos males, e permanecendo Deusa do Prazer se tornasse Senhora da Dor — então não estaria colocada num museu, mas consagrada num santuário, porque os homens, ao reconhecer nela a aliança sempre almejada e sempre frustrada do Real e do Ideal, decerto a teriam aclamado in *aeternum*, como a definitiva Divindade. Mas quê! A pobre Vênus só oferecia a serena magnificência da carne. De todo lhe faltava a chama que arde na alma e a consome. E a criatura incomparável do meu cismar, a Vênus Espiritual, Citereia e Dolorosa, não existia, nunca existiria!... E quando eu assim pensava, eis que tu surges, e eu te compreendo! Eras a encarnação do meu sonho, ou antes dum sonho que deve ser universal — mas só eu te descobri, ou, tão feliz fui, que só por mim quiseste ser descoberta!

Vê, pois, se jamais te deixarei escapar dos meus braços! Por isso mesmo que és a minha Divindade, — para sempre e irremediavelmente estás presa dentro da minha adoração. Os sacerdotes de Cartago acorrentavam às lajes dos Templos, com cadeias de bronze, as imagens dos seus Baals. Assim te quero também, acorrentada dentro do templo avaro que te construí, só Divindade minha, sempre no teu altar, — e eu sempre diante dele rojado, recebendo constantemente na alma a tua visitação, abismando-me sem cessar na tua essência, de modo que nem por um momento se descontinue essa fusão inefável, que é para ti um ato de Misericórdia e para mim de Salvação. O que eu desejaria na verdade é que fosses invisível para todos e como não existente — que perpetuamente um estofo informe escondesse o teu corpo, uma rígida mudez ocultasse a tua inteligência. Assim passarias no mundo como uma aparência incompreendida. E só para mim, de dentro do invólucro escuro, se revelaria a tua perfeição rutilante. Vê quanto te amo — que te queria entrouxada num rude, vago vestido de merino, com um ar quedo, inanimado... Perderia assim o triunfal contentamento de ver resplandecer, entre a multidão maravilhada, aquela que em segredo nos ama. Todos murmurariam compassivamente — "Pobre criatura!" E só eu saberia da "pobre criatura" o corpo e a alma adoráveis!

Quanto adoráveis! Nem compreendo que, tendo consciência do teu encanto, não estejas de ti namorada como aquele Narciso que treme de frio, coberto de musgo, à beira da fonte, em Savran. Mas eu largamente te amo, e por mim e por *ti*! A tua beleza, na verdade, atinge a altura de uma virtude: — e foram decerto os modos tão puros da tua alma que fixaram as linhas tão formosas do teu corpo. Por isso há em mim um incessante desespero de não te saber amar condignamente — ou antes (pois desceste de um céu superior) de não saber tratar, como ela merece, a hóspeda divina do meu coração. Desejaria, por vezes, envolver-te toda numa felicidade imaterial, seráfica, calma infinitamente como deve ser a Bem-aventurança — e assim deslizarmos enlaçados através do silêncio e da luz, muito brandamente, num sonho cheio de certeza, saindo da vida à mesma hora e indo continuar no *Além* o mesmo sonho extático. E outras vezes desejaria arrebatar-te numa felicidade veemente, tumultuosa, fulgurante, toda de chama, de tal sorte que nela nos destruíssemos sublimemente, e de nós só restasse uma pouca de cinza sem memória e sem nome! Possuo uma velha gravura que é um Satanás ainda em toda a refulgência da beleza arcangélica, arrastando nos braços para o Abismo uma freira, uma Santa, cujos derradeiros véus de penitência se vão esgaçando pelas pontas das rochas negras. E na face da Santa, através do horror, brilha, irreprimida e mais forte que o horror, uma tal alegria e paixão tão intensas — que eu as apeteceria para ti, oh minha Santa roubada! Mas de nenhum destes modos te sei amar, tão fraco ou inábil é o meu coração, de modo que por o meu amor não ser perfeito, tenho de me contentar que seja eterno. Tu sorris tristemente desta eternidade. Ainda ontem me perguntavas: — "No calendário do seu coração, quantos dias dura a eternidade?" Mas considera que eu era um morto — e que tu me ressuscitaste. O sangue novo que me circula nas veias, o espírito novo que em mim sente e compreende, são o meu amor por ti — e se ele me fugisse, eu teria outra vez, regelado e mudo, de reentrar no meu sepulcro. Só posso deixar de te amar — quando deixar de ser. E a vida contigo, e por ti, é tão inexprimivelmente bela! É a vida de um Deus. Melhor talvez: — e se eu fosse esse pagão que tu afirmas que sou, mas um pagão do Lácio, pastor de gados, crente ainda em Júpiter e Apolo, a cada instante temeria que um desses Deuses invejosos te raptasse, te elevasse ao Olimpo para completar a sua ventura divina. Assim não receio —; toda minha te sei e para todo o sempre, olho o mundo em torno de nós como um paraíso para nós criado, e durmo seguro sobre o teu peito na plenitude da glória, oh minha três vezes bendita, Rainha da minha graça.

Não penses que estou compondo cânticos em teu louvor. É em plena simplicidade que deixo escapar o que me está borbulhando na alma... Ao contrário! Toda a Poesia de todas as idades, na sua gracilidade ou na sua majestade, seria impotente para exprimir o meu êxtase. Balbucio, como posso, a minha infinita oração. E nesta desoladora insuficiência do Verbo humano, é como o mais inculto e o mais iletrado que ajoelho ante ti, e levanto as mãos, e te asseguro a única verdade, melhor que todas as verdades — que te amo, e te amo, e te amo, e te amo!... — FRADIQUE.

XIV

A "MADAME" DE JOUARRE (Trad.)
Lisboa, Junho
Minha querida madrinha:

Naquela casa de hóspedes da Travessa da Palha, onde vive, atrelado à lavra angustiosa da Verdade, meu primo o Metafísico, conheci, logo depois de voltar de Refaldes, um padre, o Padre Salgueiro, que talvez a minha madrinha, com essa sua maliciosa paciência de colecionar Tipos, ache interessante e psicologicamente divertido.

O meu distraído e pálido Metafísico afirma, encolhendo os ombros, que Padre Salgueiro não se destaca por nenhuma saliência de Corpo ou Alma entre os vagos padres da sua Diocese; — e que resume mesmo, com uma fidelidade de índice, o pensar, e o sentir, e o viver, e o parecer da classe eclesiástica em Portugal. Com efeito, por fora, na casca, Padre Salgueiro é o costumado e corrente padre português, gerado na gleba, desbravado e afinado depois pelo Seminário, pela frequentação das autoridades e das Secretarias, por ligações de confissão e missa com fidalgas que têm capela, e sobretudo por longas residências em Lisboa, nestas casas de hóspedes da Baixa, infestadas de literatura e política. O peito bem arcado, de fôlego fundo, como um fole de forja; as mãos ainda escuras, ásperas, apesar do longo contato com a alvura e doçura das hóstias; o carão cor de couro curtido, com um sobretom azul nos queixos escanhoados; a coroa lívida entre o cabelo mais negro e grosso que pelos de crina; os dentes escaroladamente brancos — tudo nele pertence a essa forte plebe agrícola de onde saiu, e que ainda hoje em Portugal fornece à Igreja todo o seu pessoal, pelo desejo de se aliar e de se apoiar à única grande instituição humana que, realmente, compreende e de que não desconfia. Por dentro, porém, como miolo, Padre Salgueiro apresenta toda uma estrutura moral deliciosamente pitoresca e nova para quem, como eu, do Clero Lusitano só entrevira exterioridades, uma batina desaparecendo pela porta duma sacristia, um velho lenço de rapé posto na borda dum confessionário, uma sobrepeliz alvejando numa tipoia atrás dum morto...

O que em Padre Salgueiro me encantou logo, na noite em que tanto palestramos, rondando pachorrentamente o Rossio, foi a sua maneira de conceber o Sacerdócio. Para ele, o Sacerdócio (que de resto ama e acata como um dos mais úteis fundamentos da sociedade) não constitui de modo algum essa função espiritual — mas unicamente e terminantemente uma função civil. Nunca, desde que foi colado à sua paróquia, Padre Salgueiro se considerou senão como um funcionário do Estado, um Empregado Público, que usa um uniforme, a batina (como os guardas da Alfândega usam a fardeta), e que, em lugar de entrar todas as manhãs numa repartição do Terreiro do Paço para escrevinhar ou arquivar ofícios, vai, mesmo nos dias santificados, a uma outra repartição, onde, em vez da carteira se ergue um altar, celebrar missas e administrar sacramentos. As suas relações portanto não são, nunca foram, com o Céu (do céu só lhe importa saber se está chuvoso ou claro) — mas com a Secretaria da Justiça e dos Negócios Eclesiásticos. Foi ela que o colocou na sua Paróquia, não para continuar a obra do Senhor, guiando docemente os homens pela estrada limpa da Salvação (missões de que não curam as secretarias do Estado), mas, como funcionário, para executar certos atos públicos que a lei determina a bem da ordem social — batizar, confessar, casar, enterrar os paroquianos.

Os sacramentos são, pois, para este excelente Padre Salgueiro, meras cerimônias civis, indispensáveis para a regularização do estado civil, — e nunca, desde que os administra, pensou na sua natureza divina, na Graça que comunicam às almas, e na força com que ligam a vida transitória a um princípio Imanente. Decerto, outrora, no seminário, Padre Salgueiro decorou em compêndios ensebados a sua Teologia Dogmática, a sua Teologia Pastoral, a sua Moral, o seu S. Tomás, o seu Liguori — mas meramente para cumprir as disciplinas oficiais do curso, ser ordenado pelo seu bispo, depois provido numa paróquia pelo seu ministro, como todos os outros bacharéis que em Coimbra decoram as *Sebentas* de Direito natural e de Direito romano, para "fazerem o curso", receber na cabeça a borla de doutor, e depois o aconchego de um emprego fácil. Só o grau vale e importa, porque justifica o despacho. A ciência é a formalidade penosa que lá conduz — verdadeira provação, que, depois de atravessada, não deixa ao espírito desejos de regressar à sua disciplina, à sua aridez, à sua canseira. Padre Salgueiro, hoje, já esqueceu regaladamente a significação teológica e espiritual do casamento: — mas casa, e casa com perícia, com bom rigor litúrgico, com boa fiscalização civil, esmiuçando escrupulosamente as certidões, pondo na bênção toda a unção prescrita, perfeito em unir as mãos com a estola, cabal na ejaculação dos latins, porque é subsidiado pelo Estado para casar bem os cidadãos, e, funcionário zeloso, não quer cumprir com defeitos funções que lhe são pagas sem atraso.

A sua ignorância é deliciosa. Além de raros atos da vida ativa de Jesus, a fuga para o Egito no burrinho, os pães multiplicados nas bodas de Canaã, o azorrague caindo sobre os vendilhões do Templo, certas expulsões de Demônios, nada sabe do Evangelho — que considera todavia *muito bonito*. À doutrina de Jesus é tão alheio como à Filosofia de Hegel. Da Bíblia também só conhece episódios soltos, que aprendeu certamente em oleografias — a Arca de Noé, Sansão arrancando as portas de Gaza, Judite degolando Holofernes. O que também me diverte, nas noites amigas em que conversamos na Travessa da Palha, é o seu desconhecimento absolutamente cândido das origens, da história da Igreja. Padre Salgueiro imagina que o Cristianismo se fundou de repente, num dia (decerto um domingo), por milagre flagrante de Jesus Cristo: — e desde essa festiva hora tudo para ele se esbate numa trava incerta, onde vagamente reluzem nimbos de santos e tiaras de papas, até Pio IX. Não admira, porém, na obra pontifical de Pio IX, nem a Infalibilidade, nem o *Syllabus*: — porque se preza de liberal, deseja mais progresso, bendiz os benefícios da instrução, assina *O Primeiro de Janeiro*.

Onde eu também o acho superiormente pitoresco é cavaqueando acerca dos deveres que lhe incumbem como pastor de almas — os deveres para com as almas. Que ele, por continuação de uma obra divina, esteja obrigado a consolar dores, pacificar inimizades, dirigir arrependimentos, ensinar a cultura da bondade, adoçar a dureza dos egoísmos, é para o benemérito Padre Salgueiro a mais estranha e incoerente das novidades! Não que desconheça a beleza moral dessa missão, que considera mesmo *cheia de poesia*. Mas não admite que, formosa e honrosa como é, lhe pertença a ele, Padre Salgueiro! Outro tanto seria exigir de um verificador da Alfândega que moralizasse e purificasse o comércio. Esse santo empreendimento pertence aos Santos. E os Santos, na opinião de Padre Salgueiro, formam uma Casta, uma Aristocracia espiritual, com obrigações sobrenaturais que lhes são delegadas e pagas pelo Céu. Muito diferentes se apresentam as obrigações de um pároco! Funcionário eclesiástico, ele só tem a cumprir funções rituais em nome da Igreja, e portanto do Estado que a subsidia. Há aí uma criança para batizar? Padre Salgueiro toma a estola e batiza. Há aí um cadáver para enterrar? Padre Salgueiro toma o hissope e enterra. No fim do mês recebe os seus dez mil-réis (além da esmola) — e o seu bispo reconhece o seu zelo.

A ideia que Padre Salgueiro tem da sua missão determina, com louvável lógica, a sua conduta. Levanta-se às dez horas, hora classicamente adoptada pelos empregados do Estado. Nunca abre o breviário — a não ser em presença dos seus superiores eclesiásticos, e então por deferência jerárquica, como um tenente, que, em face ao seu general, se perfila, pousa a mão na espada. Enquanto a orações, meditações, mortificações, exames de alma, todos esses pacientes métodos de aperfeiçoamento e santificação própria, nem sequer suspeita que lhe sejam necessários ou favoráveis. Para quê? Padre Salgueiro constantemente tem presente que, sendo um funcionário, deve manter, sem transigências, nem omissões, o decoro que tornará as suas funções respeitadas do mundo. Veste, por isso, sempre de preto. Não fuma. Todos os dias de jejum come um peixe austero. Nunca transpôs as portas impuras de um botequim. Durante o inverno só uma noite vai a um teatro, a S. Carlos, quando se canta o *Poliúto* uma ópera sacra, de puríssima lição. Deceparia a língua, com furor, se dela lhe pingasse uma falsidade. E é casto. Não condena e repele a mulher com cólera, como os Santos Padres: — até a venera, se ela é econômica e virtuosa. Mas o regulamento da Igreja proíbe a mulher: ele é um funcionário eclesiástico, e a mulher portanto não entra nas suas funções. É rigidamente casto. Não conheço maior respeitabilidade do que a de Padre Salgueiro.

As suas ocupações, segundo observei, consistem muito logicamente, como empregado (além das horas dadas aos deveres litúrgicos), em procurar melhoria de emprego. Pertence por isso a um partido político: — e em Lisboa, três noites por semana, toma chá em casa do seu chefe, levando rebuçados às senhoras. Maneja habilmente eleições. Faz serviços e recados, complexos e indescritos, a todos os diretores gerais da Secretaria dos Negócios Eclesiásticos. Com o seu bispo é incansável: — e ainda há meses o encontrei, suado e aflito, por causa de duas incumbências de S. Ex.ª, uma relativa a queijadas de Sintra, outra a uma coleção do *Diário do Governo*.

Não falei da sua inteligência! É prática e metódica — como verifiquei, assistindo a um sermão que ele pregou pela festa de S. Venâncio. Por esse sermão, encomendado, recebia Padre Salgueiro vinte mil-réis — e deu, por esse preço, um sermão suculento, documentado, encerrando tudo o que convinha à glorificação de S. Venâncio. Estabeleceu a filiação do Santo; desenrolou todos os seus milagres (que são poucos) com exatidão, exarando as datas, citando as autoridades; narrou com rigor agiológico o seu martírio; enumerou as igrejas que lhe são consagradas, com as épocas da fundação. Enxertou destramente louvores ao Ministro dos Negócios Eclesiásticos. Não esqueceu a Família Real, a quem rendeu preito constitucional. Foi, em suma, um excelente relatório sobre S. Venâncio.

Felicitei nessa noite, com fervor, o reverendo Padre Salgueiro. Ele murmurou, modesto e simples:

— S. Venâncio infelizmente não se presta. Não foi bispo, nunca exerceu cargo público!... Em todo o caso, creio que cumpri.

Ouço que vai ser nomeado cônego. Larguissimamente o merece. Jesus não possui melhor amanuense. E nunca realmente compreendi por que razão outro amigo meu, um frade do Varatojo, que, pelo êxtase da sua fé, a profusão da sua caridade, o seu devorador cuidado na pacificação das almas, me faz lembrar os velhos homens evangélicos, chama sempre a este sacerdote tão zeloso, tão pontual, tão proficiente, tão respeitável — "o horrendo Padre Salgueiro!"

Ora veja, minha madrinha! Mais de trinta ou quarenta mil anos são necessários para que uma montanha se desfaça e se abata até ao tamanhinho dum outeiro, que um cabrito galga brincando. E menos de dois mil anos bastaram para que o Cristianismo baixasse dos grandes padres das Sete Igrejas da Ásia até ao divertido Padre Salgueiro, que não é de Sete Igrejas, nem mesmo duma, mas somente, e muito devotamente, da Secretaria dos Negócios Eclesiásticos. Este baque provaria a fragilidade do Divino — se não fosse que realmente o Divino abrange as religiões e as montanhas, a Ásia, o Padre Salgueiro, os cabritinhos folgando, tudo o que se desfaz e tudo o que se refaz, e até este seu afilhado, que é todavia humaníssimo. — FRADIQUE.

XV

A BENTO DE S.

Paris, Outubro

Meu caro Bento:

A tua ideia de fundar um jornal é daninha e execrável. Lançando, e em formato rico, com telegramas e crônicas, uma outra "dessas folhas impressas que aparecem todas as manhãs", como diz tão assustada e pudicamente o Arcebispo de Paris, tu vais concorrer para que no teu tempo e na tua terra se aligeirem mais os Juízos ligeiros, se exacerbe mais a Vaidade, e se endureça mais a Intolerância. Juízos ligeiros, Vaidade, Intolerância — eis três negros pecados sociais que, moralmente, matam uma Sociedade! E tu alegremente te preparas para os atiçar. Inconsciente como uma peste, espalhas sobre as almas a morte. Já decerto o Diabo está atirando mais brasa para debaixo da caldeira de pez, em que, depois do Julgamento, recozerás e ganirás, meu Bento e meu réprobo!

Não penses que, moralista amargo, exagero, como qualquer S. João Crisóstomo. Considera antes como foi incontestavelmente a Imprensa, que, com a sua maneira superficial, leviana e atabalhoada de tudo afirmar, de tudo julgar, mais enraizou no nosso tempo o funesto hábito dos Juízos ligeiros. Em todos os séculos decerto se improvisaram estouvadamente opiniões: o Grego era inconsiderado e garrulo; já Moisés, no longo Deserto, sofria com o murmurar variável dos Hebreus; mas nunca, como no nosso século apressado, essa improvisação impudente se tornou a operação natural do entendimento. Com exceção de alguns filósofos escravizados pelo Método, e de alguns devotos roídos pelo Escrúpulo, todos nós hoje nos desabituamos, ou antes nos desembaraçamos alegremente, do penoso trabalho de verificar. É com impressões fluidas que formamos as nossas maciças conclusões. Para julgar em Política o fato mais complexo, largamente nos contentamos com um boato, mal escutado a uma esquina, numa manhã de vento. Para apreciar em Literatura o livro mais profundo, atulhado de ideias novas, que o amor de extensos anos fortemente encadeou — apenas nos basta folhear aqui e além uma página, através do fumo escurecedor do charuto. Principalmente para condenar, a nossa ligeireza é fulminante. Com que soberana facilidade declaramos — "Este é uma besta! Aquele é um maroto!" Para proclamar — "É um gênio!" ou "É um santo!" oferecemos uma resistência mais considerada. Mas ainda assim, quando uma boa digestão ou a macia luz dum céu de maio nos inclinam à benevolência, também concedemos bizarramente, e só com lançar um olhar distraído sobre o eleito, a coroa ou a auréola, e aí empurramos para a popularidade um maganão enfeitado de louros ou nimbado de raios. Assim passamos o nosso bendito dia a estampar rótulos definitivos no dorso dos homens e das coisas. Não há ação individual ou coletiva, personalidade ou obra humana, sobre que não estejamos prontos a promulgar rotundamente uma opinião bojuda. E a opinião tem sempre, e apenas, por base aquele pequenino lado do fato, do homem, da obra, que perpassou num relance ante os nossos olhos escorregadios e fortuitos. Por um gesto julgamos um caráter, por um caráter avaliamos um povo. Um inglês, com quem outrora jornadeei pela Ásia, varão douto, colaborador de *Revistas*, sócio de Academias, considerava os Franceses todos, desde os senadores até aos varredores, como "porcos e ladrões..." Por quê, meu Bento? Porque em casa de seu sogro houvera um escudeiro, vagamente oriundo de Dijon, que não mudava de colarinho e surripiava os charutos. Este inglês ilustra magistralmente a formação escandalosa das nossas generalizações.

E quem nos tem enraizado estes hábitos de desoladora leviandade? O jornal — o jornal, que oferece cada manhã, desde a crônica até aos anúncios, uma massa espumante de Juízos ligeiros, improvisados na véspera, à meia-noite, entre o silvar do gás e o fervilhar das chalaças, por excelentes rapazes que rompem pela Redação, agarram uma tira de papel, e, sem tirar mesmo o chapéu, decidem com dois rabiscos da pena sobre todas as coisas da Terra e do Céu. Que se trate duma revolução do Estado, da solidez dum Banco, duma Mágica, ou dum descarrilamento, o rabisco da pena, com um traço, esparrinha e julga. Nenhum estudo, nenhum documento, nenhuma certeza. Ainda, este domingo, meu Bento, um alto jornal de Paris, comentando a situação econômica e política de Portugal, afirmava, e com um aprumado saber, que "em Lisboa os filhos das mais ilustres famílias da aristocracia se empregam como *carregadores da Alfândega*, e ao fim de cada mês mandam receber as soldadas pelos seus *lacaios!*" Que dizes tu aos herdeiros das casas históricas de Portugal, carregando pipas de azeite no cais da Alfândega, e conservando criados de farda para lhes ir receber o salário? Estas pipas, estes fidalgos, estes lacaios dos carregadores, formam uma deliciosa e quimérica Alfândega que é menos das *Mil e Uma Noites*, que das Mil e Uma Asneiras. Pois assim o ensinou um jornal considerável, rico, bem provido de Enciclopédias, de Mapas, de Estatísticas, de Telefones, de Telégrafos, com uma redação muito erudita, pinguemente remunerada, que conhece a Europa, pertence à Academia das Ciências Morais e Sociais, e legisla no Senado! E tu, Bento, no teu jornal, fornecido também de Enciclopédias e de Telefones, vais com pena sacudida lançar sobre a França e sobre a China, e sobre o desventuroso Universo que se torna assunto e propriedade tua, juízos tão sólidos e comprovados, como os que aquela bendita gazeta arquivou, definitivamente, acerca da nossa Alfândega e da nossa fidalguia...

Este é o primeiro pecado, bem negro. Considera agora outro, mais negro. Pelo jornal, e pela reportagem que será a sua função e a sua força, tu desenvolverás, no teu tempo e na tua terra, todos os males da Vaidade! A reportagem, bem sei, é uma útil abastecedora da História. Decerto importou saber se era adunco ou chato o nariz de Cleópatra, pois que do feitio desse nariz dependeram, durante algum tempo, de Filipes a Actium, os destinos do Universo. E quantos mais detalhes a esfuracadora bisbilhotice dos repórteres revelar sobre o Sr. Renan, e os seus móveis, e a sua roupa branca, tantos mais elementos positivos possuirá o século XX para reconstruir com segurança a personalidade do autor das *Origens do Cristianismo*, e, através dela, compreender a obra. Mas, como a reportagem hoje se exerce menos sobre os que influem nos negócios do Mundo, ou nas direções do pensamento, do que, como diz a Bíblia, sobre toda a "sorte e condições de gente vã", desde os jóqueis até aos assassinos, a sua indiscriminada publicidade concorre pouco para a documentação da história, e muito, prodigiosamente, escandalosamente, para a propagação das vaidades!

O jornal é com efeito o fole incansável que assopra a vaidade humana, lhe irrita e lhe espalha a chama. De todos os tempos é ela, a vaidade do homem! Já sobre ela gemeu o gemebundo Salomão, e por ela "se perdeu Alcibíades, talvez o maior dos Gregos. Incontestavelmente, porém, meu Bento, nunca a vaidade foi, como no nosso danado século XIX, o motor ofegante do pensamento e da conduta. Nestes estados de civilização, ruidosos e ocos, tudo deriva da vaidade, tudo tende à vaidade. E a forma nova da vaidade para o civilizado consiste em ter o seu rico nome impresso no jornal, a sua rica pessoa comentada no jornal! *Vir no jornal!*, eis hoje a impaciente aspiração e a recompensa suprema! Nos regimes aristocráticos o esforço era obter, senão já o favor, ao menos o sorriso do Príncipe. Nas nossas democracias a ânsia da maioria dos mortais é alcançar em sete linhas o louvor do jornal. Para se conquistarem essas sete linhas benditas, os homens praticam todas as ações — mesmo as boas. Mesmo as boas, meu Bento! "O nosso generoso amigo Z..." só manda os cem mil-réis à Creche para que a gazeta exalte os cem mil-réis de Z..., nosso amigo generoso. Nem é mesmo necessário que as sete linhas contenham muito mel e muito incenso: basta que ponham o nome em evidência, bem negro, nessa tinta cujo brilho é mais apetecido que o velho nimbo de ouro do tempo das Santidades. E não há classe que não ande devorada por esta fome mórbida do reclamo. Ela é tão roedora nos seres de exterioridade e de mundanidade, como naqueles que só pareciam amar na vida, como a sua forma melhor, a quietação e o silêncio... Entramos na quaresma (é entre as cinzas, e com cinzas, que te estou moralizando). Agora, nestas semanas de peixe, surdem os frades dominicanos, do fundo dos seus claustros, a pregar nos púlpitos de Paris. E por que esses sermões sensacionais, de uma arte profana e teatral, com exibições de psicologia amorosa, com afetações de anarquismo evangélico, e tão criadores de escândalo que Paris corre mais gulosamente a Notre-Dame em tarde de Dominicano, do que à Comédia Francesa em noite de Coquelin? Porque os monges, filhos de S. Domingos, querem setenta linhas nos jornais do *Boulevard*, e toda a celebridade dos histriões. O jornal estende sobre o mundo as suas duas folhas, salpicadas de preto, como aquelas duas asas com que os iconografistas do século VX representavam a Luxúria ou a Gula: e o Mundo todo se arremessa para o jornal, se quer agachar sob as duas asas que o levem à gloriola, lhe espalhem o nome pelo ar sonoro. E é por essa gloriola que os homens se perdem, e as mulheres se aviltam, e os Políticos desmancham a ordem do Estado, e os Artistas rebolam na extravagância estética, e os Sábios alardeiam teorias mirabolantes, e de todos os cantos, em todos os gêneros, surge a horda ululante dos charlatães... (Como me vim tornando altiloquente e roncante!...) Mas e a verdade, meu Bento! Vê quantos preferem ser injuriados a serem ignorados! (Homenzinhos de letras, poetisas, dentistas etc.) O próprio mal apetece sofregamente as sete linhas que o maldizem. Para aparecerem no jornal, há assassinos que assassinam. Até o velho instinto da conservação cede ao novo instinto da notoriedade; e existe tal maganão, que ante um funeral convertido em apoteose pela abundância das coroas, dos coches e dos prantos oratórios, lambe os beiços, pensativo, e deseja ser o morto.

Neste verão, uma manhã, muito cedo, entrei numa taverna de Montmartre a comprar fósforos. Rente ao balcão de zinco, diante de dois copos de vinho branco, um meliante, que pelas ventas chatas, o bigode hirsuto e pendente, o barrete de pele de lontra, parecia (e era) um Huno, um sobrevivente das hordas de Alarico, — gritava triunfalmente para outro vadio imberbe e lívido, a quem arremessara um jornal:

— É verdade, em todas as letras, o meu nome todo! Na segunda coluna, logo em cima, onde diz: — *Ontem um infame e ignóbil bandido...* Sou eu! O nome todo!

E espalhou lentamente em redor um olhar que triunfava. Eis aí, como agora se diz tão alambicadamente, um "estado de alma"! Tu, Bento, vais criar destes estados.

Depois considera o derradeiro pecado, negríssimo. Tu fundas, com o teu novo jornal, uma nova escola de Intolerância. Em torno de ti, do teu partido, dos teus amigos, ergues um muro de pedra miúda e bem cimentada: dentro desse murozinho, onde plantas a tua bandeirola com o costumado lema de *imparcialidade, desinteresse etc.*, só haverá, segundo

Bento e o seu jornal, inteligência, dignidade, saber, energia, civismo; para além desse muro, segundo o jornal de Bento, só haverá necessariamente sandice, vileza, inércia, egoísmo, traficância! É a disciplina de partido (e para te agradar, entendo partido, no seu sentido mais amplo, abrangendo a Literatura, a Filosofia, etc.) que te impõe fatalmente esta divertida separação das virtudes e dos vícios. Desde que penetras na batalha, nunca poderás admitir que a Razão ou a Justiça ou a Utilidade se encontrem do lado daqueles contra quem descarregas, pela manhã, a tua metralha silvante de adjetivos e verbos — porque então a decência, se não já a consciência, te forçariam a saltar o muro e desertar para esses justos. Tens de sustentar que eles são maléficos, desarrazoados, velhacos, e vastamente merecem o chumbo com que os traspassas. Das solas dos pés até aos teus raros cabelos, meu Bento, desde logo te atolas na Intolerância! Toda a ideia que se eleve, para além do muro, a condenarás como funesta, sem exame, só porque apareceu dez braças adiante, do lado dos outros, que são os Réprobos, e não do lado dos teus, que são os Eleitos. Realizam esses outros uma obra? Bento não poupará prosa nem músculo para que ela pereça: e se por entre as pedras que lhe atira, casualmente entrevê nela certa beleza ou certa utilidade, mais furiosamente apressa a sua demolição, porque seria mortificante para os seus amigos que alguma coisa de útil ou de belo nascesse dos seus inimigos — e vivesse. Nos homens que vagam para além do teu muro, tu só verás pecadores; e quando entre eles reconhecesses S. Francisco de Assis distribuindo aos pobres os derradeiros ceitis da Porciúncula, taparias a face para que tanta santidade te não amolecesse, e gritarias mais sanhudamente: — "Lá anda aquele malandro a esbanjar com os vadios o dinheiro que roubou!"

Assim tu serás no teu jornal. E, em torno de ti, os que o compram e o adotam lentamente e moralmente se fazem à tua imagem. Todo o jornal destila intolerância, como um alambique destila álcool, e cada manhã a multidão se envenena aos goles com esse veneno capcioso. É pela ação do jornal que se azedam todos os velhos conflitos do mundo — e que as almas, desevangelizadas, se tornam mais rebeldes à indulgência. A sociabilidade incessantemente, amacia e arredonda as divergências humanas, como um rio arredonda e alisa todos os seixos que nele rolam; e a humanidade, que uma longa cultura e a velhice tem tornado docemente sociável, tenderia a uma suprema pacificação — se cada manhã o jornal não avivasse os ódios de Princípios, de Classes de Raças, e, com os seus gritos, os acirrasse como se acirram mastins até que se enfureçam e mordam. O jornal exerce hoje todas as funções malignas do defunto Satanás, de quem herdou a ubiquidade; e é não só o Pai da Mentira, mas o Pai da Discórdia. É ele que por um lado inflama as exigências mais vorazes — e por outro fornece pedra e cal às resistências mais iníquas. Vê tu quando se alastra uma greve, ou quando entre duas nações bruscamente se chocam interesses, ou quando, na ordem espiritual, dois credos se confrontam em hostilidade: o instinto primeiro dos homens, que o abuso da Civilização material tem amolecido e desmarcializado, é murmurar *paz! juízo!* e estenderem as mãos uns para os outros, naquele gesto hereditário que funda os pactos. Mas surge logo o jornal, irritado como a Fúria antiga, que os separa, e lhes sopra na alma a intransigência, e os empurra à batalha, e enche o ar de tumulto e de pó.

O jornal matou na Terra a paz. E não só atiça as questões já dormentes como borralhos de lareira, até que delas salte novamente uma chama furiosa — mas inventa dissensões novas, como esse antissemitismo nascente, que repetirá, antes que o século finde, as anacrônicas e brutas perseguições medievais. Depois é o jornal...

Mas escuta! Onze horas! Onze horas ligeiras estão dançando, no meu velho relógio, o minuete de Gluck. Ora, esta carta já vai, como a de Tibério, muito tremenda e verbosa, *verbosa et tremenda epistola;* e eu tenho pressa de a findar, para ir, ainda antes do almoço, ler os meus jornais, com delícia. — Teu FRADIQUE.

XVI

A CLARA... (Trad.)

Paris, Outubro

Minha muito amada Clara:

Toda em queixumes, quase rabugenta, e mentalmente trajada de luto, me apareceu hoje a tua carta com os primeiros frios de outubro. E por quê, minha doce descontente? Porque, mais fero de coração que um Trastâmara ou um Bórgia, estive cinco dias (cinco curtos dias de outono) sem te mandar uma linha, afirmando essa verdade tão patente e de ti conhecida como o disco do sol — "que só em ti penso, e só em ti vivo!..." Mas não sabes tu, oh superamada, que a tua lembrança me palpita na alma tão natural e perenemente como o sangue no coração? Que outro princípio governa e mantém a minha vida se não o teu amor? Realmente necessitas ainda, cada manhã, um certificado, em letra bem firme, de que a minha paixão está viva e viçosa e te envia os *bons-dias?* Para quê? Para sossego da tua incerteza? Meu Deus! Não será antes para regalo do teu orgulho? Sabes que és Deusa, e reclamas incessantemente o incenso e os cânticos do teu devoto. Mas Santa Clara, tua padroeira, era uma grande santa, de alta linhagem, de triunfal beleza, amiga de S. Francisco de Assis, confidente de Gregório IX, fundadora de mosteiros, suave fonte de piedade e milagres — e todavia só é festejada uma vez, cada ano, a 27de agosto!

Sabes bem que estou gracejando, Santa Clara da minha fé! Não! não mandei essa linha supérflua, porque todos os males bruscamente se abateram, sobre mim: — um defluxo burlesco, com melancolia, obtusidade e espirros; um confuso duelo, de que fui o enfastiado padrinho, e em que apenas um ramo seco de olaia sofreu, cortado por uma bala; e, enfim, um amigo que regressou da Abissínia, cruelmente Abissinizante, e a quem tive de escutar com resignado pasmo as caravanas, os perigos, os amores, as façanhas e os leões!... E aí está como a minha pobre Clara, solitária nas suas florestas, ficou sem essa folha, cheia das minhas letras, e tão inútil para a segurança do seu coração como as folhas que a cercam, já murchas decerto e dançando no vento.

Porque não sei como se comportam os teus bosques; — mas aqui as folhas do meu pobre jardim amarelaram e rolam na erva úmida. Para me consolar da verdura perdida, acendi o meu lume: — e toda a noite de ontem mergulhei na muito velha crônica dum Cronista medieval da minha terra, que se chama Fernão Lopes. Aí se conta dum rei que recebeu o débil nome de *Formoso*, e que, por causa dum grande amor, desdenhou princesas de Castela e de Aragão, dissipou tesouros, afrontou sedições, sofreu a desafeição dos povos, perdeu a vassalagem de castelos e terras, e quase estragou o reino! Eu já conhecia a crônica — mas só agora compreendo o rei. E grandemente o invejo, minha linda Clara! Quando se ama como ele (ou como eu), deve ser um contentamento esplêndido o ter princesas da cristandade, e tesouros, e um povo, e um reino forte para sacrificar a dois olhos, finos e lânguidos, sorrindo pelo que esperam e mais pelo que prometem... Na verdade só se deve amar quando se é rei — porque só então se pode comprovar a altura do sentimento, com a magnificência do sacrifício. Mas um mero vassalo como eu (sem hoste ou castelo), que possui ele de rico, ou de nobre, ou de belo para sacrificar? Tempo, fortuna, vida? Mesquinhos valores. É como ofertar na mão aberta um pouco de pó. E depois a bem-amada nem sequer fica na história.

E por história — muito aprovo, minha estudiosa Clara, que andes lendo a do divino Buda. Dizes, desconsoladamente, que ele te parece apenas *um Jesus muito complicado*. Mas, meu amor, é necessário desentulhar esse pobre Buda da densa aluvião de Lendas e Maravilhas que sobre ele tem acarretado, durante séculos, a imaginação da Ásia. Tal como ela foi, desprendida da sua mitologia, e na sua nudez histórica, — nunca alma melhor visitou a terra, e nada iguala, como virtude heroica, a *Noite do Renunciamento*. Jesus foi um proletário, um mendigo sem vinha ou leira, sem amor nenhum terrestre, que errava pelos campos da Galileia, aconselhando aos homens a que abandonassem como ele os seus lares e bens, descessem à solidão e à mendicidade, para penetrarem um dia num Reino venturoso, abstrato, que está nos Céus. Nada sacrificava em si e instigava os outros ao sacrifício — chamando todas as grandezas ao nível da sua humildade. O Buda, pelo contrário, era um Príncipe, e como eles costumam ser na Ásia, de ilimitado poder, de ilimitada riqueza; casara por um imenso amor, e daí lhe viera um filho, em quem esse amor mais se sublimara; — e este príncipe, este esposo, este pai, um dia, por dedicação aos homens, deixa o seu palácio, o seu reino, a esposada do seu coração, o filhinho adormecido no berço de nácar, e, sob a rude estamenha de um mendicante, vai através do mundo esmolando e pregando a renúncia aos deleites, o aniquilamento de todo o desejo, o ilimitado amor pelos seres, o incessante aperfeiçoamento na caridade, o desdém forte do ascetismo que se tortura, a cultura perene da misericórdia que resgata, e a confiança na morte...

Incontestavelmente, a meu ver (tanto quanto estas excelsas coisas se podem discernir duma casa de Paris, no século XIX e com defluxo) a vida do Buda é mais meritória. E depois considera a diferença do ensino dos dois divinos Mestres. Um, Jesus, diz: — "Eu sou filho de Deus, e insto com cada um de vós, homens mortais, em que pratiqueis o bem durante os poucos anos que passais na Terra, para que eu depois, em prêmio, vos dê a cada um, individualmente, uma existência superior, infinita em anos e infinita em delícias, num palácio que está para além das nuvens e que é de meu Pai!" O Buda, esse, diz simplesmente: — "Eu sou um pobre frade mendicante, e peço-vos que sejais bons durante a vida, porque de vós, em recompensa, nascerão outros melhores, e desses outros ainda mais perfeitos, e assim, pela prática crescente da virtude em cada geração, se estabelecerá pouco a pouco na Terra a virtude universal!" A justiça do justo, portanto, segundo Jesus, só aproveita egoistamente ao justo. E a justiça do justo, segundo o Buda, aproveita ao ser que o substituir na existência, e depois ao outro que desse nascer, sempre durante a passagem na Terra, para lucro eterno da Terra. Jesus cria uma aristocracia de santos, que arrebata para o Céu onde ele é Rei, e que constituem a corte do Céu para deleite da sua divindade —; e não vem dela proveito direto para o Mundo, que continua a sofrer da sua porção de Mal, sempre indiminuída. O Buda, esse, cria, pela soma das virtudes individuais, santamente acumuladas, uma Humanidade que em cada ciclo nasce progressivamente melhor, que por fim se torna perfeita, e que se estende a toda a Terra donde o Mal desaparece, e onde o Buda é sempre, à beira do caminho rude, o mesmo frade mendicante. Eu, minha flor, sou pelo Buda. Em todo o caso, esses dois Mestres possuíram, para bem dos homens, a maior porção de Divindade que até hoje tem sido dado à alma humana conter. De resto, tudo isto é muito complicado; e tu sabiamente procederias em deixar o Buda no seu Budismo, e, uma vez que esses teus bosques são tão admiráveis, em te retemperar na sua força e nos seus aromas salutares. O Buda pertence à cidade e ao colégio de França: no campo a verdadeira Ciência deve cair das árvores, como nos tempos de Eva. Qualquer folha de olmo te ensina mais que todas as folhas dos livros. Sobretudo do que eu — que aqui estou pontificando, e fazendo pedantescamente, ante os teus lindos olhos, tão finos e meigos, um curso escandaloso de Religiões Comparadas.

Só me restam três polegadas de papel, — e ainda te não contei, oh doce exilada, as novas de Paris, *Acta Urbis*. (Bom, agora latim!) São raras, e pálidas. Chove: continuamos em República; *Madame* de Jouarre, que chegou da *Rocha* com menos cabelos brancos, mas mais cruel, convidou alguns desventurados (dos quais eu o maior) para escutarem três capítulos dum novo atentado do Barão de Fernay sobre a *Grécia*; os jornais publicam outro prefácio do Sr. Renan, todo cheio do Sr. Renan, e em que ele se mostra, como sempre, o enternecido e erudito vigário de Nossa Senhora da Razão; e temos, enfim, um casamento de paixão e luxo, o do nosso escultural Visconde de Fontlant com *Mademoiselle* Degrave, aquela nariguda, magrinha e de maus dentes, que herdou, milagrosamente, os dois milhões do cervejeiro e que tem tão lindamente engordado e ri com dentes tão lindos. Eis tudo, minha adorada... E é tempo que te mande, em montão, nesta linha, as saudades, os desejos e as coisas ardentes e suaves e sem nome de que meu coração está cheio, sem que se esgote por mais que plenamente as arremesse aos teus pés adoráveis, que beijo com submissão e com fé. — FRADIQUE.

XVII

A CLARA... (Trad.)

Paris, ...

Minha amiga:

É verdade que eu parto, e para uma viagem muito longa e remota, que será como um desaparecimento. E é verdade ainda que a empreendo assim bruscamente, não por curiosidade de um espírito que já não tem curiosidades — mas para findar do modo mais condigno e mais belo uma ligação que, como a nossa, não devia nunca ser maculada por uma agonia tormentosa e lenta.

Decerto, agora que eu sei dolorosamente que, sobre o nosso tão viçoso e forte amor, se vai em breve exercer a lei do universal deperecimento e fim das coisas — eu poderia, poderíamos ambos, tentar, por um esforço destro e delicado do coração e da inteligência, o seu prolongamento fictício. Mas seria essa tentativa digna de si, de mim, da nossa lealdade — e da nossa paixão? Não! Só nós prepararíamos, assim, um arrastado tormento, sem a beleza dos tormentos que a alma apetece e aceita, nos puros momentos de fé e todo deslustrado e desfeado por impaciências, recriminações, inconfessados arrependimentos, falsas ressurreições do desejo, e todos os enervamentos da saciedade. Não conseguiríamos deter a marcha da lei inexorável — e um dia nos encontraríamos, um diante do outro, como vazios, irreparavelmente tristes, e cheios do amargor da luta inútil. E de uma causa tão pura e sã e luminosa, como foi o nosso amor, só nos ficaria, presente e pungente, a recordação de destroços e farrapos feitos por nossas mãos, e por elas rojados com desespero no pó derradeiro de tudo.

Não! Tal acabar seria intolerável. E depois, como toda a luta é ruidosa, e se não pode nunca disciplinar e enclausurar no segredo do coração, nós deixaríamos decerto entrever enfim ao mundo um sentimento que dele escondemos por altivez, não por cautela — e o mundo conheceria o nosso amor justamente quando ele já perdera a elevação e a grandeza que quase o santificava... De resto, que importa o mundo? Só para nós, que fomos um para o outro e amplamente o mundo todo, e que devemos evitar ao nosso amor a lenta decomposição que degrada.

Para perpétuo orgulho do nosso coração, é necessário que desse amor, que tem de perecer como tudo o que vive, mesmo o sol — nos fique uma memória tão límpida e perfeita que ela só por si nos possa dar, durante o porvir melancólico, um pouco dessa felicidade e encanto que o próprio amor nos deu, quando era em nós uma sublime realidade, governando o nosso ser.

A morte, na plenitude da beleza e da força, era considerada pelos antigos como o melhor benefício dos deuses — sobretudo para os que sobreviviam, porque sempre a face amada que passara lhes permanecia na memória com o seu natural viço e sã formosura, e não mirrada e deteriorada pela fadiga, pelas lágrimas, pela desesperança, pela dor. Assim deve ser também com o nosso amor.

Por isso mal lhe surpreendi os primeiros desfalecimentos, e, desolado, verifiquei que o tempo o roçara com a frialdade da sua foice — decidi partir, desaparecer. O nosso amor, minha amiga, será assim como uma flor milagrosa que cresceu, desabrochou, deu todo o seu aroma — e, nunca cortada, nunca sacudida dos ventos ou das chuvas nem de leve emurchecida, fica na sua haste solitária, encantando ainda com as suas cores os nossos olhos, quando para ela de longe se volvem, e para sempre, através da idade, perfumando a nossa vida.

Da minha vida sei, pelo menos, que ela perpetuamente será iluminada e perfumada pela sua lembrança. Eu sou, na verdade, como um desses pastores que outrora, caminhando pensativamente por uma colina da Grécia, viam de repente, ante os seus olhos extáticos, Vênus magnifica e amorosa que lhes abria os braços brancos. Durante um momento o pastor mortal repousava sobre o seio divino, e sentia o murmúrio do divino suspirar. Depois havia um leve frêmito — e ele só encontrava ante si uma nuvem rescendente que se levantava, se sumia nos ares por entre o voo claro das pombas. Apanhava então o seu cajado, descia a colina... Mas para sempre, através da vida, conservava um deslumbramento inefável. Os anos podiam rolar, e o seu gado morrer, e a ventania levar o colmo da sua choupana, e todas as misérias da velhice sobre ele caírem — que sem cessar a sua alma resplandecia, e um sentimento de glória ultra-humano o elevava acima do transitório e do perecível, porque na fresca manhã de maio, além, sobre o cimo da colina, ele tivera o seu momento de divinização, entre o mirto e o tomilho!

Adeus, minha amiga. Pela felicidade incomparável que me deu — seja perpetuamente bendita. — *Eça de Queirós* (por FRADIQUE).

XVIII

A EDUARDO PRADO

Paris, 1888

Meu caro Prado. — A sua tão excelente carta foi recebida no devoto dia de S. João, neste fresco refúgio de arvoredos e fontes, onde estou repousando dos sombrios esplendores da Amazônia, e da fadiga das águas atlânticas.

Não esquecerei as queijadas da Sapa; Ficalho, que aqui jantou e filosofou ontem *sub tegmine fagi*, recebeu das minhas mãos o exato estudo e as estampas do seu compatriota sobre a *Macuna Glabra*; os dois vasos do Rato, com a cruz de Avis, partem domingo, e Deus lhe faça abundar dentro deles, sempre renovadas e frescas, essas rosas *da vida* que Anacreonte promete aos justos. Tudo isto foi fácil e de amável trabalho. Mais duro e complicado é que eu lhe dê (como V. reclama tão azafamadamente) a minha opinião sobre o seu Brasil... E V., menos cético que Pilatos, exige a Verdade, a nua Verdade, sem *chauvinismos* e sem enfeites... Onde a tenho eu, a Verdade? Não é, infelizmente, na quinta da *Saragoça* que se esconde, sob o cipreste e o louro, o poço divino onde ela habita. Só lhe posso comunicar uma impressão de homem que passou e olhou. E a minha impressão é que os Brasileiros, desde o Imperador ao trabalhador, andam a desfazer e, portanto, a estragar o Brasil.

Nos começos do século, há uns 55 anos, os Brasileiros, livres dos seus dois males de mocidade, o ouro e o regime colonial, tiveram um momento único, e de maravilhosa promessa. Povo curado, livre, forte, de novo em pleno viço, com tudo por criar no seu solo esplêndido, os Brasileiros podiam nesse dia radiante fundar a civilização especial que lhes apetecesse, com o pleno desafogo com que um artista pode moldar o barro inerte que tem sobre a tripeça de trabalho, e fazer dele, à vontade, uma vasilha ou um deus. Não desejo ser irrespeitoso, caro Prado, mas tenho a impressão que o Brasil se decidiu pela vasilha.

Tudo em redor dele, desde o céu que o cobre à índole que o governava, tudo patentemente indicava ao Brasileiro que ele devia ser um povo rural. Não se assuste, meu civilizadíssimo amigo. Eu não quero significar que o Brasil devesse continuar o patriarcalismo de Abraão e do Livro do Gênesis, reproduzir Canaã em Minas Gerais e pastorear gado em torno das tendas, vestido de peles, em controvérsia constante com Jeová. Menos ainda que se adotasse o modelo arcádico, e que todos os cidadãos fossem Titiros e Marílias, recostados sob a copa da faia, tangendo a frauta das Éclogas... Não; o que eu queria é que o Brasil, desembaraçado do ouro imoral, e do seu D. João VI, se instalasse nos seus vastos campos, e aí quietamente deixasse que, dentro da sua larga vida rural e sob a inspiração dela, lhe fossem nascendo, com viçosa e pura originalidade, ideias, sentimentos, costumes, uma literatura, uma arte, uma ética, uma filosofia, toda uma civilização harmônica e própria, só brasileira, só do Brasil, sem nada dever aos livros, às modas, aos hábitos importados da Europa. O que eu queria (e o que constituiria uma força útil no Universo), era um Brasil natural, espontâneo, genuíno, um Brasil nacional, brasileiro, e não esse Brasil que eu vi, feito com velhos pedaços da Europa, levados pelo paquete e arrumados à pressa, como panos de feira, entre uma natureza incongênere, que lhe faz ressaltar mais o bolor e as nódoas.

Eis o que eu queria, dileto amigo! E considere agora como seria deliciosamente habitável um Brasil brasileiro! Por toda a parte, ricas e vastas fazendas. Casas simples, caiadas de branco, belas só pelo luxo do espaço, do ar, das águas, das sombras. Largas famílias, onde a prática das lavouras, da caça, dos fortes exercícios, desenvolvendo a robustez, aperfeiçoaria a beleza. Um viver frugal e são; ideias claras e simples e uma grande quietação de alma; desconhecimento das falsas vaidades; afeições sérias e perduráveis...

Mas, justos Céus! estou refazendo o livro II das Geórgicas! *Hanc olim veteres vitam coluere Sabini...* Assim viveram os velhos Sabinos; assim Rômulo e Remo; assim cresceu a valente Etrúria; assim Roma pulquérrima, abrangendo sete montes, se tornou a maravilha do Mundo! Não exijo para o Brasil as virtudes áureas e clássicas da Idade de Saturno. Só queria que ele vivesse uma vida simples, forte, original, como viveu a outra metade da América, a América do Norte, antes do Industrialismo, do Mercantilismo, do Capitalismo, do Dolarismo, e todos esses ismos sociais que hoje a minam e tornam tão tumultuosa e rude quando os colonos eram puritanos e graves; quando a charrua enobrecia; quando a instrução e a educação residiam entre os homens da lavoura; quando poetas e moralistas habitavam casas de madeira que as suas mãos construíam; quando grandes médicos percorriam a cavalo as terras, levando familiarmente a farmácia nas bolsas largas da sela; quando governadores e presidentes da República saíam de humildes granjas; quando as mulheres teciam os linhos dos seus bragais e os tapetes das suas vivendas; quando a singeleza das maneiras vinha da candidez dos corações; quando os lavradores formavam uma classe que, pela virtude do saber, pela inteligência, podia ocupar nobremente todos os cargos do Estado; e quando a nova América espantava o Mundo pela sua originalidade, forte e fecunda.

Pois bem, caro amigo! em vez de terem escolhido esta existência que daria ao Brasil uma civilização sua, própria, genuína, de admirável solidez e beleza, — que fizeram os Brasileiros? Apenas as naus do senhor D. João VI se tinham sumido nas névoas atlânticas, os Brasileiros, senhores do Brasil, abandonaram os campos, correram a apinhar-se nas cidades e romperam a copiar tumultuariamente a nossa civilização europeia, no que ela tinha de mais vistoso e copiável. Em breve o Brasil ficou coberto de instituições alheias, quase contrárias à sua índole e ao seu destino, trazidas à pressa de velhos compêndios franceses. O Jornal, o Artigo de Fundo, a balofa Retórica Constitucional, a tirania da Opinião Pública, os descaros da Polêmica, todas as intrigas da Politiquice se tornaram logo males correntes.

Os velhos e simples costumes foram abandonados com desdém: cada homem procurou para a sua cabeça uma coroa de barão, e, com 47 graus de calor à sombra, as senhoras começaram a derreter dentro dos gorgorões e dos veludos ricos. Já nas casas não havia uma honesta cadeira de palhinha, onde, ao fim do dia, o corpo encontrasse repouso e frescura; e começavam os damascos de cores fortes, os móveis de pés dourados, os reposteiros de grossas borlas, todo o pesadume de decoração estofada com que Paris e Londres se defendem da neve, e onde triunfa o Micróbio. Imediatamente alastraram as doenças das velhas civilizações, as tuberculoses, as infecções, as dispepsias, as nevroses, toda uma surda deterioração da raça. E o Brasil radiante — porque se ia tornando tão enfezado como a Europa, que tem três mil anos de excessos, três mil anos de ceias e de revoluções!

No entanto já possuía a Democracia, o Industrialismo, a Sociedade por ações, em todo o delírio das suas formas infinitas, a luz elétrica, o "veneno francês" sob as marcas principais do Champanhe e do Romance. Estava maduro para os maiores requintes, e mandou então vir pelo paquete o Positivismo e a Ópera Bufa. Foi uma tremenda orgia: ensinou-se aos sabiás a gorjear *Madame Angot*, e vendedores de retalho citavam Augusto Comte... Para que prolongar o inventário doloroso? Bem cedo do Brasil, do generoso e velho Brasil, nada restou: nem sequer Brasileiros, porque só havia doutores — o que são entidades diferentes. A Nação inteira se doutorou. Do Norte ao Sul, no Brasil, não há, não encontrei senão doutores! Doutores com toda a sorte de insígnias, em toda a sorte de funções! Doutores, com uma espada, comandando soldados; doutores, com uma carteira, fundando bancos; doutores, com uma sonda, capitaneando navios; doutores, com um apito, dirigindo a polícia; doutores, com uma lira, soltando carmes; doutores, com um prumo, construindo edifícios; doutores, com balanças, ministrando drogas; doutores, sem coisa alguma, governando o Estado! Todos doutores. O Dr. tenente-coronel... O Dr. vice-almirante... O Dr. chefe de polícia... O Dr. arquiteto... Homens inteligentes, instruídos, polidos, afáveis, — mas todos doutores! E este título não é inofensivo: imprime caráter.

Uma tão desproporcionada legião de doutores envolve todo o Brasil numa atmosfera de doutorice. Ora, o feitio especial da doutorice é desatender as realidades, tudo conceber *a priori* e querer organizar e reger o Mundo pelas regras dos compêndios. A sua expressão mais completa está nesse doutor, ministro do Império, que em todas as questões públicas nunca consultava as necessidades da Nação, mas folheava com ansiedade os livros, a procurar o que, em casos vagamente parecidos, Guizot fizera em França, Pitt na Inglaterra. São estes doutores brasileiros de nacionalidade, mas não de nacionalismo, que, cada dia, mais desnacionalizam o Brasil, lhe matam a originalidade nativa, com a teima doutoral de moralmente e materialmente o enfardelarem numa fatiota europeia feita de Francesismo, com remendos de vago Inglesismo e de vago Germanismo.

Assim, o livre gênio da Nação é constantemente falseado, torcido, contrariado na sua manifestação original — em tudo: na Política, pelas doutrinas da Europa; em Literatura, pelas escolas da Europa; na Sociedade, pelas modas da Europa.

A famosa carta de alforria de 29 de agosto de 1825 não serviu para as inteligências. Intelectualmente, o Brasil é ainda uma colônia — uma colônia do *Boulevard*. Letras, ciências, costumes, instituições, nada disso é nacional; — tudo vem de fora, em caixotes, pelo paquete de Bordéus, de sorte que esse mundo, que orgulhosamente se chama o Novo Mundo, é na realidade um mundo velhíssimo, e vincado de rugas, dessas rugas doentias, que nos deram, a nós, vinte séculos de Literatura.

Percorri todo o Brasil à procura do novo e só encontrei o velho, o que já é velho há cem anos na nossa Europa — as nossas velhas ideias, os nossos velhos hábitos, as nossas velhas fórmulas, e tudo mais velho, gasto até ao fio, como inteiramente acabado pela viagem e pelo sol. Sabe o que me parecia, para resumir a minha impressão numa imagem material, como recomenda Buffon? Que por todo o Brasil se estendera um antigo e coçado tapete, feito com os remendos da civilização europeia, e recobrindo o tapete natural e fresco das relvas e das flores do solo... Concebe V. maior horror? Sobre um jardim perfumado, em pleno viço, tudo tapar, tudo abafar, rosas abertas e botões que vão abrir, com um tapete de lã, esburacado, poeirento, cheirando a bafio!

E haverá remédio para tão duro mal? Decerto! Arrancar o tapete sufocante. Mas que Hércules genial empreenderá esse trabalho santo? Não sei. Em todo o caso, creio que o Brasil tem ainda uma *chance* de reentrar numa vida nacional e só brasileira. Quando o Império tiver desaparecido e, a seu turno, vier essa República jacobino-positivista que já lateja nas escolas e que os doutores de pena hão de necessariamente fazer, de parceria com os doutores de espada; quando, por seu turno, essa República jacobino-positivista murchar como planta colocada artificialmente sobre o solo e sem raízes nele, desaparecer de todo, uma manhã, levada pelo vento europeu e doutoral que a trouxe; e quando de novo, sem luta, e por uma mera conclusão lógica, surgir no Paço de São Cristóvão um novo Imperador ou Rei — o Brasil, repito, nesse momento, tem uma *chance* de se desembaraçar do "tapete europeu" que o recobre, o desfeia, o sufoca. A chatice está em que o novo Imperador ou Rei seja um moço forte, são, de bom parecer, bem brasileiro, que ame a natureza e deteste o livro.

Não vejo outra salvação. Mas no dia ditoso em que o Brasil, por um esforço heroico, se decidir a ser brasileiro, a ser do *Novo* Mundo — haverá no Mundo uma grande nação. Os homens têm inteligência; as mulheres têm beleza — e ambos a mais bela, a melhor das qualidades: a bondade. Ora, uma nação que tem a bondade, a inteligência, a beleza (e café, nessas proporções sublimes) — pode contar com um soberbo futuro histórico, desde que se convença que mais vale ser um lavrador original do que um doutor mal traduzido do francês.

Não me queira mal por toda esta desordenada franqueza, e creia-me tão amigo do Brasil como seu. — Fradique Mendes.

FIM

Cartas inéditas

XIX

A E. STURMM, ALFAIATE
Lisboa, Abril
Meu bom Sturmm:

A sua sobrecasaca é perfeitamente insensata. Ali a tenho, arejando à janela, nas costas de uma cadeira; e assenta tão bem nessas costas de pau, como assentaria nas do comandante das Guardas Municipais, nas do Patriarca, nas de um piloto da barra ou nas de um filósofo, se o houvesse nestes reinos. Quero, pois, severamente dizer que ela não possui individualidade.

Se V., bom Sturmm, fosse apenas um algibebe, embrulhando a multidão em pano Sedan para lhe tapar a nudez — eu não faria à sua obra esta crítica tão alta e exigente. Mas V. é alemão, e de Conisberga, cidade metafísica. A sua tesoura tem parentesco com a pena de Immanuel Kant, e legitimamente me surpreende que V. não a use com a mesma sagacidade psicológica.

Não ignora V., decerto, que ao lado da filosofia da história e de outras filosofias, há ainda mais uma, importante e vasta, que se chama a filosofia do vestuário; e menos ignora, decerto, que aí se aprende, entre tanta coisa profunda, esta, de superior profundidade: que o casaco está para o homem como a palavra está para a ideia.

Ora, para que serve a palavra, Sturmm? Para tornar a ideia perceptível e transmissível nas relações humanas — como o casaco serve para tornar o homem apresentável e viável através das ocupações sociais. Mas é a palavra empregada sempre em rigorosa concordância de valor com a ideia? Não, meu Sturmm.

Quando a ideia é chata ou trivial, alteia-se, revestindo-a de palavras gordas e aparatosas — como todas as que se usam em política.

Quando a ideia é grosseira ou bestial, embeleza-se e poetiza-se, recobrindo-a de palavras macias, afagantes, canoras — como todas as que se usam em amor.

Por outro lado, escolhem-se palavras de uma retumbância especial para reforçar a veemência da ideia — como nos rasgos à Mirabeau — ou rebuscam-se as que pela estranheza plástica ajuntam uma sensação física à emoção intelectual — como nos versos de Baudelaire

Temos pois que a palavra opera sobre a ideia, ou disfarçando-a ou acentuando-a. Vai-me V. seguindo, perspicaz Sturmm?

Tudo isto se aplica exatamente às conexões do casaco com o homem.

Para que talham os alfaiates ingleses certas sobrecasacas longas, retas, rígidas, com um debrum de austeridade e ressudando virtude por todas as costuras? Para esconder a velhacaria de quem as veste. Você encontra em Londres essas sobrecasacas, nos meetings religiosos, nas sociedades promotoras da moralização dos pequenos patagônios e nos romances de Dickens. E para que talham eles esses fraques audazes bem acolchoados de ombros, quebrados e cavados de cinta, dando relevo aos quadris — sede da força amorosa? Para acentuar os corpos robustos e voluptuosos a que se colam. Você vê desses fraques aos Lovelaces, aos caçadores de dotes e a toda a legião dos *entretenus*.

Disfarçando-o ou acentuando-o, o casaco deve ser a expressão visível do caráter ou do tipo que, cada um, pretende representar entre os seus concidadãos.

Quem lhe encomenda pois um casaco, digno Sturmm, encomenda-lhe na realidade um prospecto. E nem precisa o alfaiate que aprofundou a sua arte, de receber a confissão do freguês. As ligeiras recomendações que escapam, inquietas e tímidas, na hora atribulada da "prova", bastam para que ele compreenda o uso social a que o cliente destina a sua farpela... Assim, se um cavalheiro de luvas pretas, com uma luneta de ouro entalada entre dois botões do colete, que move os passos com lentidão e reflexão, e, ao entrar, pousou sobre a mesa um número do Jornal do Economista, lhe diz, num tom de mansa reprovação, ao provar o casaco: "Está curto e justo de cinta" — V. deve logo deduzir que ele deseja aquelas abas bem fornidas, flutuantes, que demonstram abundância de princípios, circunspecção, amor sólido da ordem e conhecimento miúdo das pautas da Alfândega... Vai-me V. penetrando, bom Sturmm?

Ora, que lhe murmurei eu, em mau alemão, ao provar a sobrecasaca infausta? Esta fugidia indicação: "Que cinja bem!" Isto bastava para V. entender que eu desejava, através dessa veste, mostrar-me a Lisboa, onde a ia usar, sinceramente como sou — reservado, cingido comigo mesmo, frio, cético e inacessível aos pedidos de meias libras... E, no entanto, que me manda V., Sturmm, num embrulho de papel pardo? V. manda-me a sobrecasaca que talha para toda a gente em Portugal, desgraçadamente: a sobrecasaca do conselheiro!

Digo "desgraçadamente" — porque, vestindo-nos todos pelo mesmo molde, V. leva-nos todos a ter o mesmo sentir e a ter o mesmo pensar. Nada influencia mais profundamente o sentir do homem, do que a fatiota que o cobre. O mais ríspido profeta, se enverga uma casaca e ata ao pescoço um laço branco, tende logo a sentir os encantos dos decotes e da valsa; e o mais extraviado mundano, dentro de uma robe de chambre, sente apetites de serão doméstico e de carinhos ao fogão.

Maior ainda se afirma a influência do vestuário sobre o pensar. Não é possível conceber um sistema filosófico com os pés entalados em escarpins de baile, e um jaquetão de veludo preto forrado a cetim azul leva inevitavelmente a ideias conservadoras.

Você, pondo no dorso de toda a sociedade essa casaca de conselheiro, lisa, insípida, rotineira, pesabunda — está simplesmente criando um país de conselheiros!

Dentro dessa confecção banalizadora e achatante, o poeta perde a fantasia, o dândi perde a vivacidade, o militar perde a coragem, o jornalista perde a veia, o crítico perde a sagacidade, o padre perde a fé — e, perdendo cada um o relevo e a saliência própria, fica tudo reduzido a esse cepo moral que se chama o conselheiro! A sua tesoura está assim mesquinhamente aparando a originalidade do país! Você corta, em cada casaco, a mortalha de um temperamento. E se

Camões ainda vivesse — e V. o vestisse — tínhamos em lugar dos Sonetos, artigos do Comércio do Porto........................

XX

A PAUL VARGETTE

Meu bom Vargette:

Com alvoroço e carinho acolhi eu ontem o seu livro, *Les Pâles Vêpres*, que é logo, exteriormente, de um tão raro e intelectual dandismo. Considerei, enternecidamente, o seco galho de inverno onde treme uma folha morta, caído, como um emblema de modéstia, sobre a capa de uma cor de carne bem achada, entre rósea e glauca, carne semifluida de Náiade fugidia. Detive o sorriso enlevado nas maiúsculas escarlates, com cercaduras no fino gosto de Simon de Colines. Palpei com reverência as folhas graves de papiro sacerdotal. E com os pés para o borralho, pensei nos rudes tempos da velha poesia, quando Musset e Lamartine eram sublimes em papel pardo!

Apesar de ter quase cinquenta anos, de reler Horácio e Racine e de amar, por uma incurável necessidade de pureza, a água límpida que rebenta das rochas claras, eu não sou hostil à poética nova de que o seu livro procede, meu Vargette, e que se chama — se desde ontem lhe não alteraram a alcunha flutuante — decadismo ou simbolismo. Consiste ela, quando ensinada e praticada pelos mestres — se eu não erro nestas superfinas matérias —, em arredar da poesia, como gastas e já inusáveis, todas as sensações ou emoções simples, velhas como o homem, e por ele, através de vinte séculos de literatura, desde os hinos órficos até Béranger, fixadas em formas que, como as da moeda, já não podem ser alteradas — (que Estado, por mais inovador, ousaria cunhar libras triangulares ou peças de cinco francos com o recorte de um lírio?).

Consiste, depois, em rebuscar, através do homem e da Natureza, impressões e emoções novas, ou fragmentos de impressões e emoções, deixadas no subsolo da alma e da vida pelos primeiros escavadores, e que pareçam novas e saídas de um filão novo, por conservarem ainda as asperezas frescas do metal desenterrado. E consiste, enfim, em materializar tão completamente — transpondo-as para o verbo — essas sensações e essas emoções, que elas nos prendam e nos afetem pelos atributos próprios da matéria, e o verbo que as encarne se torne tão verdadeiramente rutilante como um broche de pedrarias, ou tão doce à epiderme como a moleza de um estofo, ou tão respirável como um ramo de lilases... Creio que é esta a poética do simbolismo, quando ensinada pelos mestres.

Erro eu, meu Vargette? — "Que bem que cheira este verso! — Como é macio este verso quando se lhe pousa em cima a face! — No faiscar deste verso há rubis e esmeraldas! — Este verso restolhou denso de ramaria, e aquele cai em gotas límpidas de uma quelha sobre a relva!" Creio serem estes os gritos que o simbolismo quer arrancar à admiração cansada dos homens. Não é verdade, Vargette? Ainda há pouco, um simbolista ilustre murmurava, convidando as multidões para o seu verso: — *Il fait bon dans mon vers!* O que eu traduzo: — "No meu verso há calor, uma flacidez de veludo, toda a sorte de perfumes errantes, e um murmúrio que embala e adormenta... Vinde para o meu verso!" (Eu não fui, porque esse Paraíso, suntuosamente impresso, custava vinte francos!)

Pois apesar dos meus cinquenta anos já bolorentos e da minha ferrugenta fidelidade a Virgílio, a Horácio e à Antologia, eu penso que esta poética aproveita, consideravelmente, a todo o poeta que nos começos da gentil carreira a cultive com sagacidade e com método. Primeiramente, impõe ao espírito o salutar horror do já dito, do já feito. Depois, conduz ao hábito de aliar e aguçar a análise, até que, como uma ponta de aço de incomparável flexibilidade e finura, ela saiba penetrar através dos mais tortuosos e escuros refolhos da alma. E enfim acostuma a extrair do verbo humano tudo o que ele humanamente pode dar, como encarnador do visível e do invisível.

De sorte que o decadismo é um exercício extremamente útil a todo o poeta que se prepara para a poesia — exatamente como a ginástica é o mais vantajoso exercício do corpo que se prepara para a vida. O espírito sai do decadismo com hábitos de atividade inovadora, mais elástico, mais dúctil, possuindo um poder mais variado de se traduzir e viver pela expressão, exatamente como o corpo sai da ginástica com hábitos de vivacidade, mais musculoso, mais ágil, e cheio de destreza para a ação.

Mas, meu Vargette, por isso mesmo que o decadismo e a ginástica são meios de educação — não se podem considerar como o fim supremo e definitivo do ser educado. O homem que se prepara para viver uma vida de homem em toda a sua plenitude e variedade — e que para isso se adestrou e se fortificou na ginástica desde os dez anos — deve, logo que envergue a sobrecasaca viril, abandonar a um canto as cordas, as argolas e os halteres. E do mesmo modo — com carinhosa sinceridade lho asseguro — o meu querido Vargette, como poeta que penetra na poesia, deveria ter queimado esse gentil livro, *Les Pâles Vêpres*, desde que, em outro anterior, *Les Doléances*, se exercitara já suficientemente em ser inovador sutil e expressivo. Ficar o meu Vargette, com essa rica e formosa barba cor de milho, a fazer eternamente decadismo — seria como ficar o homem de ação, que já tem a barba e a idade da ação, teimosamente dependurado do trapézio. Ambos teriam encalhado a meio do seu destino: um, nunca chegaria à poesia, o outro, nunca chegaria à ação. E ambos eles permaneceriam de fora — sendo para todo o sempre dois simples pelotiqueiros.

Amigo rude, por ser tão amigo — FRADIQUE.

XXI

A "MADAME" DE JOUARRE

Minha querida madrinha:

O nome é lindo, cheio de som e de luz: Claire de Clairval. Mais bonito ainda em português, tendo um som mais repousado e nobre — Clara de Claro Vale. E corresponde bem a toda a pessoa, ao busto esbelto, aos cabelos louros, ao romance que pende das pestanas, ao olhar lânguido... embora não abranja também a outra qualidade dos olhos, que, além de lânguidos, são finos. Não devia haver finura numa Clara de Claro Vale, que, pelo menos de nome, é gótica, toda em sentimento, crédula e grave, sentada numa cadeira de alto espaldar e ocupada em manter a graça heráldica de sua pessoa.

Diz a minha bela madrinha que, apesar de tão ressoante, lembrando torneios e cortes de amor, Clairval não está muito alto no nobiliário de França. *Un peu de roture ne gate rien.* Pelo contrário, são talvez essas gotas de sangue vermelho e plebeu que põem através da sua gentil pessoa a ponta de finura que me atrai.

Está a minha bela madrinha enganada — eu nunca a tinha visto antes do baile de Madame de Tressan. É bem possível que ela vá todas as quartas-feiras à Comédie Française — mas desde que se adotaram para a Comédie as toaletes escuras, com tons sóbrios e graves como a versificação de Racine, não é fácil ser-se atraído, depois dos trinta anos, por um rosto especial. O teatro todo é como uma mancha escura, picada de pontos pálidos ou cor de pó de arroz, que são as faces. Aos vinte e cinco anos, a curiosidade, vibrante e sempre à *l'affut*, num instante detalha, distingue, escolhe entre todos esses rostos bonitos. A curiosidade mais embotada e lenta dos trinta e cinco, nada aprofunda, passa por sobre a sala num só giro resvalado. É necessário que da parte do rosto bonito já haja a intenção, o desejo de ser notado, que ele próprio se adiante e se evidencie, para que prenda e segure a atenção.

Além disso, eu suponho que ninguém vê a mulher que tem de amar — isto na generalidade, não se trata de Madame de Clairval! — antes de ter chegado o momento marcado pelo destino para que esse amor se acenda e seja útil ao conjunto das coisas. Nada prova mesmo que essa mulher não tenha emergido, nesse momento, do seio vivo da Natureza, assim, em toalete e de luvas brancas, para ser olhada e possuída por esse homem! Isto que parece incidente de conto de fadas é todavia, por vezes, quase justificado pelos fatos.

Um amigo meu, em Lisboa, numa sociedade pequena, de duzentas pessoas, em que todo o mundo se acotovela e todos uns aos outros conhecem o tom de voz, os negócios, os sentimentos, as toaletes e as ambições — de tal sorte que mesmo numa sala às escuras se poderia continuar com coerência a conversação —, perguntou um dia a uma senhora, numa *soirée*:

— Quem é aquela rapariga de branco, além, ao pé da porta?

A outra olha, parece assombrada:

— É minha irmã...

— Mas...

— Mas quê? Essa é extraordinária! Há quatro anos que ela vai comigo a toda a parte onde eu vou, e há quatro anos que o encontro a si em toda a parte onde apareço...

Um ano depois o meu amigo casava com a rapariga de branco!

Estou vendo que não achou esta história interessante — e que mais se vai estabelecer na sua ideia de que há uma semana, desde o baile de Madame de Tressan, ando vago e sem sabor. Talvez tenha razão. Não me sinto, com efeito, nem muito vibrante, nem muito agudo, nem muito impulsivo: não sei que *rêverie* indecisa me prende, me enleia por vezes, dando-me aquele langor espiritual que os primeiros calores de maio dão ao corpo. Não sei a origem e não quero descobri-la — mesmo que tivesse a vivacidade de espírito para empreender essa análise — com receio de que este estado de doce e vago adormecimento se esvaia e fuja, levando com ele a doçura em que me envolve. E ouço daí a sua pergunta: — "Nenhuma ideia, nenhuma imagem, nenhuma figura passa através deste fundo de cismar informe?" — Meu Deus, escassamente lho poderia dizer. É certo que por vezes, não sei porquê, desse fundo de repouso intelectual, dessa névoa luminosa e quente, destaca-se uma longa figura loura, com coisas amarelas no vestido preto e uns olhos finos e lânguidos... Mas não há nada de perigoso nisto. Suponho mesmo que essa imagem que passa não é o reflexo de nenhuma realidade — mas uma criação própria da imaginação adormecida, semelhante a essas evaporações que se elevam de um lago morto, no verão, e que tomariam, se nós as pudéssemos ver mais densas e perceptíveis, as formas mortas, serenas, paradas e moles do lago de onde se elevaram. Um espírito que dormita e se enlanguesce, deve criar, naturalmente, formas que o reproduzam, figuras esguias — que tenham os olhos lânguidos, e o passo ondeante, e as pestanas descidas e como adormecidas...

Em suma — não é uma mulher especial que assim passa no meu espírito: é antes a personificação simbólica deste estado de espírito que a consciência me mostra, e... Bom Deus, já nem me entendo! Quanta sutileza e quantas névoas! Tenho muitas assim, que se formam e se desmancham... De resto tenho fumado inúmeras cigarrilhas, e relido Musset...

Afilhado nevoento — FRADIQUE.

XXII

A MANUEL...

Meu bom sobrinho Manuel:

Desde que há homens e desde que há cartas, nunca homem recebeu carta mais tocante, e mais exigente, e mais absurda, do que esta de 22 de março com que me honras, me aterras, e me divertes! "Para um livro de versos que eu determinei compor, enquanto Deus compõe esta sua primavera, que devo eu escolher: os temas do amor, os da natureza, os da filosofia ou os da história?..."

Oh! meu sobrinho Manuel, tu queres pois que eu, à maneira de um douto Bardo de barbas nevadas e coroa de louros secos, te leve pela mão através das veredas aromáticas do Parnaso e, com o meu velho bordão feito de carvalho délfico, te aponte, além sob as frondes, a fria fonte Castália, onde mais convém que te agaches e bebas?

Poeta te sentes, meu enganado Manuel! Poeta te queres, meu temerário Manuel! E vens agora com a tua lira nova, comprada esta manhã junto à Via-Sacra, nos Armazéns de Apolo, para que, ambos reclinados sob a olaia, eu te guie os dedos tenros sobre as cordas de tripa e de bronze, e te ensine os cantos que encantam...

Mas, meu doce Manuel, por que te não dirigiste tu aos quatro nobres, e clássicos, e argutos mestres que têm cátedra e aula aberta nos cimos do Pindo — Aristóteles, Horácio, Pope e Boileau?

As quatro Artes Poéticas desses quatro legisladores da poesia andam hoje reunidas comodamente num volume brochado (de 3 francos e 50) que, sendo um código e também um receituário, fornece abundante ensino a toda a alma, dos Açores ou mesmo do Continente, que sinta tendências culpadas para o verso. Por que não te provês tu desse volume disciplinar e fecundante? Com ele, um dicionário de rimas, um bule de café, cigarros, vagares e papel, tu poderás, como tantos outros poetas espalhados por essas grutas frescas do Parnaso, fabricar ressoantes alexandrinos à Hugo, lavradas e lustrosas peças parnasianas, éclogas bernárdicas de um quinhentismo que lindamente cheire a mofo, e mesmo esses exercícios léxicos e gramaticais, chamados decadismo e simbolismo, que constituem um método Ollendorf para aprender a delirar sem mestre.

Todavia, meu doce sobrinho Manuel, não esqueço que tua mãe, a minha boa prima Luísa, quando eu era pequeno e desejava percorrer o mundo num grande cavalo, à maneira de Roldão ou de Percival, me deu um burro, um lindo burro branco, com selim, e freio, e chicote! E agora que tu, filho da prima Luísa, aspiras a galopar por um mundo ainda mais vasto e obscuro do que o meu, o da poesia, é de boa gratidão, me parece, que eu te forneça também um Pégaso, e to enfreie, e to amanse, e sobre ele te escarranche, e com uma vergasta de louro o vá vergastando e levando, como teu fiel burriqueiro, por esta serra difícil do ideal!

Sobrinho Manuel, um amigo meu, que depois de ser, durante errados anos, um mau poeta, se arrependeu e se tornou um bom crítico, costumava sempre, com a sua autoridade de velho mareante experiente em escolhos e naufrágios, aconselhar os poetas novos a que procurassem os temas e motivos dos seus poemas, fora do próprio e estreito coração e das duas ou três palpitações que nele monotonamente se repetem. Eu pertenço à escola deste homem sagaz — e para mim também, essa poesia chamada subjetiva, que vive aninhada nas saias de Elvira e que arrulha sem cessar, no jornal e no livro, as suas gárrulas confidências de amor (ou de namoro), necessita ser substituída por uma poesia mais forte, mais viril, mais humana, que se desaninhe das saias já enxovalhadas da sua eterna dama e lance o voo livre e largo através do mundo e da vida.

O amor (como ensinava o meu amigo) é certamente uma força — e mesmo a maior força deste pobre universo que dele vive e por ele se equilibra — e a notação, em boa rima, de qualquer das suas manifestações que seja intensamente genuína e nova, constitui sem dúvida uma aquisição excelente para o nosso conhecimento do homem, entidade de sete palmos de altura, que, quanto mais profundamente a si próprio se sonda, mais insondável se reconhece. Por outro lado, os versos de amor são preciosos para aqueles que, possuindo o sentimento, não possuem o verbo que lho vivifique, lhes dê a consoladora certeza da sua realidade — e que precisam portanto ver expressas, formuladas, sonoras, quase palpáveis, as coisas indefinidas que lhes tumultuavam no peito e a que não sabiam dar nome.

Mas a não ser nestes dois casos, em que o poeta tenha descoberto em si uma forma do sentir deliciosamente inédita, ou que tenha conseguido exprimir com uma nitidez gráfica excepcional algum sutil estado de alma até aí inexprimível, ele deveria (pelo menos enquanto durar este século saciado de lirismo sentimental) conservar os versos do seu amor no papel íntimo em que os traçou, ao lado das flores murchas, das madeixas de cabelos, das fotografias enodoadas de beijos e de todas as outras relíquias da mocidade que aos trinta anos se atiram ao lume. De outro modo, se os poetas insistirem em anunciar cada semana, com lábio trêmulo, nos jornais ou nos volumes a 600 rs., que amam Laura, e que a apertaram nos braços, e que os veludos da alcova pendiam em pregas moles — esta geração ocupada, positiva, inteligente, e só seduzida pelas coisas da inteligência, fugirá deles, desesperadamente, como se foge de tudo o que arrepia ou enerva, de um realejo, de uma serra a serrar pedra ou de um canário mecânico, envernizado de amarelo, com corda para 24 horas! Para que a poesia guarde a sua clientela de espíritos é necessário que contenha em si toda a humanidade — e não somente a feminilidade da vizinha que sorri além, à janela...

Tudo isto, que afirmava o meu amigo, com aquela irremediável confusão que lhe ficara dos hábitos do verso, é verídico. A poesia não se inventou para cantar o amor — que de resto não existia ainda quando os primeiros homens cantaram. Ela nasceu com a necessidade de celebrar magnificamente os deuses, e de conservar na memória, pela sedução do ritmo, as leis da tribo. A adoração ou captação da divindade e a estabilidade social eram então os dois altos e únicos cuidados humanos; — e a poesia tendeu sempre, e tenderá constantemente a resumir, nos conceitos mais puros, mais belos e mais concisos, as ideias que estão interessando e conduzindo os homens. Se a grande preocupação do nosso tempo fosse o amor — ainda admitiríamos que se arquivasse, por meio das artes da imprensa, cada suspiro de cada Francesca. Mas o amor é um sentimento extremamente raro entre as raças velhas e enfraquecidas. Os Romeus, as Julietas (para citar só este casal clássico) já não se repetem nem são quase possíveis nas nossas democracias, saturadas de cultura, torturadas pela ânsia do bem-estar, céticas, portanto egoístas, e movidas pelo vapor e pela eletricidade. Mesmo nos crimes de amor, em que parece reviver, com a sua força primitiva e dominante, a paixão das raças novas, se descobrem logo fatores lamentavelmente alheios ao amor, sendo os dois principais aqueles que mais caracterizam o nosso tempo: o interesse e a vaidade. Nestas condições, o amor que voltou a ser, como na Grécia, um Cupido pequenino e brincalhão, que esvoaça, surripiando aqui e além um prazer fugitivo — é removido para entre os cuidados subalternos do homem, muito para baixo do dinheiro, muito para baixo da política... É uma ocupação, sem malícia o digo, que se deixa para quando acabar o dia verdadeiro e útil, e com ele os negócios, as ideias, os interesses que prendem. "Já não há hoje nada de produtivo a fazer? Já não há nada de sério em que pensar?... Bem! Então, um pouco de perfume nas mãos, e abra-se a porta ao amor que espera!" A isto está reduzida a Vênus fatal e vencedora!

Ora, quando uma arte teima em exprimir unicamente um sentimento que se tornou secundário nas preocupações do homem — ela própria se torna secundária, pouco atendida e perde a pouco e pouco a simpatia das inteligências. Por isso hoje, tão tenazmente, os editores se recusam a editar, e os leitores se recusam a ler, versos em que só se cante de amor e de rosas. E o artista que não quer ser uma voz clamando no deserto e um papel apodrecendo no armazém, começa a evitar o amor como tema essencial da sua obra. A glória de Zola vem sobretudo da universalidade e modernidade dos seus assuntos — a terra, o dinheiro, o comércio, a política, a guerra, a religião, as grandes indústrias, a ciência — que são os fatos supremos que interessam o homem culto.

Aqueles que, como Feuillet, Sandeau e tantos outros, só sabiam contar, com pena enternecida e graciosa, histórias de amor e em que o amor era o centro e o motor único da vida, estão abandonados, comidos humilhantemente pelos ratos, nos subterrâneos dos livreiros.

Nem mesmo as mulheres leem já hoje versos de amor — que de resto não apreciaram em tempo algum, porque nunca uma mulher gostou de ver outra coroada e idealizada! E além disso nem elas, nem ninguém, por mais simples, acreditam na sinceridade dos poemas amorosos. Todos sabemos que eles são meros exercícios de literatura, compostos pacientemente, friamente, de chinelos, com um dicionário de rimas. Nos primeiros anos do século, o poeta que penetrava no "comércio das Musas" começava por compor laboriosamente, e folheando os bons modelos, uma Epístola em que celebrava a felicidade de viver nos campos, um Madrigal em que cobria uma pastora de aljôfares e nardo, ou um Ditirambo um pouco desgrenhado, em que erguia a taça de vinho rubro e gritava "Evoé!..." Este homem excelente não conhecia pastoras nem bosques, e vivia comedidamente no terceiro andar de uma rua estreita, frequentando o botequim vizinho onde se alagava de orchata.

A orgia báquica, os cordeiros e o surrão, o seu amor da paz silvana, eram meramente nele temas recomendados pela arte poética. Hoje, essa poesia bucólica ou ditirâmbica passou com os calções e com os espadins. O romantismo criou outra retórica. E o poeta que principia, em lugar de se mostrar ao leitor, em rimas castigadas, pastoril e bêbedo, como o seu antecessor que ainda estudava Horácio — mostra-se agora, com a mesma tranquilidade, mas com as fórmulas que herdou de Musset, apaixonado e dolorido. A dor e a paixão, porém, são no digno moço tão postiças e tão laboriosamente trabalhadas como eram o bucolismo, o patriotismo e o fervor orgíaco do seu confrade de 1810.

Desta escandalosa insinceridade provém o descrédito do lirismo. Mas, mesmo quando seja sincero, quando brote de uma emoção pura, que interesse nos poderá causar o livro em que o Sr. Fulano ou o Sr. Sicrano, que nós não conhecemos, nos vêm revelar os êxtases e os tormentos que se debatem no seu peito? Um tal poema deveria ser reservado para os íntimos. Há desde logo um grande impudor em fazer assim do nosso coração uma tiragem de quinhentos volumes, para o vender, palpitante e sangrando, nos balcões das lojas. E há ainda uma intolerável impertinência da parte do Sr. Fulano, em nos deter no nosso caminho apressado, para nos gritar, entre suspiros, que ela é formosa e que os seus beijos sabem a mel! — É formosa? Sabe a mel? Bom proveito para si, estimável senhor! Mas que me importa isso a mim, que vou vivamente levado pela minha ideia, pelo meu trabalho, pelo meu negócio ou pelo meu prazer?

A poesia, se quiser prender ainda a nossa atenção, neste momento justamente em que ela atingiu a sua máxima habilidade técnica, necessita abandonar essa alcova em que se enerva e se esteriliza e de que nós conhecemos, até à saciedade, e pela sua indiscrição, todos os lânguidos escaninhos. Fora dessa sombra mole não lhe faltam os belos temas — e aí tem a história, a lenda, e as religiões, e os costumes, e a vida ambiente, que lhe fornecem correntes de inspiração onde ela pode beber mais profundamente do que em nenhuma das Castálias passadas.

A sua lira, manejada por tão hábeis artistas nestes últimos trinta anos, está superiormente afinada, desde as cordas de nervo até às cordas de bronze, e não há som, por mais delicado ou por mais estridente, que ela não saiba despedir com precisão e com brilho. O homem tem a insaciável necessidade de se conhecer — e quantas formas, infinitamente variadas, do seu sentir, do seu pensar, do seu querer, não há aí, no presente e através do passado, dignas de serem fixadas, para que ele as bendiga ou as maldiga, nessa divina linguagem do verso, a única que verdadeiramente penetra na alma e nela sabe gravar perduravelmente o amor do que é grande, o desdém do que é baixo... Que o poeta se despegue, pois, corajosamente da alcova, e mesmo da porta da sua bem-amada e, com a lira à cinta, como os rapsodos de outrora, percorra o mundo, escutando histórias, para as contar depois em ritmos de ouro!

Justamente, estas considerações que não são de crítica, e apenas lançadas tumultuária e familiarmente em cavaqueira amável, as formulei eu porque conheço uma ou duas histórias que bem mereciam, pela sua beleza moral, ser perpetuadas em versos ricos. E como as minhas histórias não são de amor, procedi logo à maneira daquele mercador da lenda que, quando trazia armas para vender, clamava na praça contra a paz que debilita as almas — e quando os seus fardos só continham sedas e perfumes, erguia imprecações contra a guerra que asselvaja e desmancha os lares!

Mas quê! Em lugar de contar a minha história, para que tu, meu gentil poeta, a cinzeles num poema alado, gastei o meu papel professorando doutrinas e enfeitando-as de buxo e louro, com esta loquacidade divagadora da nossa raça, que tanto mal nos tem feito nas letras e na causa pública! Que remédio? Somos latinos e temos em nós, hereditariamente e irreparavelmente, toda a secular tagarelice do Forum Romanum.

Tio do coração. — FRADIQUE.

XXIII

A ....

Meu caro amigo:

Desaprovo energicamente a sua ideia de romance sobre Babilônia. O que foi, justos Céus, que aí, a três passos de Picadilly e de Regent-Street, o levou a pensar em Babilônia? Que interesse podem ter os homens e as mulheres de Babilônia para o seu público, que vive no Chiado, e na Rua do Ouvidor? Diz V. que nada há mais interessante para o homem moderno do que descobrir nos outros, de outras idades, os sentimentos, as paixões, os ridículos, a comédia e a tragédia que hoje o agitam a ele. Mas está V. certo de que sabe quais eram os sentimentos e os ridículos dos homens que habitavam a cidade do Eufrates? Esteve V. lá, alojado num pequeno casebre de tijolo, à sombra do templo de Belu, observando e tomando notas? Ressuscitou por acaso algum babilônio para lhe vir dar a representação dos sentimentos e das ideias do seu tempo? — Como os pode V. conhecer?

Dirá você: — "mas os homens são sempre os mesmos, através de todas as civilizações e de todas as idades." Nada mais falso nem de pior crítica. O homem é um resultado, uma conclusão e um produto das circunstâncias que o envolvem — circunstâncias de clima, de alimentação, de ocupações, de religião, de política, de arte, de cultura. Ora, se estas circunstâncias eram em Babilônia absolutamente, radicalmente diferentes das nossas, como se pode concluir do homem de hoje para o homem de então? Os próprios sentimentos naturais eram diferentes — e o amor de uma mulher de Babilônia devia ser tão diverso do amor de uma mulher de Paris, sob Mr. Grévy, como o pode ser o vidro da manteiga — para empregar uma oposição enérgica.

Tome V. uma mulher de hoje, em Lisboa por exemplo, e siga-a durante o seu dia. Ergue-se pela manhã, embrulha-se numa robe de chambre e encontra logo nas simples ordens a dar as mil complicações da civilização. É o candeeiro de gás que tem um escape e que é necessário mandar consertar; um telegrama a expedir por causa de um parente que chega no paquete da Madeira; um recado a uma amiga para combinar a hora a que ambas irão à Câmara ouvir falar o Rufino; depois, tem que organizar o menu, porque há amigos a jantar; arranjar flores da Praça da Figueira, fazer almoçar e seguir os rapazes para o liceu; vigiar a criada que anda a espanejar os bibelôs na sala; depois, há ainda o Diário de Notícias a percorrer e o Correio da Manhã a ler, a fechar-se no quarto para escrever a sua correspondência, e por último tratar da questão do criado, que se despediu por birra com o cozinheiro... Só então se pode ocupar da sua toalete, e finalmente vai almoçar. Às duas horas chega a amiga, e, metidas numa tipoia, lá vão ambas para as Câmaras. Aí, sessão tumultuosa, eloquência do Rufino, aplausos, olhadelas aos deputados, tagarelice, rosa divina nos intervalos. Finda a sessão, vai até à Baixa, dá uma volta pela Avenida, entra em várias lojas, sobe à modista, e, à última hora, apressa-se para casa onde a esperam mais cuidados domésticos: é uma nova discussão com o cozinheiro, um prato que é preciso substituir e todas as graves preocupações da toalete para o jantar. Por fim, encontra-se à mesa entre os seus convidados: sorrisos, conversa, discussão sobre política, notícias, cancãs, boatos, maledicência. Os homens acendem os charutos — e seguem todos para o teatro, a ouvir a nova opereta. À uma da madrugada, volta sonolenta para casa: chá, romance para adormecer — e marido roncando ao lado, com um lenço de seda amarrado na cabeça...

Ora, note V. que todas estas pequenas ações foram outros tantos agentes diretos, vivos, modelando de certo feitio o modo de sentir desta mulher.

Torne agora uma mulher de Babilônia. Ao romper do dia, acordou no harém, no lugar onde só as mulheres dormem. Dormiu vestida, envolta na túnica de linho alvo que guarda quando se levanta — e a sua primeira ocupação é todo um complicado cerimonial de orações e de invocações. Não tem que dar ordens aos escravos nem que se preocupar com arranjos domésticos, a casa é simples: paredes de mármore ou de tijolo pintado, tapetes macios e fundos e algum vaso precioso, num nicho, entre as frestas que servem de janelas. Depois das orações, rapidamente, uma refeição simples, comida sobre o joelho — e vai para o banho e o toucado, as duas grandes ocupações da vida. Em seguida, são as longas horas no harém, encruzada, ou tecendo ou preguiçando pelos divãs, ouvindo contar histórias. Todas as janelas do serralho permanecem cerradas: nenhuma comunicação exterior com o mundo... No entanto, ouvem-se no pátio rumores de vozes: são os convivas do marido, do senhor, que chegam para o festim. As escravas então envolvem-na numa dalmática rica, dão-lhe um pequeno turíbulo de ouro, e ela adianta-se para a sala do banquete, de olhos baixos e andar hierático. Ali, gravemente, começa por incensar o marido, no seu "trono", depois, os convivas chamando sobre eles as bênçãos da deusa — e, cumprido o rito, recolhe lentamente, a passos medidos pelo cerimonial e pelo dogma. Despe a dalmática — e o seu dia findou. Há talvez ainda um passeio pelos jardins, sob o olhar dormente do eunuco, talvez alguma dança ou cantos de escravas — mas o seu dia social findou. Recitam-se novas rezas, outras rezas, queimam-se perfumes em atitudes de invocação. Através das frestas do harém silencioso, vai-se ainda respirar a frescura do crepúsculo cor de ouro... Depois, desenrolam-se os tapetes, e ela estende-se para dormir — a não ser que o chefe dos eunucos a venha reclamar, e a leve, obediente e passiva, à presença do senhor que a deseja.

Ora, cada um destes atos ajudou a formar o modo de sentir desta mulher. Como pode portanto a sua maneira de amar corresponder ao modo de amar da mulher portuguesa?

Dirá você que, em conclusão, ambas elas têm filhos. Decerto. Mas isso é uma função orgânica, não é um sentimento. E se o que V. quer é descrever funções orgânicas — então está V. num campo muito seguro: basta-lhe copiar-se a si próprio — porque certamente o rei Senaquerib digeria exatamente como digere o conselheiro Acácio, e ambos se desembaraçavam do mesmo modo dos seus líquidos!

Assim, só lhe resta, pois, pintar, com a consciência íntima de ser exato, a decoração exterior da vida — as casas, os trajes, as mobílias, as armas. Mas isso não constitui um romance: são quadros de natureza morta. É o pitoresco pelo pitoresco — fórmula atroz da literatura!

E será ao menos difícil? — Nem isso. A ciência arqueológica tem avançado tanto que todas essas minudências da vida exterior estão hoje explicadas em livros e enumeradas por ordem alfabética, com gravuras ao lado. Pode-se fazer a mais sábia e perfeita pintura da vida romana — com o Dicionário Clássico, de Smith, que custa dezoito tostões...

A isto V. responderá decerto: — E a Salambô? — Para fazer a Salambô, com efeito, não basta o Dicionário — é necessário o gênio de Flaubert!... E quando se tem esse gênio, e oito anos de vagares para o aplicar a um monumento como a Salambô — falha-se o monumento, como ele o falhou, e diz-se, como ele disse, com infinita melancolia: *Peut-être, après tout, n'y a-t-il pas un mot de vrai lá-de-dans*!

Amigo sincero *et nunc et semper.* — FRADIQUE.

XXIV

A E...

Meu caro E...:

Você é o mais difícil de contentar dos homens que habitam a Terra. Pois consegue, com os seus livros, ressuscitar esse tipo defunto, o purista, o gramático — e ainda se lastima?

Como todas as coisas e os entes deliciosamente pitorescos do século XVIII português, que se afundaram, se sumiram no grande terremoto constitucional que tudo nivelou e achatou — tipos, costumes e caracteres —, sumira-se, mergulhara nas trevas, o purista, o gramático, o fiscal da língua! Os que amam as coisas portuguesas ainda por vezes dele se lembravam, como de uma figura que mais que nenhuma outra adornava, dando-lhe significação, a velha sociedade portuguesa do tempo da senhora D. Maria II. Você, porém, chega, escreve, imprime — e eis que de entre as ruínas do Carmo ou de não sei que velho casarão meio demolido do bairro de S. Vicente, se ergue essa sombra e se põe a marchar! É o purista, inteiro, completo, com a cabeleira sórdida a que ainda estão pegados bocados de palha, as meias engelhadas nos pernis escanifrados, o capelo cor de vinho com o cabeção erguido, a face chupada pelas ansiedades da prosódia, os óculos de aro de latão na ponta do nariz, bem bicudo para picar os galicismos, os braços atravancados de in-fólios clássicos e de dicionários, e nas ventas, ainda, a grossa pitada de simonte que ele respeitosamente colheu da caixa de Curvo Semedo!

Com o dedo trêmulo o esgalgado e soturno defunto folheia o Basílio e o Amaro e solta do cavername oco do peito, até aos céus da Arcádia, um grito de consternação. E V. que faz? Recua e procura a bengala para desancar o digno homem!

Nunca se viu uma ira mais irracional. O que V. devia fazer era abrir os braços e berrar: — "Oh, simpático caturra, vem, que eu te estreito ao meu coração!" — Porque afinal V. tem aí um tipo precioso de romance, já feito, sempre genérico mesmo na sua individualidade, pronto ou quase a ser impresso, sem se tornar necessário rever-lhe as provas.

Por esse tipo — como por um osso desenterrado se adivinhou o mastodonte — podemos reconstituir todo o velho regime. Bem analisado, ele imediatamente explica, e por comparação faz reviver ante os nossos olhos modernos, o brigadeiro, o poeta parasita, o frade apostólico, as sécias, os alfenins, o intendente da polícia, as aias pretas, as modinhas ao cravo, o andador das almas, o Sr. arcebispo de Tessalônica e todo o pessoal tão pitoresco desse estranho mundo passado. E queixa-se você! Talvez mesmo o único resultado sólido dos seus livros seja o de terem ressuscitado o purista!

O tipo, com efeito, é monstruoso. Fora de Portugal, nunca existiu — e hoje mesmo é necessário um esforço para lhe compreendermos a existência, o valor e a ação. O purista toma uma ideia e não quer saber se ela é justa, ou falsa, ou fina, ou estúpida — mas só procura descobrir se as palavras em que ela vem expressa se encontram todas no Lucena! Agarra um soneto, um verso a uma mulher, e pondo de parte o sentimento, a emoção, a imagem, a poesia, indaga apenas se as vírgulas estão no seu lugar e se as incidentais não cortam demais a oração principal! Encontra um tipo num romance, e numa inteira indiferença pela verdade desse tipo, a sua lógica, a sua forte vitalidade, esquadrinha unicamente se, na descrição dos seus gestos ou dos seus feitos, o verbo haver foi impropriamente usado! No estudo de um caráter, não quer saber da finura da dedução, nem da penetração crítica, nem da análise, mas vai, com a ponta do nariz sobre as linhas, catando as maneiras de dizer que não são vernáculas! Folheia um grande e largo livro de história, e ignorando mesmo se a história é a de Portugal ou a da China, põe o dedo, ao fim de longa investigação, sobre uma página, e dá este resumo final, numa voz cavernosa: — "Massacre em vez de matança — livro funesto!"

Fazer tudo isto é verdadeiramente estupendo! O homem que o faz não tem nome que o classifique (bruto não é bastante, facínora é talvez de mais), a não ser que ele próprio, que sabe todos os termos do Dicionário, conheça aquele que lhe compete!

Mas por ser assim estupendo e inominável, devem tirar-se-lhe os livros da mão e reenviá-lo a pontapés para a cova de onde emergiu? — Não justos Céus! Deve-se estudá-lo como um caso de patologia social. Devem-se-lhe meter mais livros nas mãos sebáceas, os melhores livros da língua, livros de história, de análise, de poesia — e dizer-lhe depois: — "Aí tens, funciona!" — E quando o portentoso caturra, descendo os olhos para o bico de cegonha castiça e puxando para os ombros o capote de camelão, começa a funcionar, a catar o galicismo, a verificar a vernaculidade do termo — é necessário fazer um profundo silêncio, como quando ocorre um grande fenômeno, e ao lado, com atenção e sagacidade, tomar notas, muitas notas!... Há, com efeito, um livro a fazer sobre o purista!

Mas, diz V. na sua carta, que não é tanto este antiquado tolo que o aflige, mas o purista do tipo moderno, que num livro aprecia a ideia, a análise, a intenção, a vida das personagens, como um crítico do seu tempo, e depois, a respeito da forma, de passagem, desculpando-se da caturrice, acrescenta que a construção é lamentavelmente francesa, o vocábulo pobre, o galicismo fervilhante, e que "é uma pena que V. não saiba escrever a sua língua!" E V. pinta o tipo: — "moço, inteligente, espirituoso, cultivado, afrancesado, moderno — e no meio de tudo isto, purista!"

Mas, filho meu, isso é aquilo a que nós aqui chamamos *un malin*. Bem lhe importa a ele a vernaculidade da língua! O que o interessa, moderno como é, são os tipos, os estudos sociais, os retratos que possa haver nos seus livros, a sensação, o dramático. E moderno, é vivo até à medula; a língua que no fundo lhe agrada é a francesa; foi educado à francesa; veste, pensa, come, flerta, fala, legisla pelo molde francês, que entende ser o mais gracioso e o mais cômodo. Somente falando em Portugal de um livro português, acha que lhe fica bem um laivo de patriotismo. Um bocado de patriotismo fica bem, *ça pose*: dá seriedade, agrada aos homens graves e a certos jornais; dá garantias de zelo pela coisa pública, atrai a simpatia do professorado e torna-se assim um instrumento de vida... É pois conveniente, na crítica, lançar uma nota patriótica. Mas qual? Aí é que está a dificuldade. Porque o *malin*, educado pela França, repassado de francesismo, vendo tudo à francesa e sentindo tudo à francesa, não pode distinguir bem onde esteja no livro essa falta de sentimento nacional que ele deseja acusar. Não o tendo em si, não percebe, naturalmente quando ele falta nos outros. Recorre então à língua. Isso sabe ele — que há uma língua em Portugal e outra em França, e que La Bruyère não escreveu como o padre Antônio Vieira. Leu-os ambos — sobretudo La Bruyère — e conhece bem as diferenças. E é então que lança o seu grito patriótico — que tem um certo chique, que é como uma flor da flora nacional que ele põe ao peito, que agrada, lhe dá o feitio de estar ainda preso à velha tradição e lhe pode, *en passant*, abrir os braços da Academia! Mas fá-lo por dever, sem entusiasmo. Essa língua nacional e vernácula, à moda de Jacinto Freire de Andrade, que lamenta não ver no livro — nem por todos os tesouros da terra a quereria ele usar. Nem saberia. Francês de ideia, é francês de vocábulo. E a prova da sua pouca sinceridade na acusação está em que ele acusa o livro de ser escrito com a construção francesa — e como? Em frases todas elas construídas à francesa! E aponta à indignação da Academia os seus galicismos — de que modo? Empregando para formular a acusação, em cada dez palavras, cinco galicismos! Já V. vê, querido E..., que o homem, no fundo, é um colega seu!

Mas, à parte as críticas, restam os fatos. Há razão para que V. se preocupe com a sua falta de vocábulo, a sua má construção e os seus galicismos? Não, homem, respire! Evidentemente a sua língua não é rica — menos rica, decerto bem menos, do que a de Oliveira Martins ou do Ramalhal amigo. Muito menos ainda do que a de Camilo, cujo verbo é prodigioso, acumulando tudo o que o gênio nacional inventou para se exprimir! E por isso é tanto mais doloroso ver que ele não sabia usar essa imensa riqueza e que, com um léxico mais vasto que o de Ramalho e de Oliveira Martins, não alcançou jamais, como eles, o vigor, o relevo, a cor, a intensidade, a imagem, a vida, mesmo naqueles assuntos em que o romancista, o crítico e o historiador se encontram: — na pintura exterior dos homens e do drama humano. Onde Ramalho é largo e transparente, tudo reproduzindo como um belo rio que corre, onde Oliveira Martins é incorreto, mas intensamente vivo, à maneira do genial Saint-Simon

— Camilo, com o verbo completo de uma raça na ponta da língua, hesita, tataranha, amontoa, retorce, embaralha e faz um pastel confuso — que nem o Diabo lhe pega, ele que pega em tudo!

Você, em todo o caso, é infinitamente menos rico em termos do que esses seus três ilustres colegas. No entanto não se aflija por isso, nem continue a ler o dicionário, menos ainda os clássicos. Essa questão de riqueza de léxico tem sido já muito estudada — e decidida. E a decisão é esta: — Bem-aventurados os pobres de léxico, porque deles é o reino da glória!

Em Inglaterra, homens graves e pacientes fizeram uma contagem das palavras usadas pelos grandes escritores da língua. E pôde assim estabelecer-se uma tabela, desde um camponês do Yorkshire, que fala com duzentas palavras, até ao divino Shakespeare, que sabia e usava não sei quantos milhares, um número enorme de milhares! Mas Shakespeare é um poeta que percorreu todos os mundos, até o mundo das visões, e que necessitou mesmo, para traduzir a sua emoção, de forjar por vezes o vocábulo. Melhor é tomar, pois, como grandes sabedores de léxico, algum prosador, como Macaulay, o torrencial, ou George Eliot, a deusa. São estes os que estão no mais alto grau da tabela, que vem descendo até Fielding e até Addison, cuja pobreza de dicionário era verdadeiramente lamentável. Ora, muito bem: qual é, segundo o consenso unânime da crítica inglesa, o mais puro, fino, encantador, original, luminoso prosador inglês? Addison!

Tem já você aqui um ponto adquirido: que, na literatura clássica, a crítica inteira de uma grande nação literária, como a Inglaterra, dá a palma da prosa ao homem que segundo os lexiconistas usou e soube menos termos. Mas passemos aos modernos. Quais são os três escritores ingleses que, recentemente, à parte o seu valor como pensadores, mais marcaram para os lexiconistas, pela abundância em adjetivos e epítetos? Além de Macaulay e George Eliot, Carlyle. E por outro lado, quais são os modernos pobres de léxico? Froude, o historiador, e Mateus Arnold, o crítico. E se perguntarmos a qualquer inglês, mesmo mediocremente culto, pelos dois mestres da prosa contemporânea, os que escrevem o inglês mais elegante e fino — quais são os nomes invariavelmente citados? Os nomes dos dois pelintras do verbo: Mateus Arnold e Anthony Froude!

Já você decerto sorri e lhe renasce a esperança! Mas vou dar-lhe um alegrão maior ainda, convidando-o a atravessar o Canal e a vir aqui penetrar na prosa francesa. Aqui, não são só dois escritores — é toda a Legião Sagrada, desde La Bruyère, mostrando que a melhor prosa, a mais perfeita, a mais lúcida, a mais lógica, a que tem sido a grande educadora literária e tem civilizado o mundo, é feita com meia dúzia de vocábulos que se podem contar pelos dedos. Faça uma experiência: leia, durante uma semana, meia dúzia de páginas de cada um dos grandes mestres: Bossuet, La Bruyère, La Fontaine, Diderot, Voltaire, Beaumarchais, e diga-me se os termos com que é trabalhada cada uma dessas páginas não são os termos da linguagem familiar, os mesmos que sabe e emprega qualquer modista da Rue de la Paix?

E há alguma coisa singular nisto? Não. Singular seria que os fatos fossem diferentes. As palavras são, como se diz em pintura, valores: para produzir, pois, um certo efeito de força ou de graça, o caso não está em ter muitos valores, mas em saber agrupar bem os três ou quatro que são necessários. A beleza de uma pintura — no que respeita ao colorido — acaso está na abundância das cores? Não, decerto, e se assim fosse, as obras-primas da pintura seriam as estampas de Épinal, onde, numa simples figura, se encontram sessenta nuances! E todavia, os grandes mestres são Rembrandt, Velázquez, Van-Dick, Ribera, que pintavam com três ou quatro cores. Quase que tenho vergonha de repisar aqui estes axiomas do senso comum!

Mas veja você ainda todos os modernos franceses, os grandes pensadores — Renan, Flaubert e mesmo Dumas filho. Escrevem com meia dúzia de palavras. Flaubert catava dos seus livros todos os termos que não pudessem ser usados na conversa pelo seu criado: daí vem ele ter produzido uma prosa imortal. E a razão é que só os termos simples, usuais, banais, correspondendo às coisas, ao sentimento, à modalidade simples, não envelhecem. O homem, mentalmente, pensa em resumo e com simplicidade, nos termos mais banais e usuais. Termos complicados, são já um esforço de literatura — e quanto menos literatura se puser numa obra de arte, mais ela durará, por isso mesmo que a linguagem literária envelhece e só a humana perdura.

Seria por isso impossível tornar bem compreensível a análise de um sentimento, se você em lugar de notar todas as modalidades desse sentimento em termos claros e simples, através dos quais elas vivessem, as empastasse, as afogasse, usando os sinônimos complicados desses termos simples. Um romance que não possa ser lido sem um dicionário é uma obra grotesca. Você tem um personagem e quer dizer dele — "que era afortunado nas suas coisas, mas nunca fora generoso e por vezes se mostrara falso". Somente estes termos: afortunado, generoso, falso, são certamente usados por toda a gente, e, não se sabendo outros, provam escassez de léxico. Você, portanto, procura sinônimos estranhos e raros, que mostrem riqueza de léxico, e põe a sua frase assim: — "Era varão escançado, porém nunca se mostrara largueado e no seu convívio despontava de honra por mendacíssimo e lançadiço". Você escreve esta coisa monstruosa, que certamente prova opulência de léxico — e em redor estoura uma imensa gargalhada!...

Estoura a gargalhada que nos tem sufocado ao lermos romances de romancistas ilustres, escritos naquela estupenda linguagem. Você decerto provou riqueza de léxico e agradou a dois ou a três gramáticos — mas nenhum rapaz, nenhuma mulher, nenhum homem, ninguém ficou compreendendo como era o seu personagem. E como ninguém tem paciência para folhear o dicionário, você ficou incompreendido — e foi como se não escrevesse! Nunca me esqueceu o que um dia me disse Chardron de um romance assim escrito. Perguntei-lhe se a coisa se vendia; ele teve um gesto de amargura: — *Pas du tout! Il parait que, pour comprendre ça, il faut acheter aussi un diccionaire, et çà revient trop cher!*

Além da riqueza de léxico, nos termos, há a riqueza de léxico no desenvolvimento da ideia, isto é, a apresentação da ideia sob uma forma copiosa e folhuda. Isto é ainda mais fatal. A coisa mais simples, e que na sua simplicidade seria bela, fica logo tão sobrecarregada de ornatos, de franjas, de lantejoulas e de penduricalhos, que me lembra sempre certas imagens de santas italianas, que sob a abundância dos enfeites, dos ex-votos, dos colares, das coisas vagas que sobre elas reluzem, apresentam à adoração dos fiéis, não uma santa, mas um cabide de adelo!

O escritor de léxico abundante não pode dizer que "Elvira chorou" sem complicar esse ato tão simples, com tantas incidentais sobre o sabor das lágrimas, o fel ou o júbilo que elas continham, e os anjos que as recolheram nas mãos, e as pérolas em que elas se transformaram, e a pouca atenção que o universo lhes deu, e a perfídia do homem, e a infâmia do brasileiro — que o leitor aturdido, escassamente fica sabendo se Elvira estava chorando, ou rezando as contas, ou cantando ao piano a Traviata!

Tome você o primeiro ato do Frei Luís de Sousa, do Garrett — do Garrett, que era outro pobre de léxico! Aí tem você uma pura obra-prima, uma das mais belas que existem em todas as literaturas da Europa. Nada mais sóbrio, mais simples, mais seco. Cada frase contém apenas as palavras necessárias e tem contudo dentro em si todo um mundo de coisas profundas. Entregue esse ato, como um esqueleto de obra, a um escritor abundante, eloquente, desses que sabem mil palavras do dicionário e têm o estilo copioso — e verá o que ele faz desse ato sublime. Que lhe fique duas horas na mão, *et vous m'en direz des nouvelles*! Que coisas ele não porá nos lábios da nobre mulher de Sousa Coutinho, que declamações na boca do pobre Telmo! Duas horas só, em que lhe seja permitido adornar aquela secura e aquela simplicidade com todos os recursos do léxico e todas as exuberâncias da eloquência — e de uma obra incomparavelmente bela, sairá, ao fim dessas duas horas, uma pastelada balofa e terrivelmente indigesta!

E, filho meu, se da abundância de léxico, passarmos à construção francesa... Mas está dando uma hora, vou almoçar. Que imenso cartapácio lhe escrevi! A construção francesa e os galicismos ficam para melhor ocasião, se é que você, depois disto, ainda necessita de mais consolações. E note que não disse metade do que tinha a dizer: seria necessário escrever um volume!

Quando aparece você em Paris? Tem visto em Londres os amigos? A linda Edite ainda vai ao n.° 14? E o homem da Pall-Mall? — Seu do coração — FRADIQUE.

Sobre o autor

Eça de Queirós nasceu em Póvoa de Varzim, em 1845. Fez os primeiros estudos no Porto, indo concluí-los em Coimbra, onde se formou em direito, em 1866. Ingressou, em 1873, na carreira política e foi nomeado cônsul em Cuba, na Inglaterra e na França, onde morreu em 1900. *O crime do padre Amaro* foi seu primeiro grande trabalho. A crítica social aliada à análise psicológica prossegue em *O primo Basílio*, *O mandarim*, *A relíquia* e *Os Maias*, obras publicadas ainda em vida. Quanto às póstumas, as mais importantes são: *A ilustre Casa de Ramires*, *A correspondência de Fradique Mendes*, *A cidade e as serras*, *A capital*, *O conde de Abranhos* e *Alves & Cia*. Eça de Queirós conquistou, ainda no século XIX, prestígio internacional que se mantém até nossos dias.

Conheça outros títulos da

Coleção Clássicos para Todos

1. *A arte da guerra*, Sun Tzu
2. *A câmara clara*, Roland Barthes
3. *A carta do descobrimento: ao rei D. Manuel*, Pero Vaz de Caminha
4. *A casa do poeta trágico*, Carlos Heitor Cony
5. *A cerimônia do adeus*, Simone de Beauvoir
6. *A cidade e as serras*, Eça de Queirós
7. *A conquista da felicidade*, Bertrand Russell
8. *A correspondência de Fradique Mendes*, Eça de Queirós
9. *A força da idade* volume 1, Simone de Beauvoir
10. *A força da idade* volume 2, Simone de Beauvoir
11. *A força das coisas* volume 1, Simone de Beauvoir
12. *A força das coisas* volume 2, Simone de Beauvoir
13. *A Megera Domada*, William Shakespeare
14. *A Moreninha*, Joaquim Manuel de Macedo
15. *A morte de Ivan Ilitch* e *Senhores e servos*, Leon Tolstói
16. *A mulher de trinta anos*, Honoré de Balzac
17. *A náusea*, Jean-Paul Sartre
18. *A política*, Aristóteles
19. *A república*, Platão
20. *A utopia*, Thomas Morus
21. *A vida como ela é...* volume 1, Nelson Rodrigues
22. *A vida como ela é...* volume 2, Nelson Rodrigues
23. *Agosto*, Rubem Fonseca
24. *Além do bem e do mal*, Friedrich Nietzsche
25. *Amar, verbo intransitivo*, Mário de Andrade
26. *Antologia poética*, Fernando Pessoa
27. *Apologia de Sócrates*, Platão
28. *As flores do mal*, Charles Baudelaire
29. *Assim falava Zaratustra*, Friedrich Nietzsche
30. *Auto da Compadecida*, Ariano Suassuna
31. *Como vejo o mundo*, Albert Einstein
32. *Confissões*, Santo Agostinho
33. *Crepúsculo dos ídolos*, Friedrich Nietzsche
34. *Crime e castigo*, Fiódor Dostoiévski
35. *Crítica da razão prática*, Immanuel Kant
36. *Crítica da razão pura*, Immanuel Kant
37. *Discurso do método*, René Descartes

38. *Do contrato social*, Jean-Jacques Rousseau
39. *Dom Casmurro*, Machado de Assis
40. *Dos delitos e das penas*, Cesare Beccaria
41. *Ecce Homo*, Friedrich Nietzsche
42. *Esaú e Jacó*, Machado de Assis
43. *Feliz Ano Novo*, Rubem Fonseca
44. *Germinal*, Émile Zola
45. *Hamlet*, William Shakespeare
46. *História da morte no Ocidente*, Philippe Ariès
47. *História do pensamento ocidental*, Bertrand Russell
48. *Histórias extraordinárias*, Edgar Allan Poe
49. *Ilíada*, Homero
50. *Iracema*, José de Alencar
51. *Macbeth*, William Shakespeare
52. *Macunaíma*, Mário de Andrade
53. *Madame Bovary*, Gustave Flaubert
54. *Manifesto do Partido Comunista*, Karl Marx
55. *Memórias da casa dos mortos*, Fiódor Dostoiévski
56. *Memórias de um sargento de milícias*, Manuel Antônio de Almeida
57. *Memórias póstumas de Brás Cubas*, Machado de Assis
58. *Memórias, sonhos, reflexões*, Carl Gustav Jung
59. *Morangos mofados*, Caio Fernando Abreu
60. *Mrs. Dalloway*, Virginia Woolf
61. *Noite na taverna* e *Macário*, Álvares de Azevedo
62. *Noites brancas* e *A Árvore de Natal na Casa do Cristo*, Fiódor Dostoiévski
63. *Notas do subsolo* e *O grande inquisidor*, Fiódor Dostoiévski
64. *O Alienista*, Machado de Assis
65. *O Anticristo*, Friedrich Nietzsche
66. *O banquete*, Platão
67. *O coração das trevas*, Joseph Conrad
68. *O cortiço*, Aluísio Azevedo
69. *O eterno marido*, Fiódor Dostoiévski
70. *O livre-arbítrio*, Arthur Schopenhauer
71. *O médico e o monstro*, Robert Louis Stevenson
72. *O Mercador de Veneza*, William Shakespeare
73. *O morro dos ventos uivantes*, Emily Brontë
74. *O muro*, Jean-Paul Sartre
75. *O primeiro homem*, Albert Camus
76. *O primo Basílio*, Eça de Queirós
77. *O príncipe*, Nicolau Maquiavel

78. *Odisseia*, Homero
79. *Orgulho e preconceito*, Jane Austen
80. *Os irmãos Karamázov* volume 1, Fiódor Dostoiévski
81. *Os irmãos Karamázov* volume 2, Fiódor Dostoiévski
82. *Os sertões*, Euclides da Cunha
83. *Os sofrimentos do jovem Werther*, J.W. Goethe
84. *Otelo, o mouro de Veneza*, William Shakespeare
85. *Poemas e cartas a um jovem poeta*, Rainer Maria Rilke
86. *Poliana*, Eleanor H. Porter
87. *Quincas Borba*, Machado de Assis
88. *Razão e sentimento*, Jane Austen
89. *Rei Édipo* e *Antígona*, Sófocles
90. *Rei Lear*, William Shakespeare
91. *Romeu e Julieta*, William Shakespeare
92. *Sagarana*, João Guimarães Rosa
93. *Senhora*, José de Alencar
94. *Sonetos*, Luís de Camões
95. *Sonho de uma noite de verão*, William Shakespeare
96. *Terra dos homens*, Antoine de Saint-Exupéry
97. *Til*, José de Alencar
98. *Tratado político*, Spinoza
99. *Triste fim de Policarpo Quaresma*, Lima Barreto
100. *Vestido de noiva*, Nelson Rodrigues
101. *Viagens na minha terra*, Almeida Garrett

Este livro foi impresso
em papéis autossustentáveis da International Paper.
O papel da capa é cartão 250g/m²
e o do miolo é chambril avena 80g/m².